Weihnachten 1986

Ein recht fro…
Weihnachtsfest

und alle guten Wünsche –
vor allem Gesundheit –
für das neue Jahr

von

Gitte, Raino und
Matthias

Liebesgeschichten aus dem alten Österreich

Liebesgeschichten aus dem alten Österreich

von Ebner-Eschenbach, Halm, Hofmannsthal,
Pichler, Rank, Rosegger, von Saar,
Schnitzler u.a.

Mit über sechzig alten Illustrationen

Herausgegeben von Diethard H. Klein

STIEGLITZ VERLAG, E. HÄNDLE
D-7130 Mühlacker
A-8952 Irdning/Steiermark

Konzeption: Bücher-GmbH, Bayreuth
Zusammenstellung, Bildauswahl, Layout, Autorenstichworte:
Diethard H. Klein
Textbearbeitung und Worterklärungen: Heike Rosbach
Schutzumschlag: HF Ottmann

ISBN 3-7987-0247-0

Satz, Repros, Montage: Satz + Repro Kreisl, Hof
Druck und Bindearbeiten: Wiener Verlag, Himberg bei Wien

Inhalt

Vorwort 7

Marie von Ebner-Eschenbach,
Der Erstgeborene 9

Karl Emil Franzos, Melpomene 73

Friedrich Halm,
Das Haus an der Veronabrücke 135

Hugo von Hofmannsthal, Lucidor 193

C. Karlweis, Eine Dummheit 213

Adolf Pichler, Versäumt 221

Josef Rank, Peter der Raugraf 243

Peter Rosegger, Maigewitter 271

Ferdinand von Saar,
Der „Exzellenzherr“ 283

Arthur Schnitzler, Der Sekundant 317

August Silberstein, Die Ochsenhochzeit . . . 345

Worterklärungen 361
Zu den Autoren 364

Vorwort

Die ganze Weitläufigkeit der ehemaligen österreichisch-ungarischen Doppelmonarchie spiegelt sich in der vorliegenden Sammlung von Liebesgeschichten. Das gilt zum einen schon für die Herkunft der Autoren — sie stammen nicht nur aus Wien, Tirol und der Steiermark, sondern aus Böhmen und Mähren, aus Budapest, aus dem heute russischen Teil Galiziens und aus dem polnischen Krakau.

Auch die Schauplätze der Erzählungen verdeutlichen die Vielfalt der alten Donaumonarchie, denn die Geschichten spielen im lange österreichischen Venedig, in der ungarischen Tiefebene und im heute tschechoslowakischen, damals zu Ungarn gehörenden Bergland, in Prag und natürlich auch in den Dörfern, Kurorten und Städten des heutigen Österreich.

Neben der rein geographischen Vielfalt ging es uns freilich auch darum, die verschiedenen Volksschichten zu Wort kommen zu lassen — neben Adligen und reichen Bürgern eben auch die kleinen Beamten, neben den Offizieren und Damen der Gesellschaft Arbeiter und Bauern. Und schließlich wollten auch die verschiedenen Aspekte der Liebe berücksichtigt sein — Dramatik und Heiterkeit, Tragik falscher Entscheidungen und irreführender Zurückhaltung, Verirrungen der Eifersucht und des Ehebruchs, liebenswerte Täuschungsmanöver und entsagender Verzicht.

Um vermeintliche Bevorzugungen des einen oder anderen Autors oder seiner Geschichte zu vermeiden, haben wir wieder (wie schon bei dem Band „Heitere Geschichten aus dem alten Österreich") als Ordnungsprinzip die alphabetische Reihenfolge nach Verfassernamen gewählt — auch wenn dies hier zufällig dazu führte, daß nun gerade die längeren Geschichten am Anfang stehen und die kürzeren erst im zweiten Teil. Um beim gebotenen Umfang die erwünschte Vielfalt zu erreichen, mußten im übrigen gerade die längeren Erzählungen oft erheblich gekürzt werden. Wir glauben aber, daß diese Straffung nicht nur den Geschichten selbst zugutekommt, sondern auch dem heutigen Leser, der sonst doch das eine oder andere als etwas langatmig empfinden würde.

Rein sprachlich wurden die Texte auf den heutigen Stand gebracht; wo das Zeit- oder Lokalkolorit es erforderte, auf bestimmte Ausdrücke und Wörter nicht zu verzichten, die dem heutigen Leser vielleicht nicht mehr so geläufig sind, wurden diese auf den letzten Seiten dieses Buches erläutert. Im Anschluß daran finden sich auch Angaben zu den Autoren.

Gute Unterhaltung mit diesen Liebesgeschichten (bebildert mit über sechzig Illustrationen, die aus vielen alten Büchern zuammengetragen wurden) wünscht

der Herausgeber

Marie von Ebner-Eschenbach

Der Erstgeborene

„Die Gräfin“ wurde sie genannt, wenn die Dorfleute untereinander von ihr sprachen, angeredet aber nur kurzweg mit ihrem Namen. Ihre Vorgeschichte war lange bekannt; wer hätte sich noch Gedanken über die gemacht? Wenn man sagte: die Gräfin, sagte man's aus alter Gewohnheit und meinte dabei nichts Gutes und nichts Böses. Jetzt war die schöne Ilona die Frau des Bauers Stephan Bogozy, dem sie zwei prächtige Knäblein geboren hatte. Das eine zählte fünf, das andre vier Jahre, und sie hatten sammetbraune Augen und Haare wie ihre Mutter und blühten in Gesundheit wie sie.

Zehn Jahre waren vergangen, seitdem das damals noch sehr junge Ehepaar aus der niederungarischen Ebene nach Vicim an der Waag gekommen war, den Bauernhof des in Sünden und Schulden niedergegangenen Richters erworben und die Forderungen aller Gläubiger beglichen hatte. Mann und Frau verstanden von Anfang an ihr Verhältnis zur neuen Umgebung so friedfertig und freundlich zu gestalten, als der Neid auf ihren Reichtum und das Vorurteil gegen die „Zugereisten“ es irgend zuließ. Nach und nach gelangten sie zu einer maßgebenden Stellung im Dorfe, und da sie nicht suchten Vorteil aus ihr zu ziehen, wurde sie ihnen mehr oder weniger gern zugestanden. So gehörten sie zu den seltenen Ausnahmen, denen niemand in der Gemeinde offene Feindschaft entgegentrug. Dafür, daß es an tückisch versteckter nicht fehle, sorgte die illegitime Familie des Richters, die nach seinem Tode im Elend zurückgeblieben war; ein Haufen Kinder, von klein auf zu jeder Schlechtigkeit gedrillt, und ein von Natur boshaftes Weib.

Daß Fremde da wohnten und wirtschafteten, wo sie durch so lange Zeit, wenn auch nicht im Genuß der Würde, doch in dem der Macht einer Hausfrau gewesen war, bereitete ihr Höllenqualen.

Mit stillen Flüchen begleitete Vilma Rezsa das Wachsen des Wohlstands ihrer Feinde und hatte für alles, was sie litt, nur den einen Trost, daß auch sie die Verhaßten leiden machen konnte. Wenn sie Stephan in der Nähe seines Hauses traf, die Hände voll Bewunderung zusammenschlug und sagte: „O wie schön Ihr's habt! Mein Seel, der König kann's nicht schöner haben! Wo Ihr nur auch das schöne Geld her habt, Euch alles das zu schaffen?", da funkelten seine sonst so freundlichen Augen vor Zorn, und er drohte ihr mit Prügeln. Er machte ab und zu seine Drohung auch wahr; eine andere Antwort wußte er nicht. Und wenn die Rezsa im Gespräch mit Ilona sie fortwährend „Gräfin" titulierte und sie dabei höhnisch unverwandt anstarrte, da brannten der Bäuerin die Wangen, und der Angstschweiß trat ihr auf die Stirn. Hätte sie die geringste Aussicht auf die Erfüllung ihrer Bitte gehabt, gewiß würde sie gebeten haben:

„Verschont mich, Vilma Rezsa!“

In neuerer Zeit, nachdem die Kinder der Unholdin teils gestorben, teils schlecht und recht untergebracht waren, verlegte sie sich auf einen kleinen Handel mit Kurzware, den zu eröffnen das Ehepaar Bogozy sie instand gesetzt hatte und bei dem sie ihr Auskommen fand. Sie zog im Land umher, ihren Kasten mit den vielen Lädchen auf dem Rücken, und blieb oft monatelang von Vicim fern zur Freude der ganzen Bewohnerschaft.

Die Einförmigkeit des Lebens im ehemaligen Richterhause erfuhr eine unerwartete Störung. Stephan wurde in einer Erbschaftsangelegenheit nach seiner Heimatgemeinde im Hajdu-Komitat berufen. Zuerst unangenehm überrascht, fügte er sich doch bald ins Unabänderliche. Was sein muß, muß sein, und — lauter Mißvergnügen ist die Sache am Ende nicht. Gewiß, er hatte sich im slowakischen Dorf eingebürgert, es war ihm eine zweite Heimat geworden; aber seinen Fuß einmal wieder auf die Stätte setzen, wo der Mensch geboren wurde und aufgewachsen ist, das wird doch jeder gern, machte sich Stephan nach reiflicher Erwägung klar und fragte:

„Was meint die Frau?“

Sie lächelte. Es verstand sich von selbst, daß sie meinte, was er meinte.

Seltsam auch ließ der erste Tag sich an im Hause, in dem nur einer fehlte, und das der Frau doch völlig leer erschien. Die Arbeit nahm den gewohnten Gang, die Mägde reinigten die Stallungen und gaben dem Vieh sein Futter, und ein helles Feuer

brannte im Küchenherd, und zu Mittag erschien, gut und reinlich zubereitet, das Essen auf dem Tisch. Alles wie immer und dabei so ganz anders, so nichtssagend und gleichgültig, wie wenn es ebensogut auch unterbleiben könnte. Der Frau war, als fehle der rechte Anlaß zu dem, was sie tat und was ihre Leute taten. Ungeduldig machten sie ihre zwei kleinen Jungen, die sich einer ausgelassenen Lustigkeit ergaben.

Nun schliefen sie in ihren Bettchen, die zu Füßen des Bettes der Eltern standen. Ilona hatte die Laden der beiden Fenster geschlossen.

Die Frau hatte eine Jacke vom Rechen geholt und sich in eine Flickarbeit zu vertiefen gesucht. Wenn ihr Mann wüßte, was alles für bangende Gedanken um ihn sie verfolgten, — auslachen, zanken würde er sie. Jedes Eisenbahnunglück, von dem sie je gehört hatte, kam ihr in den Sinn. Was sah sie nicht alles vor sich! Was für schreckliche Möglichkeiten fielen ihr ein! Nein, wirklich, besser nicht denken ... „Denk nicht!" Als kleines Mädchen, als armes, kleines Csárdakind, weit drüben an der untern Theiß, hatte sie es zu hören bekommen von Vater und Mutter, wenn sie für ein Versehen die Entschuldigung vorbrachte: „Aber ich habe mir gedacht ..." — „Denk nicht, gehorche!" Mit denselben Worten hatte der Herr Chef sie angeschrien, da sie später als Handlangerin in der Schloßküche diente.

Denk nicht — gehorche! hieß es auch in jener fürchterlichen Stunde, der scham- und gramvolle Jahre folgten ... Nein, nicht denken, Gott danken, daß alles vorüber, was peinigte und quälte, und daß sie die geliebte Frau ihres geliebten Stephan ist und die Mutter seiner Kinder. O Glück, daß es noch so kommen konnte, o Glück, daß er ihr treu geblieben ist ... Sie legte seine Jacke vor sich hin und preßte das Gesicht in ihre Falten.

Da war ihr, als würde die Tür des Gartengitters vorsichtig aufgeklinkt. Gleich darauf hörte sie deutlich das Knistern des festgefrorenen Schnees unter herannahenden Tritten, und nun ein leises, anhaltendes Klopfen an eines der Fenster.
Sie fuhr zusammen. Es durchzuckte sie: Er hat's nicht ausgehalten fern von uns ... ist umgekehrt ... kommt wieder ... Aber jetzt vernahm sie den Zuruf einer bekannten Stimme:
„Grofka! Grofka! Hört mich an. Öffnet!" — Die

Vilma Rezsa. Bei nachtschlafender Zeit kommt sie daher, die Menschen zu schrecken.

Aus jähem Entsetzen geriet Ilona in heftige Entrüstung. Sie eilte auf das Fenster zu und schlug den Laden zurück. Da stand vor ihr die zigeunerhafte Gestalt der Feindin und hob sich dunkel ab von der Schneedecke, die in gespenstiger Weiße über die Landschaft gebreitet war und sie unabsehbar erscheinen ließ, ohne Grenze als den kalten, grauen, sternenlosen Himmel, mit dem sie am Horizonte verschwamm.

Als Illona nun auch rasch das Fenster öffnete, fiel der grelle Schein der Lampe auf Vilmas dunkles Gesicht. Ein tückischer Triumph sprach sich in ihm aus.

„Was ich will?" beantwortete sie die Frage, mit der die Bäuerin sie empfing. „Euch etwas erzählen, Grofka ... Nein, nein, es hat nicht Zeit bis morgen. Morgen früh brech ich wieder auf. Ihr habt mich zur Handelsfrau gemacht, jetzt heißt's wandern ... Was ich Euch erzählen wollt, was Euch freuen wird: Ich war nicht bloß in Budapest, war weiter. Bis an die untere Theiß bin ich gekommen, in ein stolzes Schloß mit Säulen so hoch wie hier die Kirche und mit fast so viel Dienerschaft, als bei uns Leute sind, und habe verkauft und habe einen jungen Grafen gesehen, schön wie die Sonne im Aufgang. Sind ja herzig, Eure Bauernbuben, aber im Vergleich zu dem dort drüben doch nur, was Spatzen gegen Goldamseln sind ... Ihr gäbt was drum, wenn auch Ihr ihn einmal sehen könntet. Aber damit ist's nichts, Grofka, damit ist's nichts!"

Sie trat vom Fenster fort an die Bettchen ihrer Kinder: „Meine Bauernbuben", flüsterte sie, „meine Spatzen." — Ihr Haupt beugte, ihr Blick senkte sich, und zwischen den Kindern und ihr tauchte das Bild eines Knäbleins auf, schwarzgelockt mit blauen, auf sie gerichteten Augen, die sehnsüchtig um Liebe warben.

Als ihr Glück war es gepriesen und Ilona war sehr beneidet worden, da sie vor sechzehn Jahren aus ihrer armen Csárda in die Schloßküche kam, den Dienst einer Handlangerin anzutreten. Sie verdankte diese Verbesserung ihrer Lebenslage dem eifrigen Bemühen des helvetischen Predigers Samuel Déry. Er bewog den Chef, Herrn Alois von Sáskay (der angesehene Mann stammte aus gutem ungarischem Bauernadel), das schöne Mädchen aus der abscheulichen Atmosphäre der väterlichen Schenke zu retten. Herr von Sáskay, der nach dreißigjähriger kluger Regierung unbeschränkte Herrschaft in seinem Bereiche ausübte, Leute aufnahm und entließ, wie es ihm gefiel, konnte bald seinem ehrwürdigen Verwandten für die Empfehlung der Ilona danken. Sie machte ihr Ehre, sie war fleißig, anstellig, der gute Wille selbst und hatte bei aller Heiterkeit die feine Würde eines Fräuleins. Wenn der Herr Chef sich nicht vor seiner hochmütigen Ehehälfte geniert hätte, er würde seinen eigenen Töchtern die Art und Weise der Handlangerin Ilona als nachahmungswürdiges Beispiel aufgestellt haben.

„Sie hat nur einen Fehler, mehr eine schlechte

Gewohnheit: eine Richtung ins Selbständige in ihren Gedanken. Sinniert, kritisiert: „Aber Herr Chef ...' ‚Ach, Herr Chef, ich habe mir gedacht ..', so oder so hat sie sich gedacht. Als ob sie zu denken hätte, — ich bitte Sie."

„Da gehen unsere Ansichten übers Kreuz", erwiderte der Prediger trocken. „Ich spreche keinem Menschen das Recht zu denken ab."

Der Koch spitzte seinen kleinen Mund, als ob er anfangen wollte zu pfeifen: „Ich tu's! — bis zu einem gewissen Grade, Ehrwürden, lieber Vetter. Es gibt einen Grad, von dem an hat ein dienendes Wesen sich zu sagen: „Wie's ist, so ist's, — ich hab's nicht zu verantworten und habe nicht darüber zu sinnieren.' "

An warmen Sommerabenden blieb Herr von Sáskay einsam in seinem Küchensaal. Er befand sich da am besten; er war kein Spaziergänger und verließ den Schauplatz seiner immer ruhmreichen Tätigkeit erst, um sich zur Nachtruhe zu begeben. Ein Besuch, namentlich der des Predigers, war ihm in solchen Stunden willkommen. Besonders freundlich hatte er seinen Vetter heute empfangen, und recht war es ihm gewesen, daß der sogleich das Gespräch auf Ilona gebracht. Er hätte es ohnehin selbst getan, um zu bejammern, wie schwer so ein schönes, junges Ding zu hüten sei. „Sie steigen ihr ja alle nach, die Mannsleute. In dem Punkt hat der feine Herr Kammerdiener denselben Geschmack wie der Reiterknecht Stephan. Wenn da einmal ein Unglück geschieht, geistlicher Herr, nehmen Sie mich nicht bei der Nase."

Der Prediger sah ihn an und lächelte über diese Warnung.

„Um die Ilona", nahm der Prediger das Wort, „ist mir trotz all und alledem nicht bang. Es ist hier nicht wie draußen in der Schenke, wo sie jeder Unbill schutzlos ausgesetzt war. Roheit hat sie nicht zu fürchten, und verführen läßt sich die nicht. Sie steht unter meiner Obhut, seitdem ich sie getauft habe. Sie ist mir — meine beständige Sorge! — fast zu fein geraten. Auf *zu* fruchtbaren Boden sind meine Lehren gefallen. Sie hätte ihrer überhaupt nicht bedurft, sie ist fein und lauter von Natur."

Sáskay bejahte:„Ich bin Eurer Meinung. Aber ich staune. Wie kommt das Kind aus der verrufenen Csárda zu dieser exquisiten Natur? Das reine Wunder."

„Die reine Gnade", versetzte der bestellte Diener am Worte, und Sáskay gab ihm wieder recht:

„Sie hat sich sichtbar an ihr erwiesen. Ruhig — wie man so sagt: ruhig — bin ich trotzdem noch lange nicht ... Es gibt eine Gefahr — ich meine jene, in die gar viele lieber heut als morgen kommen möchten.“ Seine Augen, klein und glänzend wie betaute Schwarzbeeren, blitzten den Freund aus der Tiefe ihrer Fettlagenumgebung mit einem pfiffigen und zugleich traurigen Blick an, den Samuel verstand:

„Behütet sie! behütet sie!“ rief er.

„So gut ich kann. Unter eine Glasglocke stellen kann ich sie nicht ... Wäre sie nur nicht gar so hübsch ... Er ist keiner von den Ärgsten, aber die Schönheit tut es ihm an, — und wenn ... wie gesagt, mit der Glasglocke ist es nichts ... und wenn er sie sieht und er just bei Laune ist — dann ...“

Der Prediger seufzte schmerzlich: „Ja, dann!“

Der Koch hielt seine Meinung aufrecht: Sei es, wie es sei, Ihr Graf ist keiner von den Ärgsten. Das galt nicht bei Sáskay allein, der eine ausnahmsweise günstige Stellung im Hause genoß, es galt allgemein für ausgemacht. Wenn der Magnat Koloman Zápolya von Orváros, „der große Graf“ genannt, nicht gerade von Milde und Rücksicht überfloß, mußte man es ihm verzeihen. „Du wirst Herr sein“, war ihm an der Wiege gesungen worden. „Du bist der Herr“, war ihm als kaum dem Jünglingsalter Entwachsenen feierlich verkündigt worden. Schmeichler und Rechtgeber bildeten seinen Umgang, eine Schar armer Verwandter, deren Wohl und Wehe von ihm abhing, seinen Hofstaat.

Trotz des schönen Lebens, das ihm daheim bereitet und als das einzige Lebenswerte geschildert wurde, kam doch die Zeit, in der die Sehnsucht in ihm erwachte, noch ein anderes, abwechslungsreicheres kennenzulernen. Er verreiste für einige Monate, aus denen Jahre wurden. Unmittelbare Nachricht von ihm erhielt in der ganzen Zeit nur seine Schwester, und auch sie äußerst spärlich. Sie war oft darauf angewiesen, bei den Güterverwaltungen, die Gelder nachzusenden hatten, anzufragen, wo ihr Bruder sich jetzt befände, in England, in Frankreich oder — in der Türkei?

Er kehrte ziemlich unverändert zurück, nur noch etwas ungleicher in seiner Laune, noch etwas leichter zum Zorne gereizt und wilder als früher in seinen seltenen Anfällen von Lustigkeit.

Herrischer denn je trat der Graf nach seiner langen Abwesenheit daheim auf. Seine ehemalige Strenge hatte sich zur Unerbittlichkeit verschärft; ein Zug von Mißtrauen, das er selbst peinlich zu empfinden schien, kam sogar dem ihm nächsten Menschen gegenüber zutage.

Von nun an lebte der Graf als Landwirt und Jäger auf seinen Gütern, am liebsten in Ováros. Dorthin berief er auch seine Schwester nach dem Tode ihres Mannes zu bleibendem Aufenthalte. Sie gehorchte, sie kam, sie durfte ihm gegenüber keinen Willen haben, denn von ihm hing das Wohl und Wehe ihrer Kinder ab. Er hatte ihre fünf Söhne in adeligen Erziehungsanstalten untergebracht. Sie konnte darauf zählen, daß er für ihre Zukunft sorgen werde, wenn ihnen seine Gewogenheit erhalten blieb. Diese zu verscherzen war nur allzu leicht, und die Gefahr lag nahe. Ihre Mutter verzichtete freiwillig auf das Glück, sie in der Ferienzeit bei sich zu haben, um jeder Gelegenheit zu einem Konflikte mit dem Grafen vorzubeugen.

Sie selbst schleppte ein armes Dasein in nervenaufregendem Unbehagen, in immerwährender Furcht des „Herrn" recht mühselig weiter. Verwöhnt worden, sagte sie sich selbst, war sie durch den Umgang mit ihrem verstorbenen Gatten. Der ihr an Geist und Bildung weit überlegene Mann hatte ihr jeden Wunsch abgelauscht, sie erfinderisch mit Rücksichten umgeben.

Nun aber lag es an ihr, alle erdenklichen Rücksichten zu üben gegen ihren Bruder, den sie in so vielen Beziehungen übersah. Die Mutterliebe machte ihr das Martyrium einer widerstrebenden Geduld, einer überzeugten Demut zur Pflicht.

Alle Diener, alle Dorfleute wußten: Sie meint es gut mit uns. Ihr blutet das Herz bei jeder Härte, die vom Grafen, bei jeder Ungerechtigkeit, die von seinen Beamten verübt wird; aber auch nur die geringste verhüten kann sie nicht. Sie getraut sich kaum, beim Hofrichter ein gutes Wort für einen armen Teufel einzulegen.

Die „Weiber" spielten keine Rolle in seinem Leben, er verschwendete wenig Gedanken und wenig Zeit an sie. Für die Schönheit behielt er aber auch in vorgerückten Jahren scharfe Augen, und wenn der Anblick eines jungen Mädchens oder einer jungen Frau besonderen Eindruck auf ihn gemacht hatte, ließ er sie zu sich laden. Und weil die Zeugin seiner schwachen Stunden immer reich beschenkt entlassen wurde, und weil die Moralbegriffe auf den Höfen von Ováros nicht strenger waren als die an den Höfen des vierzehnten und fünfzehnten Ludwig, herrschte allgemeines Bedauern, daß der Herr und Gebieter nicht mehr schwache Stunden hatte.

Ilona war schon seit einigen Wochen im Hause, als Gräfin Elisabeth zum ersten Male auf sie aufmerksam wurde.

Sie ging im Wiesengrund von Gebüsch zu Gebüsch und schnitt die am reichsten blühenden Zweige ab, sie zu Sträußen zu binden, mit denen sie ihre Zimmer schmückte. Die schmale Dame im schwarzen Witwenkleide hatte immer etwas ängstlich Hastendes in ihren Bewegungen und wandte sich auch jetzt mit ganz unbegründeter Eile dem Schlosse zu. Aber plötzlich bannte ein gar lieblicher Anblick sie auf ihren Platz.

Aus dem Hofe kam, einen Korb am Arme, ein junges Mädchen in Bauerntracht, zierlich und schlank und fein gegliedert. Sie hatte die schweren braunen Haarzöpfe um den wundervoll geformten Kopf geschlungen; auf ihrem zarten, rosig angehauchten Gesichte lag ein sanfter, still in sich beglückter Friede, wie er aus den Augen ganz junger, ahnungslos in die Welt blickender Kinder spricht. Sie schritt dahin, sanft und sicher, im unbewußten Genuß ihrer blühenden Jugend, daheim auf dieser schönen Erde, in wonniger Übereinstimmung mit dem Frühlingsleben, in dem ihr eigenes knospete und prangte.

‚O du Glückskind!‘ dachte die arme, in steter Bangnis schwebende Gräfin beim Anblick des holden Geschöpfes, das ihr erschien wie die verkörperte Anmut und Seelenruhe. Sie war im Begriffe, aus dem Gebüsch hervorzutreten, als sie den Reitknecht Stephan vom Stalle herüber dem jungen Mädchen entgegenkommen sah und unwillkürlich dachte: ‚Ich möchte doch sehen, ob er an der Schönheit gleichgültig vorbeigeht.‘ Stephan führte an jeder Hand ein gesatteltes Pferd am Zügel und ging zwischen den zwei edlen Tieren gemächlich dem Schlosse zu. Er hatte offenbar noch Zeit. Ein paar Schritte vor dem jungen Mädchen blieb er stehen und betrachtete sie wohlgefällig und sie nicht weniger wohlgefällig ihn oder vielmehr — seinen Anzug. Der gefiel ihr über die Maßen.

„Du!“ rief er sie an, „du bist gewiß die Ilona aus der Csárda, die der Herr von Sáskay unlängst aufgenommen hat. Bist du's nicht?“

„Warum soll ich's nicht sein?“ erwiderte sie; „freilich bin ich's. Und Sie, wer sind Sie?“

„Sag nur ‚du‘. Ich dien im Stall und bin ein Reitknecht.“

„Nur ein Reitknecht und hast so schöne Kleider? Ist dir nicht leid um die schönen Kleider drin im Stall?“

„Im Stall trag ich sie nicht. Nur zum Ausreiten mit dem Herrn Grafen.“

„So — du reitest aus mit dem Grafen?“ fragte sie und entsann sich der Warnungen des Predigers und Sáskays vor jedem Zusammentreffen mit dem Herrn.

„Fürchtest du dich nicht vor ihm? Er soll so bös sein.“

„Hej, ja! Bös ist er schon. Mir hat er aber noch nichts getan." Während er sprach, hatte eines der Pferde nach dem anderen die weiche Nase seinem Gesicht genähert und ihn sanft und freundschaftlich angetupft.

„Mir scheint", meinte Ilona, „deine Pferde haben dich gern."

„Ja, ja, die dummen Tiere — ich sie auch."

„Das glaub ich, sie sind so schön."

„Schön sind sie schon. Pferde sind das Schönste auf der Welt, außer, ja — was denn?" Er blinzelte sie pfiffig an: „außer vielleicht die schönen, jungen Mädchen. Hej! da müßte aber eines *ganz* schön, *ganz* jung sein, es müßte sein..." wie ‚du' schwebte es ihm auf den Lippen, leuchtete es ihm aus den Augen.

Sie hob drohend den Finger: „Sprich keinen Unsinn! sonst verklag ich dich beim Prediger."

„Der dich hergebracht hat?"

„Der mich hergebracht hat. Vergelt's ihm Gott! Ich bin so froh! so froh!"

„Ich bin auch froh, weiß Gott warum", sagte er lachend und setzte seinen Weg fort.

Die Gräfin hatte von dem Gespräch nur die letzten Worte deutlich verstanden. Sie klangen wie ein leises Jauchzen und erquickten das Herz der armen Frau, die fast nie allein und doch schrecklich einsam, fast immer von lärmender Lustigkeit umgeben und selbst doch so traurig war.

Am selben Tage noch ließ sie Sáskay rufen, erkundigte sich bei ihm nach der jungen Schönheit, die in seiner Küche aufgetaucht war, und sagte

ungefähr dasselbe, was der Prediger gesagt hatte. Sáskay wußte auch ihr nichts anderes zu erwidern, als er seinem Verwandten erwidert hatte.

Bald aber konnten alle, die an Ilonas Geschicken teilnahmen, sie für geborgen halten.

Stephan hatte dem Herrn Chef gehorsamst angezeigt, daß er sich mit ihr verlobt habe und auf sie achtgeben und jedem die Zähne einschlagen werde, der sich erfrechen sollte, einen „unrechten" Blick nach ihr zu werfen. „Denn", schloß er seine Anrede, „gnädiger Herr von Sáskay, eifersüchtig bin ich schon wie der Teufel."

„Sei nur auch eifersüchtig auf dich selbst", sprach der Chef; „halte deine zukünftige Frau in Ehren."

Vom Heiraten war freilich noch keine Rede; die Brautleute mußten noch so manches Jahr dienen und sparen, bevor sie daran denken durften, einen Haushalt zu gründen. Aber die Gegenwart wurde ihnen durch die Aussicht in die Zukunft vergoldet, und auch diese Gegenwart war ja so übel nicht. Selten verging ein Tag, an dem sie einander nicht sahen und nicht wenigstens ein paar Worte wechseln konnten. Am Sonntagnachmittag aber, wenn alles, was „frei" hatte und junge Beine, ins Wirtshaus tanzen ging, trafen die Verlobten beim Prediger zusammen, der ihre kleinen Ersparnisse verwaltete. Sie überzählten ihre Gulden und Kreuzer und bauten in Gedanken an einer zukünftigen Wohnstätte, einem kleinen, allerkleinsten Hause. Sie richteten es in Gedanken auch ein, und in einen Grund, den sie sich dazu träumten, säten sie Mais und legten Gemüsebeete an.

Nun geschah's, daß eines Vormittags, kaum eine Stunde, ehe das Diner aufgetragen werden sollte, und als der Koch vor seinen der Vollendung entgegenreifenden Werken am Herde stand, ein Küchenjunge hereinstürzte. Er war purpurrot vor Entzücken, der Überbringer einer schlimmen Botschaft zu sein, und rief: „Herr von Sáskay! Herr von Sáskay! Der Herr Haushofmeister läßt Ihnen sagen, daß Gäste gekommen sind, zwei Wagen voll! Acht Personen! Bleiben alle beim Diner, Herr von Sáskay!"

Das war nun doch auch seinem an Auskunftsmitteln so reichen Geiste zuviel. Der Chef murmelte etwas von Schlagtreffen, ließ sich seine zwei Stühle in die Mitte der Küche rücken, stemmte beide Arme in die Seite, so daß er den ganz ungewöhnlichen Anblick eines Mehlsackes mit Henkeln bot, und dachte nach. Das Küchenpersonal sah ihm zu. Niemand gab einen Laut von sich. Plötzlich rief Sáskay die Namen der beiden Mehlspeisenköchinnen.

„Marina! Susi! Hierher! Und du, Ilona, du hast die schnellsten Beine, du läufst, was du kannst, zum Fischmeister, verstehst? Er soll gleich — gleich! verstehst? — das Beste schicken, was er hat. Nimm den kürzesten Weg durch den Park in den Obstgarten und gradaus zum Bach; dann sind's nur noch ein paar Schritte bis zur Fischerei. Lauf! lauf! Solltest schon wieder da sein.“

Und Ilona lief — ach, so gern, so freudig. Lange war sie nicht mehr gerannt wie früher als Kind und als ganz junges Mädchen, daß die Zöpfe flogen, gerannt ohne Ziel und Zweck, aus purer Lust am tollen Laufe.

Wie der Blitz geht's über die Wiesen dem Tore des Obstgartens zu ... Es ist verschlossen; nachzusehen, ob versperrt oder nur eingeklinkt, hat sie keine Zeit. Der Zaun ist nicht allzu hoch — mit einem tüchtigen Anlauf nimmt sie das Hindernis. Vorwärts! Hurra! Sie springt, ist darüber und liegt — an der Brust eines Mannes, der quer durchs Wäldchen gekommen und eben hinter den Bäumen hervorgetreten ist.

Sie schnellt zurück, von Entsetzen erfaßt. Der

Graf! Es ist der Graf, an den sie angeprallt. Sie hat ihn schon mehrmals gesehen zu Pferde, und das mächtigste war ihr unter ihm klein vorgekommen und Stephan wie ein Knabe, wenn er hinter ihm her ritt. Aber so groß, so furchtbar wie jetzt ist der Gebieter ihr noch nie erschienen.

„Herr Jesus! Herr Jesus!“ stammelt sie und starrt in Todesangst zu ihm hinauf! In seinen tiefliegenden, stechenden Augen blinkt es so merkwürdig, so unheimlich. Eines Herzschlags Dauer hat Schrecken sie gelähmt, dann ist sie auf der Flucht. Leichtfüßig, angstgepeitscht rennt sie über den Fußsteig im Gehölz.

Der Graf war stehengeblieben; er sah ihr nach, bis ihre schlanke, elastische Gestalt im Grün verschwand.

Am Abend, als Ilona und ihre zwei Kameradinnen sich nach dem Zimmer in der Nähe der Küche, das sie miteinander teilten, begeben wollten, kam ihnen im noch hell erleuchteten Gang der Sekretär entgegen. Auf seinem olivenfarbigen Gesichte lag der Ausdruck höhnischer Freundlichkeit. Er verlor ihn nie, selbst nicht nach einem Auftritt mit dem Herrn, der — was oft vorkam — in tätlicher Mißhandlung des treuen Dieners geendet hatte. Auch jetzt trat er bissig lächelnd auf Ilona zu, drehte die nadelfeinen Spitzen seines Schnurrbarts und sprach nachlässig:

„Gut, daß ich dich treffe. Du sollst zur Frau Gräfin. Komm gleich mit. Und ihr“, wandte er sich an die andern Mädchen, „geht schlafen.“

Zur Gebieterin, die ihr die Pflege ihrer Blumen

anvertraut hatte, gerufen zu werden, war für Ilona nichts Ungewöhnliches; nur war es bisher zu so später Stunde nie geschehen.

Als sie die große Treppe betreten wollte, zog er sie lachend zurück: „Nicht dorthin; dort wartet die Frau Gräfin nicht.“ Er führte sie durch einen Eingang der sonst immer geschlossen blieb, über eine teppichbelegte bildergeschmückte Seitentreppe. Sie standen vor einer in dunkelm Getäfel angebrachten Tür. Der Sekretär stieß sie auf:

„Da hinein und verstell dich nicht! Du weißt, wer dich rufen läßt.“

Sie schauderte; ihr war, als grinste der leibhaftige Böse sie aus seinen gelben Zügen an. „Ich ... ich ...“ stöhnte sie verwirrt, außer sich ... „ich habe gedacht ...“

„Denk nicht, gehorche!“ war das letzte, was sie vernahm, als die Tür des halb dunklen, hoch gewölbten Raumes, in den der Sekretär sie gestoßen hatte, hinter ihr ins Schloß fiel.

Das war eine andere Ilona, als die von gestern und die von heute und die von all den Tagen, die dem Heute folgten. Eine, der aus der Seele gerissen worden ist mit Stumpf und Stiel und bis aufs letzte Würzelchen, was in ihr geblüht hatte in stiller Heiterkeit, an Lebensfreude und an schöner Zuversicht. Eine, die statt Sehnsucht nach ihrem Stephan unsagbare Scheu vor ihm empfand. — Nur ihm, Herrgott im Himmel, nur ihm nicht unter die Augen kommen! In der ihr durch das halbgeöffnete Gitterfenster hell Ferne erspähte. Lieber totgeschlagen werden, lieber verbrennen bei lebendigem Leibe, als ihm in die Augen sehen müssen.

Durch den Prediger, dem Stephan sein Leid klagen ging, erfuhr er eines Tages die ganze, furchtbare Wahrheit und mußte sie, aus diesem Munde kommend, gelten lassen. Die Andeutungen seiner Mitdiener hatte er mit Faustschlägen beantwortet.

Im Schlosse konnte, was geschehen war, kein Geheimnis bleiben; Ilona selbst verriet es durch ihre Verzweiflung. Einige der Hausleute bemitleideten sie; von den meisten wurde sie verspottet.

Dem bewegten Herbst folgte ein stiller Winter. Wie alljährlich, verlebte ihn der Graf auf einem seiner Güter in Slawonien. Einige Diener und Stephan mit den Lieblingspferden waren dahin vorausgeschickt worden.

In Ováros führte während der Abwesenheit ihres Bruders die Gräfin eine sogenannte Regierung. Wem es gefiel, der beugte sich ihrem milden Zepter.

Woche um Woche verging. Eines Tages klopfte es sachte an ihrer Tür. Aus den Gewächshäusern waren frische Blumenstöcke gebracht worden. Ilona kam, um sie mit den welkenden zu vertauschen, ging ein und aus und ordnete die Pflanzen in den Körben und auf den Tischen.

Die Gräfin sah ihr zu. Sie waltete mit Ernst, mit großer Sorgfalt ihres Amtes. Und doch, was konnte ihr daran liegen, ob es etwas besser oder etwas schlechter versehen wurde? Ihr, mit ihrem schweren Herzen, ihr, der Trostlosigkeit mit steinernen Zügen auf der Stirn geschrieben stand?

Ilona schlich die Treppe hinab und langsam, durch den Gang, am Morgen schon müde, erschöpft vor Beginn des Tagewerks. Draußen lag dichter, frisch gefallener Schnee, Märzschnee.

„Du!“ rief plötzlich eine wuterstickte Stimme hinter ihr, und sie wandte den Kopf. Nun ja! all die Tage hatte sie davor gezittert. Man wußte schon im Schlosse: der Stephan wird nächstens da sein mit den Pferden.

Und da war er, hatte ihr in einer Fenstervertiefung im Gang aufgelauert, sie vorübergehen lassen, schrie ihr jetzt zu und näherte sich dräuend. Ihre Knie wollten versagen; sie lehnte sich, um nicht umzusinken, mit dem Rücken gegen die Wand, an die sie auch krampfhaft die herabhängenden Arme, die flachen Hände preßte.

Stephan trat dicht vor sie hin, bleich vor Zorn; unbarmherzig maß sie sein Blick vom Wirbel bis zur Sohle; zwischen den knirschenden Zähnen stieß er sinnlose, unzusammenhängende Reden und Schimpfwörter hervor. Sie zuckte unter jedem wie gepeitscht, aber ihre Qual blieb stumm und ohne Laut, bis endlich seine Maßlosigkeit ihren Widerstand weckte. Als er keuchend, mit versagendem Atem nach Worten rang, sagte sie:

„Ich habe gewußt, was ich von dir zu erwarten habe, wie arg du sein kannst und schrecklich.“

„Gewußt hast du's, gefürchtet hast dich nicht!“ Er hielt ihr die geballte Faust vor die Augen: „Ich müßt noch viel ärger sein, du Schlechte!“

„Ich bin nicht schlecht“, brachte sie mühsam hervor.

„Ich kann nicht für mein Unglück ... Wie soll ich dafür können? ... Wer ist stärker, der Herr oder ich?“

„Du hast Zähne, du hast Nägel, hast eine Stimme, kannst schreien.“

„Und wer kommt auf mein Geschrei? Wer getraut sich? Wer hat dem Herrn etwas zu befehlen, Stephan, Stephan — du Narr!“

Er stutzte; ein wilder Fluch starb auf seinen Lippen.

„Wenn ich das ganze Schloß zu Hilfe rufe, wer hilft mir; sag mir, wer mir hilft!“

Auch darauf wußte er nichts zu erwidern; das war aber keine Milderung seiner Pein — gefoltert wand er sich in ihren Krallen.

Die ihn liebte, wurde von einem großen Erbarmen mit ihm erfaßt.

„Beschimpf mich nicht, Stephan“, bat sie gepreßt und leise; „ wenn du wieder zu dir kommst, wird dir's leid sein ... Schau dich nicht mehr um nach mir, schau mich nicht an! ... Ich vergeh vor Scham, und ich kann ja nichts dafür — und ich bitte dich, spare nicht mehr, geh tanzen am Sonntag. Suche dir eine andere aus — du brauchst nur auszusuchen ... wie viele haben mich beneidet ...“

Ein der Rührung verwandtes Gefühl wollte ihn erfassen; er rang dagegen, er trieb sich selbst in einen neuen Zornesausbruch hinein. Diesem aber blieb Ilona nicht mehr schutzlos ausgesetzt.

Stephans Toben hatte Zeugen herbeigelockt. Die einen, die ihn auf den veränderten Stand der Dinge aufmerksam gemacht und dafür Faustschläge

geerntet hatten, triumphierten; die Neugier der anderen, die voll Spannung des Wiedersehens der Brautleute kaum mehr erwarten konnten, war befriedigt. In schönster Einmütigkeit legten alle sich ins Mittel, Ilona wurde von allen verteidigt.

Am nächsten Tage kam der Graf zurück, und schon wenige Stunden nach seiner Heimkehr wurde Stephan mit den Pferden zum Ritt nach dem entlegensten Fohlenhof befohlen.

Nun ging's im bequemen, gleichmäßigen Galopp über die Heide. Sie schien sich ins Unendliche zu dehnen in ihrer melancholischen Einförmigkeit, trübselig, wie der Gedanke an ein freudenbares ewiges Leben.

„Du Mörder! o Mörder du, vermaledeiter!“ fluchte der Junge lautlos vor sich hin. „Mörder der Ehre, der Unschuld, Mörder meines Glückes. Da reitet der Verdammte und ist voll Galle und denkt: Die Kerle dort im Fohlenhof erwarten mich nicht, die will ich überraschen ... gewiß bei einer Fahrlässigkeit, und dann — weh ihnen! ... Immer ein Richter über andere, du Henker ... Und du sollst nie gerichtet werden? Du sollst nie erfahren, wie es denen tut, die immer unter deiner Fuchtel stehen? Sollst die Fuchtel nie sausen hören über deinem verruchtem Haupte?“

Er gab seinem Braunen die Sporen, überholte den Grafen, wendete plötzlich und sprengte mit geschwungener Peitsche dicht an den Herrn heran, Schaum auf den Lippen, Wahnsinn in den Augen. Aber schon sank der zum Hieb ins Gesicht des Grafen erhobene Arm. Mit einem Griff am Kragen gepackt, aus dem Sattel gerissen, lag Stephan auf dem Boden hingeschmettert wie tot.

Hatte er den Hals gebrochen? Sein Gebieter sah zu ihm hinab. Nein, er war nur betäubt, regte sich jetzt und machte Versuche, sich aufzurichten. ‚Betrunken ist der Kerl‘, dachte der Graf. ‚Es gab gestern tolles Spektakel im Orte. Drei Hochzeiten wurden zugleich gefeiert. Da betrinkt sich auch ein so nüchterner Bursche, wie der Stephan sonst ist, und auch gleich gehörig.“

„Verflucht seien Sie! Verflucht!“ schrie der ihn

an. „Sie haben mir meine Ilona gestohlen … unglücklich gemacht meine Ilona, meine Braut …“

Braut … Ilona? – Der Graf besann sich. – War das nicht die Hübsche, die Widerspenstige, die ihn so inbrünstig angefleht hatte, auf den Knien vor ihm herumgerutscht war? … Ja, fast hätte sie ihn dahin gebracht, sie unberührt zu lassen. Aber sie gefiel ihm … hol der Teufel den Bräutigam, dem's nicht recht ist, und der es jetzt im Rausche verrät!

Stephan war aufgesprungen, stierte den Herrn an, die Verrücktheit der Wut im blauroten Gesicht, und schrie:

„Ich hab nichts mehr auf der Welt, Sie haben mir alles genommen; lassen Sie mir das elende Leben nicht! Ich hab Sie hauen wollen, hauen! Ein Magnat wird keinen am Leben lassen, der ihn hauen wollt!“

„Schlaf deinen Rausch aus, dann kriegst du dein Teil“, sprach der Graf zwischen den Zähnen. Eine flüchtige Regung des Mitleids milderte einen Augenblick seinen Widerwillen gegen den Betrunkenen: „Geh aus dem Weg!“

Stephans Brauner war ledig in den Stall gekommen; ihn selbst erwartete man vergeblich und suchte ihn dann auch vergeblich zwei Tage lang. Endlich fand ihn ein Stallpage schwer betrunken in einer Räuberschenke. Dort wurde er abgeholt und mit Gewalt nach Hause gebracht.

Wenige Stunden später ereignete sich etwas Unerhörtes.

Der Reitknecht war auf Befehl des Herrn sogleich hinter Schloß und Riegel gesetzt worden und hatte in seiner Armensünderzelle den Besuch des Predigers empfangen. Von ihm weg begab sich Déry stehenden Fußes ins Kastell und ließ sich bei der Frau Gräfin melden. Nach einer langen Unterredung, die er mit ihr gehabt hatte, geschah dann das Wunder. Die Gräfin ließ fragen, ob ihr Bruder zu sprechen sei, und nachdem sie eine bejahende Antwort erhalten hatte, begab sie sich zu ihm. „Von selbst!" raunten die Leute einander zu. Sie begibt sich „von selbst" zu ihm, sie, die seine Gemächer noch nie unaufgefordert betreten hat und, wenn es geschah, nur mit Zittern und Zagen.

Was geht vor? Wessen hat man sich zu versehen?

Kürzlich, nachdem der Graf auf schweißtriefendem Pferde — vermutlich war es mit ihm durchgegangen — in den Fohlenhof kam, hat es dort ein fürchterliches Gericht gegeben. Vielleicht erbarmt sich die Gräfin und geht bitten für die Unglücklichen; unter den zum Bettelstab verurteilten befinden sich viele Unschuldige ... Aber nein, die Hoffnung ist ausgeschlossen, die Gräfin ist zu ängstlich, — eine Fürbitte einzulegen wagt sie nicht. Ihr Besuch hat eine andere Veranlassung, — aber welche?

Ganz zufällig traf dann Elisabeth den Sekretär auf dem Korridor. Äußerst dienstfertig näherte er sich mit der Frage, ob sie keine Befehle für ihn habe. Sie hatte nur eine Bitte: den Reitknecht Stephan rufen zu lassen und zu ihr zu schicken.

Den Reitknecht Stephan? Wollte die gnädigste Frau Gräfin nicht gleich den Sekretär zu ihrem Boten machen? Durfte er nicht ihren Auftrag bestellen an den — hochgräfliche Gnaden werden sich besinnen — zur Zeit im Gefängnis befindlichen Reitknecht? — Dort sollte man ihn abholen, erwiderte die Gräfin sehr freundlich, aber mit ungewohnter Entschiedenheit.

„Lieber Stephan“, sagte sie, als der Bursche vor ihr erschien, verstört, verwildert, mit einer Miene stumpfsinnigen Trotzes, aus der es sprach: ‚Tut mit mir, was ihr wollt, — ich bin auf alles gefaßt; was liegt an mir?‘ „Lieber Stephan, der Graf hat dich aus seinem Dienst entlassen, mir aber erlaubt, dich in den meinen zu nehmen. Hörst du?“

„Ja“, antwortete er gedankenlos und gab sich keine Rechenschaft von dem, was er bestätigte.

„Als Kutscher“, setzte sie hinzu, „du kannst ja doch kutschieren?“

„Zweispännig, vierspännig ist mir gleich.“

„Also, du wirst die Schecken führen.“

Er wiederholte: „Die Schecken führen“ und dachte: Das muß heute sein, denn morgen stehe ich gewiß vor Gericht.

„Die Schecken, lieber Stephan. Aber keinen Rausch mehr!“ — sie erhob warnend den Zeigefinger — „das bitte ich mir aus. Du würdest dich zu Tode schämen, wenn man dir erzählte, was du neulich im Rausche getan hast. Ich will dir auch nur sagen: du hast meine Ilona beschimpft. O wie häßlich! wie grausam! ... Du bist auch im Rausch vom Pferde gefallen, lieber Stephan, man hat dich drei Tage später, immer noch oder vermutlich frisch betrunken, weiß Gott in welcher Schenke aufgelesen. An alles das erinnerst du dich nicht mehr, lieber Stephan.“

„Versprich mir, lieber Stephan", schloß sie, „daß es bei diesem ersten Rausch — er hat lang genug gedauert — bleiben wird. Versprich es mir, und ich werde dir glauben. Ich weiß ja, daß du im Grund ein braver Mensch bist."

„Ich verspreche es der hochgeborenen Frau Gräfin", sagte Stephan und brach in ein leidenschaftliches, unaufhaltsames Schluchzen aus.

Im Mai genas Ilona eines Knäbleins. Die Natur hatte ihr Werk getan, unbekümmert darum, ob es in Leid oder in Lust entstanden war. Kräftig und

gesund kam das Kind zur Welt; lieblich und schön blühte es heran. Als man es seiner Mutter zum ersten Male an die Brust gelegt, hatte ein Schauer ihren ganzen Körper durchlaufen, hatte sie die Augen zugedrückt, und unter ihren geschlossenen Lidern waren große Tränen hervorgequollen.

„Du liebst dein Kind nicht“, sagte die Gräfin vorwurfsvoll zu ihr, und sie antwortete:

„Gerechter Gott, wie soll ich's lieben!“

Sie war mit ihrem kleinen Akos bei zwei alten Jungfrauen, den Schwestern Maria und Etelka von Zátonyi, den obersten Beherrscherinnen des Hühnerhofs, untergebracht. Diese bewohnten, knapp am Eingang zu ihrem Bereich, ein nettes Häuschen.

Die Gräfin wußte, daß sie ihren Schützling in bessere Hut als in die der Jungfrauen Zátonyi nicht hätte geben können, und ihr Vertrauen wurde glänzend gerechtfertigt. Wenn sie fragte: „Sind sie gut mit dir, Ilona? Pflegen sie dich? Geben sie acht auf dich?“ erhielt sie zur Antwort:

„Viel zuviel, hochgeborene Frau Gräfin. Sie plagen sich, und ich darf keine Hand rühren, muß immer dasitzen und ...“ denken, hätte sie hinzufügen können, wollte es aber nicht aussprechen; die Gräfin gab ihr oft zu hören: „Denk nicht zuviel, vertraue auf Gott. Er wird alles gutmachen. Wie würde es aussehen in der Welt, wenn er nicht gutmachen würde, was die Menschen Böses tun!“

Einmal antwortete Ilona: „Oh, gnädigste Frau Gräfin, Gott selbst kann Geschehenes nicht ungeschehen machen.“ Da seufzte Elisabeth, legte ihr die Hand auf den Kopf und ermahnte:

„Liebe! Liebe! verliere nur deinen Glauben nicht.“

Sobald der Säugling entwöhnt werden konnte, trat Ilona ihren Dienst wieder an. Ihr Söhnchen blieb bei den alten Jungfrauen zurück, die Abgötterei mit ihm trieben. Sie wurden in dieser erzieherischen Tätigkeit sanft und still, aber sehr nachdrücklich von der Gräfin mit dem ewig dürstenden Mutterherzen unterstützt.

Der Reichtum an zärtlicher und ängstlicher Liebe, mit dem sie ihre eigenen Kinder nicht überschütten konnte, ergoß sich über den kleinen, illegitimen Neffen. Sie besuchte ihn täglich und fand immer Gründe zu neuen Entzückungen.

Auch Déry erschien oft in der Hühnerhofvilla, seitdem das Knäblein dort eingenistet war, und bemühte sich, dem Einfluß der verwöhnenden Liebe der drei Anbeterinnen entgegenzuwirken. Der Prediger sagte ihnen sehr ernsthaft, daß ein Kind durch Zärtlichkeiten belästigt und durch die fortwährende Bezeichnung mit Kosenamen lächerlich gemacht wird. Um etwas Gleichgewicht herbeizuführen, sprach er von ihm nie anders als von dem Jungen und rief ihn rauh mit „Akos!" an. Er stellte ihn zwischen seine Beine wie zwischen zwei Schragen und teilte ihm mit, daß er weder ein Schatz noch ein Seelchen, noch ein Engel sei, sondern vorläufig noch ganz einfach der Niemand.

Und Akos lachte und wiederholte: „Der Niemand."

Ihm gefiel die männliche Art des Alten; er warb um die Gunst dessen, dem an seiner Gunst nichts zu liegen schien, der ihn nie küßte, ihm nie schmeichelte, auch nicht unhörbar herumschwirrte wie die Fräulein, sondern wuchtig einherschritt mit seinen großen Stiefeln, die so stolz knarrten und die Bewunderung des Bübchens ausmachten.

Akos empfing Ilona stets mit jubelndem Aufschrei, lief ihr mit offenen Armen entgegen, trug seine Spielereien herbei, wollte sie ihr schenken und fragte bei jeder: „Willst du die? Willst du diese da?“ Er setzte ihr sein Kaninchen auf den Schoß und erlaubte ihr, es zu streicheln, was nicht einmal die Gräfin, nicht einmal Déry durfte. Sie hatte an alledem keine Freude, war nicht zu zerstreuen, nicht zu gewinnen. Allmählich ging ihre Beklommenheit auf den Kleinen über, und er wurde schweigsam und traurig in ihrer Nähe. Aber seine junge Energie bäumte sich bald auf gegen den Druck eines peinlich lastenden Gefühls und reizte ihn zum Kampfe gegen den stummen Widerstand der jungen Frau. Eines Tages, da sie nach kurzem Verweilen Abschied nehmen wollte, sprang er auf sie zu, hielt sie am Kleide fest, stampfte mit den Füßchen, schrie und befahl: „Dableiben! Ilona dableiben! Mich liebhaben, Ilona!“

Es überrieselte sie. Dieses Fordern, dieses Heischen, der jäh erwachende Zorn in den Augen des Kindes mahnten mit unheimlicher Deutlichkeit an andere zornige Augen, an ein in Drohung verwandeltes Werben um Willfährigkeit, an eine unsagbar häßliche Stunde. Gequält wandte sie den Kopf und streckte die Hand abwehrend aus.

Die Gräfin wußte keinen Rat, marterte sich ab für andere in Gewissensqualen. Daß ihr Bruder von der Existenz des Knäbleins wußte, konnte sie kaum bezweifeln, und ebensowenig, daß er von ihr nichts wissen wollte.

Da begab es sich, daß sie einmal, nach Hause zurückkehrend, den Grafen in ihrem Zimmer fand. Er wartete schon seit einigen Minuten und war voll Ungeduld: „Wo steckst du den ganzen Tag?" fragte er, und sie erwiderte bestürzt:

„Ich war bei den Zátonyi."

„Ja so" — ein wegwerfendes Wort trat ihm auf die Lippen, die Gräfin kam dem zuvor. Ihr selbst unbegreiflich blitzte in der ängstlichen Frau eine Regung der Tollkühnheit auf.

„Ich bin oft bei ihnen. Sie haben ein Pflegekind", brachte sie stoßweise hervor.

„Was geht's dich an?"

„Was es mich ..." Vorwärts! ermutigte sie sich selbst. Wenn sie heute schweigt, schweigt sie immer; so verwegen wie heute würde sie nie mehr sein. „Es geht mich an", fuhr sie fort mit verzweifelter Entschlossenheit; „es ist das Kind der Ilona und deines, und du hast heilige Pflichten gegen sie und gegen das Kind."

„Meine Sache. Kein Wort mehr — du verstehst mich, du kennst mich."

Ja, sie kannte ihn — und sie schwieg.

Sehr bald darauf kam er eines Mittags bei glühender Sonnenhitze von der Jagd zurück. Seine Stimmung war schlecht, denn er fühlte sich müde — müde nach ein paar elenden Stunden auf der Hühnerjagd in einem nahen Reviere. Verflucht! Traten Zeichen des Alters ihn an? Waren denn die Jahre danach? In Gedanken hinschreitend, hatte er

versäumt, den Fußsteig einzuschlagen, der über die Wiese zum Tiergarten führte, verfolgte die gerade Straße und sank bei jedem Schritte bis an die Knöchel in den Staub. Ihm auf den Fersen folgte sein Hund mit gesenktem Kopfe, melancholisch herabhängenden Ohren und triefender Zunge. Sie kamen nun an der Mauer vorbei, die den Hühnerhof begrenzte, und Herr und Hund blinzelten, geblendet bis zum Schmerze durch den Lichtstrom, der sich über die helle Mauer, den hellen Straßenstaub ergoß. Nun plötzlich bewegte sich vor ihnen etwas Kleines, Rundes und sprang in Bogenlinien über den Weg. Im selben Augenblick der Hund daraufIos und zugleich das Erklingen des grellen Aufschreis einer Kinderstimme und des Grafen zorniger Ausruf: „Pfui Has! Pfui Has! Herein! Wirst kuschen!“ Der Hund gehorchte, doch hatte ein rascher Kampf zwischen ihm und dem Kinde, das eiligst herbeigestürzt war, schon stattgefunden, und seine Spuren machten sich an dem Knäblein sichtbar. Es stand da verwundert, aber keck und herausfordernd, schrie seinerseits den Hund an: „Wirst kuschen!“ und drückte voll Zärtlichkeit sein gerettetes Kaninchen an sich, mit nackten sonnenverbrannten Armen, und von einem der Arme floß Blut und rötete das Fell des Tierchens.

Ein couragierter kleiner Schlingel, dachte der Graf und wußte gar gut, daß er den vor sich hatte, den er bisher so sorgfältig gemieden. Als das Kind sich jetzt abermals abwandte und dem Eingang zum Hofe entgegenging, rief er ihm zu: „Bleib da!“ und forschend betrachtete er ihn. Ammenmärchen, wie sie schwatzen von der Stimme des Blutes; er wartete vergeblich, daß sie sich rege. Eine große Gleichgültigkeit war in ihm, während er doch zugab: „’s ist so, ’s ist schon so, es ist mein Kind.“ Er sah sich selbst, wie er als dreijähriges Knäblein auf dem schönen Bilde dargestellt war, das im Zimmer Elisabeths hing.

Herzig war der Junge, der furchtlos zu dem Grafen hinaufsah und dessen Blick fragte: „Was willst du von mir?“ Als Erwiderung kam eine Gegenfrage: „Wie heißest du? Wer bist du?“

Akos überlegte. Déry ist ein Herr, ist alt, ist groß, und dem muß man antworten: „Ganz einfach der Niemand.“ Da ist wieder einer, der ein Herr ist und groß und alt, dem muß man dieselbe Antwort geben. So gab er sie, und sie erweckte ein unangenehmes Staunen — „Ganz einfach der Niemand." Was das heißen sollte! Dummes, eingelerntes Zeug. Wenn sie glauben, ihn damit zu gewinnen, zu rühren, verrechnen sie sich.

Akos, des langen Betrachtetwerdens müde, freute sich, als seine Beschützerinnen am Eingang des Hofes sichtbar wurden; bevor er ihnen entgegenlief, ballte er aber die Faust gegen den Hund, weil er das Kaninchen nicht aus den Augen ließ, und schrie ihn noch zum Abschied aus allen Kräften an: „Kuschen du!"

Eines Tages stand Akos am offenen Tor des Geflügelparks als Hüter und sah den großen alten Herrn auf der Straße einherschreiten. Der Hund lief voraus, an dem Kinde vorbei, blieb stehen und wandte einer Perlhühnerfamilie, die in der Nähe spazierte, seine ganze, offenbar übelwollende Aufmerksamkeit zu. Dem Knäblein wurde bang um seine Schützlinge:

„Halten den Hund! Halten den Hund!" rief er dem herannahenden Grafen zu.

„Halt ihn doch selbst!" klang es ihm zurück, und rasch entschlossen hing sich Akos mit beiden Händen an das Halsband des Tieres. Voll Mißtrauen schielte es zum Gebieter hin: „Geschieht das mit deiner Erlaubnis?" Ein Wink, und Czigány ließ sich geduldig halten und zerren und hörte den Ermahnungen, die eine Kinderstimme ihm halb drohend, halb zärtlich erteilte, mit nachdenklichem Ernste zu. Plötzlich streckte er die Vorderbeine aus, zog das Kreuz ein, — der ganze Hund war gespannt wie eine Sehne. Er hob den Hals, sah mit seinen glänzenden Topasaugen unverwandt in die

Augen des Knäbleins und brachte das lang gedehnte pfeifende Gähnen hervor das in der Hundesprache unter anderem auch bedeutet: Ich kenne dich. Sei gegrüßt!

Das war die Geburtsstunde einer Freundschaft, wie sie nie treuer bestanden hat zwischen einem kleinen Kinde und einem großen Hunde. Czigány besuchte von nun an das Knäblein täglich und brachte immer den alten Herrn mit. Wenn die beiden ihre Wanderung fortsetzten, gab ihnen Akos ein Stück Weges das Geleit. Anfangs eine kurze Strecke, allmählich eine längere. Der Graf nahm zwar keine Notiz von dem Spielgefährten seines Hundes, duldete aber, daß Akos hinter ihm herlief, bis zum Garten und endlich bis zum Schlosse. Er machte auch keine Einwendung, als die Gräfin sich ein Herz faßte und den Kleinen mitnahm auf ihr Zimmer. Sie durfte sogar wagen, ihn tagelang bei sich zu behalten, und nach einiger Zeit wurde das Schloß sein ständiger Aufenthalt.

Ilona fühlte sich unselig in den Prunkgemächern der Gräfin, und auch schlecht und herzlos fühlte sie sich. Das Kind war immer da, lief aber nicht mehr auf sie zu, sprach sie, außer auf Befehl der Gräfin, nicht mehr an. Es saß an seinem Tischchen oder drückte sich in eine Ecke und verfolgte mit ernsten Augen jede ihrer Bewegungen, und sie bildete sich ein, einen Vorwurf in diesen ernsten Augen zu lesen, und führte einen lautlosen Kampf mit dem Kleinen.

Zwischen ihr und dem „andern“ war ein wehmutsvoller Frieden geschlossen worden. Stephan hatte den Rat befolgt, den sie ihm vorzeiten gegeben, er hatte sein Geld im Wirtshaus vertan, hatte getrunken, getanzt, geküßt, der erratenden Liebe Ilonas aber nicht verbergen können, daß er dabei innerlich immer elender wurde. Und einmal wandte sie sich nicht ab, als sie ihm begegnete, eilte nicht an ihm vorüber; sie blieb stehen und sprach leise und zagend seinen Namen. Es war wieder unter den alten, windbrüchigen Eichen, und es war wieder Frühling, und der Tag war ebenso schön, wie er damals gewesen bei der ersten Begegnung eines wie von Ewigkeit her füreinander bestimmten Menschenpaares.

„Du!" rief er, und eine feurige Glut schoß ihm ins Gesicht, „du kennst mich noch?"

Sie nahm ihre ganze Kraft zusammen, preßte die gekreuzten Arme fest ans ungestüm pochende Herz und sprach: „Der Herr Pastor hat mit mir geredet; der Herr Pastor" — wie dankte sie ihm, daß sie sich auf ihn berufen durfte — „meint, wir sollen Frieden machen."

Ein grausamer Zug verzerrte seinen Mund: „Frieden? Ich wüßte nicht, daß wir streiten." Er wollte noch etwas hinzusetzen, aber die Kehle schnürte sich ihm zu, eine trostlose Ratlosigkeit malte sich plötzlich in seinem Gesichte, und Tränen schossen ihm in die Augen. „Glaube du nur nicht", preßte er hervor, „daß ich dir etwas nachtrage. Ich weiß ja, du kränkst dich ohnehin." Heftig strich er mit der Hand über die Wange, von der eine Träne herabrinnen wollte, warf den Kopf ins Genick und eilte hinweg.

Dann kamen neue Kämpfe. Wieder lauerte er ihr auf im Wirtschaftshofe oder in einem der langen, einsamen Gänge des Schlosses. Einmal suchte er sie an sich zu reißen und beschwor sie, ihn zu erlösen von seiner Liebesqual. Sie hatte Mühe, sich seiner zu erwehren.

„So war's nicht gemeint, Stephan, — das ist aus."

Und er schrie und stöhnte: „Werde mein Weib! Alles soll wieder so sein wie früher, und das andere werden wir vergessen und glücklich sein."

„Nein", erwiderte sie, „danach bist du nicht, und ich bin auch nicht danach. Wenn du bös würdest, wie du manchmal wirst, und dann im Zorne sagst und tust, was einen aufs Blut kränken muß, und ich bekäme zu hören, daß ich ... daß ... Ich kann es nicht aussprechen, und du weißt ohnehin, was ich meine. — Also, Stephan, so käme es gewiß, und gewiß! das könnte ich nicht ertragen, und darauf will ich es nicht ankommen lassen."

Sie blieb unerschütterlich, aber sie war bemüht, sich ihren Widerstand verzeihen zu machen. Sie hatte, wenn sie den Geliebten traf, immer einen demütig-freundlichen Blick für ihn, eine schüchterne Erkundigung, einen leisen Gruß. Und er rang seinen Groll und seinen Schmerz mannhaft nieder. Doch ging eine Wandlung mit ihm vor. Aus dem übermütigen Stephan, dem Lebensfreudigkeit in allen Adern gepocht hatte, wurde ein stiller, in sich gekehrter Mensch. Die jungen Mädchen, mit denen er gekost und geliebt und von denen jede sich Hoffnung auf die Dauer seiner Zuneigung gemacht hatte, waren überzeugt: Der lebt nicht mehr lang.

Déry aber sah mit Befriedigung die Zeit und die Gelegenheit kommen, eine Seele zu retten. Wie die Gräfin sich Ilonas annahm, nahm er sich Stephans an; und er hatte mehr Glück als sie. Sein Einfluß wurde dankbar erfahren und wirkte segensreich, und der allem schmeichlerischen Selbstbetrug abgeneigte Pastor träumte nun doch auch von einer freundlichen Zukunft für Ilona, die freilich eine ganz andere war als die, die ihr die Gräfin zu bereiten wünschte.

Im Spätherbst, kurz vor seiner wie alljährlich um diese Zeit bevorstehenden Abreise von Ováros, erkrankte der Graf. Mit bedrohlicher Heftigkeit trat das Leiden auf und machte alle ärztliche Kunst zuschanden. Die großen, aus der Ferne herbeigerufenen Doktoren wußten ebensowenig Rat wie der Bezirksphysik Semen Isaak, der bald nach dem Ausbruch des Übels zu Déry gesagt hatte:

„Ein Wunder kann ihn retten; beten Sie, daß es geschehe, wenn Ihnen darum zu tun ist."

Ihm selbst, dem runden Männchen, dem Selbstschätzung aus allen Poren schwitzte, war nicht darum zu tun. Zu oft hatte ihn der Graf zum Kurschmied erniedrigt, ihm zu viele „Esel" an den Kopf geworfen. Dennoch erfüllte er an dem Patienten seine ärztliche Pflicht mit unübertrefflicher Gewissenhaftigkeit.

„Bitte, ruhig zu sein", antwortete er der Gräfin, die ihn beschwor, den Kranken nicht aufzugeben, zu seiner Rettung das Menschmögliche zu tun. „Bitte, darüber ruhig zu sein. Ein schlechter Soldat, der den Kampf aufgibt, weil er die Schlacht verloren sieht."

Der Graf selbst war sich der Hoffnungslosigkeit seines Zustandes vollkommen bewußt. Er litt mit heldenhaftem Gleichmut und sah dem Tod grollend und finster, aber ohne Bangigkeit entgegen. Aus seiner großartigen Fassung kam er nur, wenn jemand versuchte, ihm Hoffnung auf Genesung einzuflößen. „Bildet euch nicht ein, mir etwas weismachen zu können, weil ich sterbend bin", keuchte er dann, und furchtbar funkelten seine fieberroten Augen.

Elisabeth, sein ältester Neffe Ludwig, den er hatte bescheiden lassen, und der Pastor durften oft um ihn sein. Akos und Czigány, der Lieblingshund, mußten ferngehalten werden.

„Er fürchtet, daß ihn ihr Anblick weich machen würde; sie sind ihm ja das Liebste auf der Welt", meinte Ludwig.

Trotz aller Vorsicht entwischte aber Akos eines Tages seiner Wärterin und schlich, gefolgt von Czigány, in das ans Schlafzimmer des Herrn stoßende Gemach. Die Gräfin und Déry waren da und waren beide eingenickt, Elisabeth auf dem Sofa, der Pastor auf einem Sessel neben der zur Hälfte geöffneten Tür der Krankenstube. An ihm vorbei stahlen sich leise das Kind und der Hund und traten ein.

Der Doktor saß an einem der Fenster. Er hatte soeben die dichten Rollvorhänge herabgelassen, weil die untergehende Sonne ihre grellen Strahlen auf das Bett warf. Nun herrschte so tiefe Dämmerung, daß er nicht unterschied, wer sich dem Bett näherte.

„Zum Teufel, der Hund! Jetzt haben sie den Hund hereingelassen ... Und wen noch? Ich glaube gar ...“ Obwohl der Doktor sich unbeachtet wußte, zog er ganz verstohlen seine Brille hervor und steckte sie, nachdem er sich ihrer bedient hatte, wieder ein ... Ja, er durfte seinen Augen trauen, sie hatten ihm nichts vorgespiegelt.

Der Kopf des kleinen Akos lag auf dem Kissen neben dem des Kranken, und der Arm des Kindes umschmiegte ihn zärtlich. Semen wagte sich näher; er erlauschte nun einzelne Sätze.

„Nicht wahr, Herr Graf, ich darf zu Ihnen kommen? ... Ich darf und der Czigány auch ... Sehen Sie, Czigány, der arme! er küßt Ihnen die Hand, er weint.“

Ein schweres Schluchzen — der Verräter mannhaft bis an die Grenzen der Möglichkeit niedergepreßter Rührung — unterbrach erschütternd die Reden des Kindes. Dem Doktor wurde eiskalt. Nein! das hatte er nicht zu erleben gedacht. Der Graf, der große Graf schluchzte! ...

Nach einer Weile erschienen das Kind und der Hund auf der Schwelle. Akos hielt den Finger an die Lippen gedrückt: „Still! man muß ganz still sein, der Herr Graf ist eingeschlafen."

Wirklich schlief er durch einige Stunden.

Als er kurz vor Mitternacht erwachte, kniete Semen neben ihm und fühlte seinen aussetzenden, rieselnden Puls. Der Kranke öffnete die Augen und sah ihn fest an: „Haben Sie ein Gewissen?"

„Ein gutes", erwiderte der Doktor mit seinem hochmütigsten Lächeln.

„Auf Ihr gutes Gewissen also: Wie lange kann ich noch leben?"

„Solang es Gott beliebt."

Der Graf stieß die Hand des Arztes hinweg: „Hüten Sie sich! Keine Scherze! ... kann ich den Morgen erleben?"

„Den Morgen kaum."

„Dann also ist es Zeit: Rufen Sie die Frau Gräfin und den Pastor. Hierher. Sogleich." Eiserne Entschlossenheit klang aus dem Befehle, die alte, unbeugsame Willenskraft.

An diesem Abend fehlte nicht einer vom ganzen dienstfreien Personal in der Korona, die sich um Herrn von Sáskay versammelt hatte. Sie wußten es schon, durch das ganze Haus war die Kunde geflogen, daß der Graf die Nacht nicht überleben werde.

Er wird die Nacht nicht überleben, er wird den Morgen nicht mehr sehen.

In diesem Augenblick wurde die Tür, die auf den Gang führte, geöffnet; ein Lichtstrahl fiel herein, und wie von goldenem Grunde hob sich von ihm die schmale, schwarze Silhouette des Pastors ab.

„Ilona!“ rief er in die plötzlich eingetretene Stille, und Ilona erhob sich und ging auf ihn zu. Beinahe fremd hatte seine Stimme ihr geklungen, beinahe fremd erschien er ihr in seinem feierlichen Ernst.

„Was befehlen Euer Ehrwürden?“ fragte sie scheu und beklommen.

Schweigend faßte er ihre Hand, gehorsam und schweigend folgte ihm seine Schutzbefohlene.

Am frühen Morgen wurden die Beamten und die Dienerschaft in den Salon beschieden, der neben dem Krankenzimmer lag. Durch die geöffnete Flügeltür sah man den Grafen leblos auf seinem Lager ausgestreckt. Den Zügen der Leiche waren die Spuren eines schweren Todeskampfes eingeprägt.

Neben dem Bett kniete die Gräfin und Ilona, und ihnen gegenüber standen der Pastor, der Doktor, Ludwig und zwei Anwälte. Die Gräfin erhob sich, legte sachte die Hand auf die Schulter Ilonas, zog sie empor und schloß sie in die Arme. Beide Frauen verließen das Sterbezimmer, von dem Doktor und von Ludwig begleitet. Die Gräfin hatte rotgeweinte Augen, aber der Ausdruck eines edlen Triumphes verklärte ihr Gesicht. Zu ihrer Rechten, wachsbleich, schritt Ilona. Ihr Blick war starr und geradeaus gerichtet, in ihrer Miene malte sich weder Stolz noch Demut, als die Gräfin, auf sie deutend, zu den Versammelten sprach: „Meine Lieben, die Frau, die Witwe unseres Grafen.“

Beim Begräbnis schritt Ilona an der Seite der Gräfin. Dann, noch am selben Tage reiste Elisabeth mit Akos fort. Als es Abschied nehmen hieß, kam Ilona erst zum Bewußtsein, was von ihr gefordert worden war und worein sie gewilligt hatte — in die vollkommene Lossagung von ihrem Kinde. Sie lautete:

„Du siehst deinen Sohn nie mehr. Er wird fern von dir von solchen erzogen, die seinen Vater liebten und ehrten. Du wirst die Gegend meiden, in der er wohnt.

Du wirst das Haus, in dem er lebt, nie betreten. Er wird das Haus, in dem du lebst, nie betreten. Es wird zwischen euch kein Verkehr, nicht schriftlich, nicht durch eine dritte Person, stattfinden.“

Die Gräfin, kaum Herrin ihrer Rührung, umarmte Ilona, und flüsterte ihr zu: „Gott segne dich. Er lasse dich glücklich werden mit deinem Stephan, den du jetzt in Ehren heiraten kannst.“

Ilona ließ sich auf die Knie nieder, streckte die Hand nach dem Kleinen aus und fragte mit unterdrücktem Schluchzen:„Willst du mir nicht auch Lebewohl sagen, Akos?“ Er stutzte, er kam ganz verwundert auf sie zu.

„O ja, o ja, ich sag dir Lebewohl.“

„Leb wohl“, wiederholte sie und küßte ihn zärtlich, mütterlich, zum ersten Mal — zum letzten Mal.

Er hatte namenlos beglückt ausgesehen, und sie blieb am Fenster und schaute dem Wagen nach, aus dem, solange das Schloß in Sicht blieb, ein Kinderköpfchen sich herausbog, ein Kinderhändchen winkte.

Vor zwölf Jahren war's, und an dem Tage hatte ihr stiller Kampf begonnen und den Schatten gebildet, tief im Hintergrunde ihres sonnigen Glückes.

„Nicht denken! nicht denken!" Die meinten es gut mit ihr, die ihr den Befehl erteilten. Sie hätten ihm nur auch die Fähigkeit mitgeben sollen, ihn zu befolgen. Aber nach dieser rang Ilona umsonst.

Der Mann, dem sie das Liebste auf Erden war, ahnte nichts von ihrem unausgesprochenen Leiden; dem elenden Weibe, das heute nachts an ihr Fenster gepocht, hatte giftiger Haß die Augen geöffnet. Vilma Rezsa wußte, was sie tat, als sie das Bild des Jünglings in Ováros vor sie hinzauberte und jäh verschwinden ließ, eine fieberhafte Spannung in ihr erweckte, die unbefriedigt bleiben sollte.

Die Nacht war vorgeschritten und Ilona noch schlaflos. Das jüngere der Knäblein schrie aus dem Traume und erwachte weinend. Sie ging zu ihm; er klammerte sich an sie und lallte mit schwerer Zunge: „Mutterchen, mein Mutterchen, du bist ganz allein *mein* Mutterchen!"

Ilona beschwichtigte ihn, streichelte ihn, ließ sich das Versprechen abschmeicheln, bei ihm zu bleiben. Da zu bleiben, auf seinem Bette sitzend, da bei ihm, bis es Morgen wurde. Sie hielt Wort, auf ihrem Lager hätte sie ebensowenig Ruhe gefunden wie auf der Wacht bei ihrem kleinen Buben.

Ein Rad drehte sich in ihrem Kopfe, und jetzt stieg ein Gedanke empor und jetzt der andere. Der eine: ‚Er wächst auf in Glanz und Reichtum und ist doch arm. Hat nie gehabt, was *die* beiden ... ach Gott! was die Kinder der Zigeunerfrau haben — der Bettlerin.‘ Gleich darauf der andere Gedanke: ‚Gut, daß er's nicht hatte, daß ich ihm eine schlechte Mutter war. Eine liebevolle Mutter zu verleugnen, fiele ihm doch schwer.‘

Stephan kam zurück, und als er aus dem Wagen sprang, die Kinder umarmte, die Frau ans Herz drückte, da fühlte sie sich wie eine von schwerer Krankheit Genesene.

„Nun, wie war's daheim?“ fragte sie, und er sah mit einem langen, freudigen Blick sie an, seine Kinder, sein Haus und antwortete:

„Hier ist mein Daheim.“

Einige Nachrichten aus Ováros brachte er mit.

„Die gute Gräfin tot — schon lange.“ Ilona brach in heiße Tränen aus. „Und der Herr Pastor fort ... wahrscheinlich weit in der Fremde ... Er hat sich ja immer gesehnt ... Und — Stephan“, fragte sie nach einer Weile zögernd mit gesenktem Blicke, „von niemandem sonst hast du gehört... von niemandem sonst?“

Er verstand sie und erwiderte kurz abweisend: „Von niemandem sonst. Man muß den Leuten ohnehin alles langsam abfragen, und — du weißt, was du versprochen hast“, setzte er streng, fast hart hinzu.

Sie sah wohl, sie durfte ihm nicht von Vilmas Besuch erzählen, wie sie so gern getan hätte, sie durfte ihm nicht sagen, wie bang ihr seitdem ums Herz war.

Vilma Rezsa war wieder da. Ohne erst um Erlaubnis zu fragen, hatte sie ihren Warenkasten in Stephans neuer, noch leerer Scheune aufgestellt. Er wollte sie daraus vertreiben, aber Ilona legte Fürbitte ein, und sie blieb und am Abend, als die Leute von der Arbeit kamen, machten sie halt vor der improvisierten Bude, guckten und bewunderten. Was für Sachen hatte die alte Hexe mitgebracht! Der bloße Anblick war ein Genuß, sogar für die, die nicht kaufen konnten. Aber ihrer waren wenige. Die Alte ging auf Ratenzahlungen ein, verstand es, mit unnachahmlicher Kunst ein ganzes Lockvögelkonzert aufzuführen, und zog mit Meisterschaft den Leuten das Geld aus der Tasche. Allerdings gab sie auch etwas dafür, jedermann konnte Freude haben an dem, was er erstanden hatte.

Die Rezsa mußte zu erstaunlichem Reichtum oder zu erstaunlichem Kredit gekommen sein; ihr Warenlager war reich ausgestattet. Kinderspielereien gab es da, an denen jeder Erwachsene Vergnügen haben konnte, und Seidenbänder von blendender Farbenpracht und blinkende Ketten, Nadeln und Ringe für die Mädchen und Frauen, famose Pfeifen und Messer, Brieftaschen und Geldbeutel für die

Männer. Die Neugier des Publikums war nicht zu stillen, besonders die des jugendlichen. Es bahnte sich, gleichgültig gegen Stöße und Püffe, einen Weg durchs Gedränge der Käufer, gaffte, machte sich lästig. Zu einem Tor hinausgejagt, erschien die ganze Bande alsbald beim anderen, die Buben Stephans beständig an der Spitze des beweglichen Völkchens.

„Kaufe ihnen doch ein paar Sachen", sagte Stephan zu seiner Frau, und nun war der Sturm entfesselt. Mit hartnäckigem Ungestüm liefen die Kleinen hinter der Mutter her:

„Mutter, ein paar Sachen kaufen! Der Vater hat's erlaubt! Der Vater will's!"

Und Ilona kämpfte, kämpfte!

So ging es fort, bis einmal ihre Söhnchen weinend und schreiend auf sie zugestürzt kamen.

„Mutter, Mutter, die Vilma geht weg! Sie hat schon alles eingepackt, und der Illés hat die Soldaten, und der Gyula hat eine Peitsche, die pfeift, und wir haben nichts!"

Nun entschloß sich Ilona, nahm an jede Hand einen ihrer Buben und ging mit ihnen zur Scheuer. Sie hasteten, sie glühten, sie riefen schon von weitem: „Vilma, nicht fortgehen mit den schönen Sachen! Die Mutter kommt, die Mutter wird kaufen!"

Die Händlerin empfing die verspäteten Kunden schlecht. Sahen sie nicht, daß der Kasten schon geschlossen auf dem Schragen stand? Ihretwegen wird sie nicht aufsperren, die schönen Sachen herausreißen und in Unordnung bringen.

„Das ist auch gar nicht nötig“, sagte Ilona, „Ihr wißt, wo Ihr das Spielzeug habt. Nehmt es heraus, ich handle nicht.“

Brummend zog die Alte eine Arche Noah und andere Gegenstände, für die sich ihrer Kostbarkeit wegen kein Käufer gefunden hatte, aus einer Lade, und sämtlich gingen sie ins Eigentum der Kinder über. Glückselig liefen die Knaben heim, ihre Schätze den Knechten und Mägden zu zeigen.

Die Bäuerin blieb zurück und kaufte allerlei Geschenke für das Gesinde. Vilmas Laune besserte sich nicht, trotz des Gewinns, der ihr noch kurz vor dem Aufbruch zufiel. Sie machte sich an die Versorgung ihres Kastens, zog langsam die Riemen durch die Schnallen und sah manchmal mit gespieltem Staunen seitwärts nach Ilona hin. ‚Was wollt Ihr noch?‘ fragten ihre tückischen Augen. Plötzlich wandte sie sich, stemmte den Arm in die Seite und sprach:

„Ihr seid noch da? Wollt Zins einfordern, ich weiß schon. Ich bin ja hier nur geduldet, hinausgeworfen, ich Arme, von euch reichen Leuten. Hunzen lasse ich mich aber deshalb nicht, — ich zahle!“

Sie zog ein Päckchen aus der Tasche, wickelte den Inhalt aus seinen papiernen Hüllen und bot ihn der Bäuerin auf der Hand dar, deren innere Fläche wie bei einer Meerkatzenhand gegen die dunkle äußere hell abstach.

„Was Euch einfällt“, sagte Ilona; „ich werde doch kein Geschenk von Euch annehmen.“

„Ihr werdet, Ihr werdet, seht es nur an! Ein Messerchen, wie Ihr in ganz Ungarn keines mehr findet, seitdem ich das ganz gleiche verkauft habe ... Ein Messerchen, — seht doch die Schale aus Perlmutter und die vier feinen Klingen." Sie klappte eine nach der anderen auf und zu, „gehen wie Butter und sind scharf wie Gift. Und seht, so wie jetzt ich, hat er damit gespielt und sich nicht entschließen können, nimmt er das oder das ... nicht enschließen können — recht wie ein Kind ... So herrlich und groß und doch noch recht wie ein Kind."

„Wie ein Kind?" wiederholte Ilona gepreßt und unwillkürlich in fragendem Tone.

„Was liegt Euch dran?" höhnte Vilma. „Ihr wißt ja nicht, von wem ich rede, und wer so lang gespielt hat mit den Messern und zu wem ich gesagt habe: ‚Suchen Sie sich nur eines aus, hochgeborener Herr Graf, mir ist's gleich, welches Sie nehmen. Die Messer sind einander ähnlich wie zwei Wassertropfen.' — ‚Das ist wahr, wirklich wie zwei Wassertropfen', hat er gesagt und dabei so süß ausgesehen! Grofka, er ist nicht bloß so schön wie die Sonne im Aufgang, auch so sanft und lieblich wie der junge Mond!"

Mit triumphierender Schadenfreude blickte die Alte in Ilonas Gesicht, das sich verfärbte, in dem es zuckte. — Plötzlich, ein wohlvorbereiteter Angriff, ein sicherer Stoß ins Herz, warf sie ihr die Worte zu: „Grofka, ein Kind haben wie dieses und sich vor ihm verkriechen müssen, schmeckt bitter, Grofka, was? Da lob ich mir am Ende noch mein Los; nach meinen elenden Rangen werd ich mich niemals sehnen ... Nehmet das Messer, nehmt die Bezahlung Eurer Gastfreundschaft: da! — und lebt wohl!"

Sie trat aus der Scheuer und ging der Straße zu, und Ilona machte keinen Versuch, sie aufzuhalten; sie hielt das Messer in ihren hohlen Händen, hob es zu ihren Lippen empor und küßte es.

Im stillen Schlosse von Vicim herrschte seit einiger Zeit eine rastlose und lärmende Tätigkeit. Eine Schar Handwerker war aus Budapest angelangt, um das Haus glanzvoll herzurichten zum Empfang der Gebieterin. Nach vielen Jahren kam sie einmal wieder von ihren Besitzungen an der unteren Donau, ihr Gut an der Waag zu besuchen. Nicht für lange, nur um ihren jung verheirateten Neffen in Vicim, das sie ihm als Eigentum überließ, unter großen Feierlichkeiten zu installieren.

Es war seltsam und grausam und wie eine Fügung, daß Ilona zu keinem Augenblick Ruhe mehr kommen durfte in dieser letzten Zeit. Immer begab sich etwas, wurde etwas gesprochen, etwas erzählt, das eine Erinnerung weckte, eine peinliche Beziehung auf sie selbst hatte, an ihr rüttelte, sie verfolgte, sie zwang, zu denken — sie, die nicht denken wollte.

Eine Woche schon dauerten die Festlichkeiten, bei denen auch für die Dorfbewohner reichlich gesorgt war. Nicht nur Brot und Spiele — man bot Fleisch, Wein und Spiele. Stephan und Ilona nahmen teil an allem, machten alles mit. Ilona ging neben ihm hin ohne Sinn und Blick für die Vorgänge, die das leidenschaftliche Interesse von alt und jung erregten. Eine brennende Frage lag ihr am Herzen, die auszusprechen sie nicht wagte, auch nicht vermochte. Das Wort quoll ihr im Munde, sie zwang es nicht über die Lippen, das einfache an einen Diener, an einen Beamten gerichtete Wort:

„Ist jemand aus Ováros da?“

Den Abschluß der Festtage in Vicim bildeten die Jagden. Viel Jugend, viel Schönheit zog an Ilona vorbei, wenn sie, hinter einem Baume, einem Pfeiler des Parkgitters verborgen, den Aufbruch oder die Rückkehr der Jäger beobachtete. Manchmal auch pochte ihr Herz höher beim Anblick eines frischen Gesichtes, einer schlanken Jünglingsgestalt, und sie sagte sich: ‚Der könnte es sein!‘ Niemals aber sagte sie sich: ‚Der ist's!‘

Die Fasanenjagd war für den letzten Nachmittag aufgespart worden. Wenn der zu Ende ging, ohne die Erfüllung ihres Traumes zu bringen, dann war es ausgeträumt, und — sei es wie es sei! — dann wird es besser sein.

Sie bestellte ihr Haus, sie begleitete Stephan, der auf dem Steueramte zu tun hatte, ein Stück Weges, überwachte die Mägde bei der Gartenarbeit und blieb immer im Banne von etwas Dumpfem, Lastendem, mehr ein Gefühl als ein Gedanke: ‚Wenn ich ihn heute nicht sehe, sehe ich ihn nie.‘

Am frühen Nachmittag bewegte sich ein langer Wagenzug auf der Straße den Fasanerien zu. Ilona stand schon eine Weile wartend mit ihren Kinder und ihren Mägden an der Gartentür, als er vorüber kam. Gefährt reihte sich an Gefährt; im raschen Trabe sausten sie dahin, von dichten Staubwolken umwirbelt. Jetzt aber schien ihr — und sie täuschte sich nicht —, daß in einem der Wagen eine lange, schmale Gestalt emporschnellte und zurückgewendet stehenblieb.

„Da ist einer, dem gefällt Euer Haus“, sprach eine alte Magd zur Bäuerin und sah sie an und schrie auf:

„Ein Licht! Ein Licht! In Eurem Gesicht ist ein Licht aufgegangen.“

Der Alten fiel auf, wie sich die Züge der Frau verändert und förmlich verklärt hatten und wie ihr Atem flog, als sie nach einer Weile sprach:

„Ich gehe zur Hegerin, zur Lepták. Sie ist krank. Wenn mein Mann früher nach Hause kommt als ich, sag ihm, daß ich zur Lepták gegangen bin.“

Die Sonne war schon hinter der fernen Bergkette versunken, die den Horizont in sanft hingleitenden Linien begrenzte, als die Bäuerin nach kurzem Besuche Abschied von der Kranken genommen hatte. Nun hastete sie vom Hegerhause fort, über einen schmalen Fußsteig, dem Fahrwege zu. Dieser zog geradeaus durch eine mit hohem Grase bewachsene Wiese. Drüben im Feldgehölze, wo die letzten Triebe abgehalten wurden, fiel Schuß auf Schuß, und in der Nähe ringsum herrschte die Stille der Todesangst.

Sie blieb stehen, ratlos, wohin sie sich wenden sollte, um den Zug der Heimkehrenden noch zu erblicken. Aber da kam jemand quer über die Wiese, ein Jägerbursche, der ihr gewiß Auskunft geben könnte. Trotz der Entfernung glaubte sie ihn zu erkennen, an seinem leichten Gang, an seiner Art den Kopf zu tragen, stolz und keck, und den Hals zu wenden wie ein Hirschlein. Es war der Sérer, der

hübsche Béressohn ... Ja — und — nein! nein! ... Es war ein anderer, es war der, den sie suchte, den zu erblicken, nur einmal, nur von weitem, ihr Mutterherz dürstete.

Jetzt durfte sie sich an seinem Anblick erlaben, konnte jeden Zug in seinem Gesichte sehen, jeden Finger zählen an seiner Hand, die nachlässig auf dem Riemen des Gewehres ruhte. Er trug einen braunen Jägeranzug mit grünen Aufschlägen, der schmalkrempige Hut war tief ins Genick zurückgeschoben, und er hatte noch seine fragenden, werbenden Augen und war ja auch fast noch ein Knabe und glich noch immer dem schönen Bilde im Zimmer der Gräfin.

Unwillkürlich war Ilona weiter zurück unter die Bäume getreten, aber er hatte sie schon bemerkt, näherte sich ihr bis auf wenige Schritte, grüßte und sprach:

„Bin ich recht auf dem Weg ins“ — er hielt inne und verbesserte sich: „auf dem Weg zum Kastell?“

„Er ist leicht zu finden“, sagte sie und nahm alle ihre Willenskraft zusammen, um nicht durch eine Miene, nicht durch ein Beben der Stimme ihre Gemütsbewegung zu verraten. Dennoch mußte etwas an ihr ihm aufgefallen sein. Mit großer Aufmerksamkeit betrachtete er sie und mit einer gar liebenswürdigen, unbefangenen Bewunderung.

„Leicht zu finden? Mir nicht. Ich möchte aus dem Wald hinaus und irre seit einer halben Stunde herum ... freilich bin ich hier fremd.“

„Ihr seid ganz recht gegangen, junger Herr, und könnt nicht mehr fehlen.“ Ilona stand gerade aufgerichtet mit ineinander gefalteten Händen, regungslos, aber ihre Augen hingen an ihm mit innigstem Entzücken. „Ihr braucht nur den Fußsteig zu verfolgen, der den Weg kreuzt, ganz nahe bei der großen Buche. Man sieht sie von hier ...“

„Die große Buche, ja — die dort ...“ Er sah nicht zu der Buche hin; er sah die schöne Bäuerin mit forschendem Staunen an — mit scheuer Ehrfurcht — mit brennendem Zweifel.

„Danke, danke vielmals“, sagte er, mit leise aufflammender Ungeduld, als wäre ihm um nähere Auskunft nicht mehr zu tun, und sie meinte ihre Entlassung aus diesen Worten herauszuhören.

Und wenn sie darin irrte — gleichviel! Ihre Seelenstärke hätte nicht mehr vorgehalten, es war Zeit, zu scheiden. Was wollte sie noch, und was durfte sie noch wollen? Hatte sie nicht geschworen, und war nicht ihr höchster Wunsch erfüllt?

„Lebt wohl, junger Herr“, sprach sie, und ihr gewaltsames Ringen nach Festigkeit gab ihrem Abschiedsgruß einen herben Klang.

„Lebt wohl“, sprach auch er, jetzt aber zögernd und unentschlossen. Wieder richtete er einen langen Blick auf sie, und eine Bitte lag in dem Ton, in dem er fragte: „Ihr habt nicht denselben Weg wie ich?“

Sie antwortete mit einer frommen Lüge: „Den entgegengesetzten.“

Ilona saß am Tische, ihre Arbeit auf dem Schoße: Bauernstickerei, ein reiches Muster, in rotem Garn auf ungebleichter Leinwand auszuführen. Sie zog den Faden langsam auf und ab, und ihr Herz und ihre Gedanken waren bei dem Sohne, den sie mit Stolz und Wonne wiedergesehen. ‚Wunder geschehen‘, hatte sie sich gesagt, und ein Wunder erschien ihr die Erfüllung der Sehnsucht ihres Lebens. Voll Gnade und Herrlichkeit war sie gekommen und hatte ihr das ungeliebte, verwaiste Kind als Jüngling, schön, gesund, glücklich vor Augen geführt. Nun wollte sie zufrieden sein und nur noch Gott danken ... Aber das eine – das tat ihr leid: daß sie sich überhastig von ihm losgerissen, ihrer Selbstbeherrschung doch zuwenig zugetraut hatte. Warum war sie nicht bei ihm geblieben? Warum nicht ein Stück Weges mit ihm gegangen? – Peinigende Reue ergriff sie.

Die Luft in der Stube schien ihr dumpf und schwer geworden und lastete auf ihrer Brust. Sie trat an des Fenster, öffnete den Laden und die Flügel. Die Zigeunermusik klang herüber, wild und süß, einschmeichelnd und ergreifend. Hoch am Himmel schwamm der volle Mond und leuchtete inmitten eines tiefblauen, kreisrunden Grundes, von einem schimmernden Wolkenkranze umgeben. Sein Licht lag glanzvoll auf der weißen Straße, und dort draußen ... Allgütiger, dem sie soeben gedankt hatte! — dort draußen sah Ilona ihren Erstgeborenen stehen. Ein wenig versteckt durch die Zweige des Nußbaumes, die ein Lufthauch über seinem Haupte wiegte, stand er ganz versunken und betrachtete, ein Fremdling, das Haus, in dem seine Mutter wohnte, mit dem Manne, den sie liebte, und den Kindern, die sie ihm geboren hatte.

„Du Armer! Du Lieber! Du Meiner!" Sie schlug die Hände vors Gesicht; sie konnte ihn so nicht sehen, es tat ihr zu weh ... Aber zu ihm konnte sie! Alle Fesseln fielen von ihr ab. Da war kein Versprechen mehr und kein Schwur, da war nur eine große, allmächtige Liebe, und wie auf Flügeln trug diese Liebe sie zu ihm.

Mit einem halberstickten Jauchzen begrüßte er ihr Erscheinen.

„So bist du's? ... Bist es wirklich? ... Wirklich du?" Akos machte eine flehende Gebärde, bog das Knie und stieß leise hervor: „Verzeih! Verzeih!"

‚Was verzeihen, — daß du lebst?' dachte Ilona und hätte ihn vom Boden aufheben, in ihre Arme nehmen und herzen mögen wie ein Kind.

Aber sie erfaßte nur seine Hand mit ihrer bebenden Rechten, sagte nur sanft und beklommen: „Komm" und führte ihn in den Garten.

Und nun saß sie auf dem Bänkchen unter dem Nußbaume, und ihr Sohn kniete vor ihr, umfing sie und sprach: „Mutter!" Und wie ihre kleinen Buben konnte auch er sich nicht satt sprechen an dem Worte. Er preßte den Kopf an ihre Brust und bog sich zurück, um sie anzusehen, und sie strich ihm über die welligen Haare und küßte seine Stirn und seine Augen.

„Sprich! sprich!" bestürmte er sie, „warum sprichst du denn nicht zu mir?"

Sie sah ihn an mit unsagbarer Zärtlichkeit, nahm seinen Kopf zwischen ihre Hände und beugte sich so tief über ihn, daß er die Bewegung ihrer Lippen auf seinem Gesichte fühlte, als sie sagte: „Ich habe zuviel zu fragen, weiß nicht wo anfangen ... Wie kommst du daher, mein Kind? *Mein* Kind", wiederholte sie. „Du solltest ja von mir nicht wissen ... Wer hat dir gesagt? ... Und hast du dich denn nach mir gesehnt?"

„Ich habe mich immer nach dir gesehnt ... Ich habe immer an dich gedacht, immer, immer! Schon deshalb, weil sie mir sagten: ‚Denk nicht immer an deine Mutter' " — er erschrak, warf sich über ihre Hände und küßte sie heiß und inbrünstig. „O nein, nicht bloß deshalb — du verstehst, nicht wahr? Nur ein bißchen auch deshalb ... Sie denkt nicht an dich, was hast du immer an sie zu denken? ... Ich habe ihnen das nicht geglaubt, daß du nicht an mich denkst, ich habe mich immer an den Tag erinnert in Ovàros, wie du mich gefragt hast: ‚Willst du mir nicht auch Lebewohl sagen, Akos?' — und wie du mich ans Herz genommen und umarmt hast."

„Nur daran hast du dich erinnert, nur daran? O Dank!“ sagte sie.

„Ich sollte nicht von dir wissen“, begann er wieder, „ich sollte nicht zu dir kommen, aber ich *wollte*!“ Kindischer Trotz und männliche Kraft mischten sich in seinem Tone. „Und ich habe mich erkundigt und gefragt und nichts erfahren können, nichts und nichts ... bis endlich die Vilma Rezsa aus der oberen Gegend gekommen ist. Die liebe Vilma Rezsa“, brach er aus und lachte, „die göttliche! Mein ganzes Geld habe ich ihr in ihren Kasten geschüttet, und dafür habe ich durch sie alles erfahren: wo du wohnst, und wie dein Haus aussieht und wie du aussiehst ... Nein, Mutter, nein! das hat sie mir nicht sagen können ... und ich habe es mir nicht vorstellen können, Mutter, daß du noch so jung bist, und habe dich deshalb auch so fremd angesprochen und habe ins Dorf gehen wollen, dich zu suchen.“

„Wie verdien ich's nur, Akos, daß du mich aufsuchst? Ich verdien es nicht!“

Eine Flut von Liebkosungen unterbrach sie: „Das sage nicht! Um Gottes willen das nicht! ... Du mußt wissen, liebe, liebe Mutter: Ich bin hinter alles gekommen, was sie so sorgsam vor mir verbergen ... ich verstehe, ich begreife dich, Mutter. Alles, was du getan hast, war recht, und wie du's getan hast, so war's recht.“

„Gar nichts, gar nichts war recht“, unterbrach sie ihn aufflammend in Verwirrung, „und auch jetzt ist nicht recht, was ich tue. Ich sollte dich fern von mir halten, und sieh, ich schließe dich an mein

Herz, fest mit beiden Armen. Ich habe versprochen, daß du mein Haus niemals betreten sollst, und sieh, ich führe dich selbst hinein."

„Ist denn das dein Haus?" fragte er. „Das ist ja nur dein Garten." Ein Frohlocken war in seiner Stimme. „Du hast dein Wort gehalten. Ich aber", nun erhob er den Kopf stolz und herausfordernd, „ich habe gelogen, betrogen, um dich nur einmal sehen, um nur einmal zu dir kommen zu können. Sie wissen nicht daheim, daß ich bei dir bin; sie glauben, daß ich noch in Dulana bin bei meinem Vetter. Ich habe mir eine Einladung verschafft für heute zur Jagd und bin die ganze Nacht wie der Teufel gefahren und geritten ... Ich habe kommen *müssen*, Mutter. Ich habe nicht mehr schlafen, nicht essen und trinken können aus Sehnsucht. Immer nur habe ich gedacht: ‚Ich will meine Mutter sehen, ich will sie fragen: Hast du mich lieb und willst du mich nicht segnen?' In einem Monat gehe ich zur Konfirmation, und meine Mutter lebt, und ich soll ohne ihren Segen zur Konfirmation gehen?" Er ließ sich tiefer in die Knie sinken, breitete beide Arme aus und rief ungestüm und voll heißer Inbrunst: „Mutter, segne mich!"

Sie legte beide Hände auf seinen Scheitel, sie schluchzte.

„Warum weinst du?" fragte er bestürzt; „ich bin glücklich und werde jetzt immer glücklich sein. Mir ist mein höchster Wunsch erfüllt."

„Und mir der meine", sagte sie.

„Dann also weint man nicht, man jubelt!" Er stand auf, stellte sich neben sie und war auf einmal der Überlegene und redet ihr zu, die köstliche Stunde, die ihnen geschenkt war, voll und rein zu genießen. Dann verlangte er, daß sie ihm von ihrem Leben erzähle, von ihrem Manne, ihrem Anwesen, ihrer Tätigkeit. Mit heiterer Spannung hörte er ihr zu, nur als sie von ihren Kindern sprach, flog ein Schatten über seine Stirn. Sie bemerkte es, sie schloß:

„Ich habe alles Gute gehabt, aber eine ganze Freude, selbst an den Kindern nicht. Der Gedanke, daß ich dir eine schlechte Mutter war, ist mir nachgegangen, hat mich gequält wie das böse Gewissen."

„Wirf ihn weg, den Gedanken! Wirf ihn weg! Besinne dich nur, daß wir einander übermenschlich liebhaben bis ans Ende unseres Lebens, Mutter! Auch das meine ist schön und gut, und auch das meine wird von nun an ganz ungetrübt sein."

Seine Mutter sah ihn mit strahlendem Blicke an: „Du Lieber! ... und, sage mir, wer bereitet dich vor zur Konfirmation?"

„Nun, doch Déry ..." Er verbesserte sich: „Der Herr Pastor."

„Ist er wiedergekommen? Ich habe gehört, er sei nicht mehr in Ováros."

„Ist wiedergekommen, und, Mutter, weißt du, was er mir gesagt hat?"

„Wie soll ich das wissen, Kind?"

„Er hat gesagt: ‚Ich habe nach einem größeren Wirkungskreise gestrebt und dabei eine Erfahrung gemacht. Will's Gott, auch zu deinem Besten, Akos. Merke dir! Nicht wie weit, sondern wie tief du wirkst, darauf kommt's an.' Verstehst du das,

Mutter? Ich glaube, ich versteh's."

Ilona legte den Arm um seinen Hals und zog ihn an sich: „Du wirst dem Pastor sagen, daß du bei mir gewesen bist."

„O nein, gewiß nicht, Mutter."

„Ich bitte dich darum."

„Und ich bitte und flehe dich an, Mutter, lasse das unser Geheimnis bleiben — unser Kleinod, unser vor allen anderen verborgenes Kleinod. Etwas will ich haben, muß ich haben, Mutter, das ganz allein dir und mir gehört!"

„Und wenn mein Mann fragt: ‚Wer war bei dir?' Soll ich lügen?"

„Zu lügen brauchst du nicht. Aber wie lieb du

mich hast, darf nur ich allein wissen, das sagst du nicht ihm und keinem. Versprichst du's?"

„Ich verspreche es. Und wie lieb du mich hast, das bleibt mein Geheimnis und mein Kleinod, und ich werde dir dafür danken alle Stunde meines Lebens."

Daß aber die gegenwärtige Stunde, die einzige und gebenedeite, die sich nie wiederholen sollte, die höchste ihres ganzen Lebens bleiben würde, fühlte sie. Und dasselbe Bewußtsein blühte in ihrem Kinde auf. Das Beste, das zwei Menschen einander verdanken können, verdanken einander diese Mutter und dieser Sohn.

So war ihr Scheiden kein schmerzliches Losreißen, es fand sie beide bereichert um ein schätzbares Gut. Er trug das Haupt hoch, auf dem der Segen seiner Mutter ruhte, sie hatte ihren Frieden gefunden.

Ilona schickte sich an ins Haus zu treten, als Stephan zurückkehrte und sie rauh anließ mit der Frage, die sie erwartet hatte:

„Noch im Garten: War jemand bei dir?" Er sah so dräuend aus wie damals, als er ihr im Gang aufgelauert, sie beschimpft hatte. Sie aber fürchtete ihn nicht mehr. Ruhig, mit gelassenem Stolz erwiderte sie:

„Mein Sohn Akos."

„Was will er? Dich uns nehmen? ... Hat er's nicht schon getan?"

„Mann", sprach Ilona mit einem herrlichen Lächeln, „er hat mich Euch zurückgegeben."

Karl Emil Franzos

Melpomene

In einer jener engen, düsteren Gassen der Prager Altstadt, welche südlich der merkwürdigen Altneuschul liegen, wohnte vor langen Jahren ein armes jüdisches Ehepaar, Herzheimer mit Namen, dessen einziger Schatz eine Tochter von großer, bewundernswerter Schönheit war.

Auch ihre Seele war schön, aber von keinem Hauch natürlicher Grazie bewegt und belebt. Lea war nicht bloß klug und energisch, sondern auch gut und rein, ihren wenigen Gespielinnen die teilnehmendste Freundin, ihren Eltern die trefflichste Tochter. Aber ihr fehlte die muntere Natürlichkeit ihrer Jahre und jene Gabe, welche das Glück der Jugend begründet und sie mit Heiterkeit überflutet: die Fähigkeit, dem Augenblick zu leben.

Ein alter jüdischer Privatlehrer, Herr Landau, der ihre Ausbildung in literarischen und ästhetischen Dingen, soweit ihm Kraft und Geschmack reichten, förderte, hatte ihr den Spitznamen „Melpomene" aufgebracht, und obwohl dem witzigen Mann nicht alles glückte, so hatte er doch hier das Richtige getroffen: Wer Antlitz und Gebärde des schönen Mädchens sah, konnte leicht an die tragische Muse denken, und der pathetische Grundzug der jungen Seele offenbarte sich stets und immer wieder auf das Deutlichste.

Lea war armer und, was hundertfach schlimmer, armgewordener Leute Kind, die nun einzig von der kärglichen Unterstützung wohlhabender Verwandten ihr Dasein fristeten. Wolf Herzheimer, der Vater, war nicht so sehr deshalb ein beklagenswerter Mann, weil er in der Ungunst einer stürmischen Zeit das ererbte Vermögen und die Mitgift der Gattin verloren, sondern weil er sich nun zu keiner Tätigkeit mehr aufraffte.

Das einzige Licht in dem Jammer dieser Lage war das Verhalten seiner Gattin. Frau Taube Herzheimer hatte alles aufgeboten, die Verwandten, dann ihren Mann zu einer Änderung ihrer Entschlüsse zu bewegen; nachdem dies vergeblich gewesen, fand sie sich still in ihr Los und weder während jenes vergeblichen Ringens noch nun, da sie keine Hoffnung mehr hegte, trat jemals ein Wort der Klage oder des Vorwurfs über die bleichen Lippen. Ihr zuliebe ließen sich auch die Vettern zuweilen zu größeren Opfern bereit finden, gleichwohl mehrte sich mit den Jahren die Last dieser stillen Dulderin bis zum Unerträglichen. Vier Kinder hatte sie ihrem Gatten geboren, sämtlich Töchter; die drei ältesten in den ersten sorgenlosen Zeiten ihrer Ehe; die jüngste zehn Jahre später, lange nachdem das Glück des Hauses für immer zerbrochen. Die Mädchen waren brav, aber arm und durchaus nicht schön; die Mutter sah ihr Schicksal voraus, und es schien sich in seiner ganzen Härte erfüllen zu wollen.

Nur die älteste, Rebekka, hatte einen Freier gefunden, einen Branntweinhändler niedriger

Der Judenfriedhof in Prag,
nahe der Altneusynagoge

Herkunft, der sich über den Mangel an Mitgift mit der Aussicht auf Aufnahme in den angesehenen und einflußreichen Familienverband tröstete.

Als sich Lea aber mit sechzehn Jahren in eine Schönheit verwandelte, hatte sich nur das Bild ihrer Zukunft geändert, das war alles; denn sie faßte auch dies neue Bild so scharfen, von keiner Schwärmerei bestochenen Blickes ins Auge, wie einst das Los einer Lehrerin; sie mußte nun eines reichen Mannes Weib werden, des reichsten oder doch jenes, welcher ihre Eltern, ihre Schwestern und sie selbst am besten zu versorgen gewillt war. Aber keine Spur von Bitterkeit bemächtigte sich bei diesem Gedanken ihrer Seele. Es konnte ja gar nicht anders sein, es war in ihren Kreisen, und so weit ihr Blick reichte, so sehr das Hergebrachte, daß es ihr das Natürliche schien. Wohl hatte sie vernommen, daß bei den Christen die Ehe zuweilen aus Neigung, ja selbst gegen den Willen der Eltern geschlossen werde, auch wußte sie, daß sich einzelne solche Fälle selbst in gebildeten jüdischen Kreisen zugetragen, aber sie hatte von ihnen nie anders als im Ton heftiger Mißbilligung erzählen hören und verstand die Gründe dieses Tadels; die Gegengründe faßte sie nicht.

Ihr war es bedeutungsvoller, als die Huldigung von Hunderten, wenn sich wieder einmal der alte, kleine, krummbeinige Herr Jolles, der vornehmste Heiratsvermittler der Stadt, im Haus blicken ließ oder wenn Herr Landau nach beendeter Lehrstunde noch eine geheime Konferenz mit dem Vater abhielt. Aber auch diese Besprechungen regten sie nur anfangs auf, später ertrug sie es sogar ohne Herzklopfen, wenn sie wieder einmal des Abends in ihrem besten Kleid mit den Eltern zu Hirsch Herzheimer, ihrem Großonkel, dem Krösus der Familie, gehen mußte. Sie wußte, was dies bedeute: ein Freier hatte sich zur „Beschau“ angemeldet, und Hirsch veranstaltete zu diesem Zweck eine Abendunterhaltung, weil die Wohnung Wolfs zu ärmlich zum Empfang war.

Doch kam es nicht zu einer Verlobung, weil Herr Herzheimer seine Ansprüche sehr hoch stellte. Er forderte nicht bloß eine reichliche Rente für sich und die Gattin, sondern auch eine Mitgift für Hannah und Sarah, ferner eine ständige Unterstützung für Rebekka, die verheiratete Tochter. Das aber konnte oder mochte keiner der Freier gewähren, so sehr die Schönheit Leas ihre Sinne entflammte, so trefflich ihr Ruf war und so glänzend das Zeugnis, welches Herr Landau dem Geist und Wissen seiner „Melpomene“ ausstellte, nicht bloß in Erwartung des Vermittlerlohnes, sondern aus ehrlichster Überzeugung.

Sie hatte eben ihr neunzehntes Jahr vollendet, als dies Schicksal in ihr Leben eingriff, allerdings zunächst in einer ihr so gewohnten, ja alltäglichen Art, daß sie ihm keinerlei Bedeutung beimaß. Als sie eines Frühlingstages um die Mittagsstunde in Begleitung ihrer beiden Schwestern von einem Spaziergang vor dem Wiener Tor heimkehrte, begegnete ihr in der Hibernergasse ein junger, blonder, elegant gekleideter Mann, der bei ihrem

Hibernerkirche und -gasse

Anblick erschreckt zurückwich und sie mit großen Augen, wie verzaubert, anstarrte. Die Schwestern kicherten leise, wie sie dies bei ähnlichen Gelegenheiten nie unterdrücken konnten, Lea verzog keine Miene.

„Wer es wohl sein mag?" fragte die andere.

„Gewiß ein Student!" erwiderte Hannah und fing an, sein feines Gesicht zu preisen, bis ihr Lea verweisend bemerkte: „Was geht er uns an?"

Im nächsten Augenblick hatte sie die Begegnung vergessen.

Aber selben Tages noch sollte sie daran erinnert werden. Der junge Mann mußte wohl in der Zwischenzeit ihre Wohnung erkundet haben, denn als sie einige Stunden später zufällig ans Fenster trat und auf die Gasse hinabblickte, stand er in der Tür des gegenüberliegenden Hauses und schaute empor. Auch dies war nichts Besonderes.

Doch benahm sich der Student auch nun anders als die meisten; er suchte nicht die Aufmerksamkeit der Schönen auf sich zu lenken, wich vielmehr, kaum daß er sie erblickt, tiefer in den Schatten des Tores zurück. Wie lange er dort blieb, erfuhr Lea nicht; sie blickte nicht wieder hin; es war ihr völlig gleichgültig.

Am nächsten Morgen jedoch wollte es fast scheinen, als ob der stille Bewunderer seinen Posten überhaupt nicht verlassen hätte. Als sie in der roten Frühe — sie pflegte als die erste im Hause zu erwachen — die Fenster des Wohnzimmers öffnete, stand er wieder da und benahm sich genau wie gestern: Er zuckte bei ihrem Anblick zusammen, errötete und wich dann rasch so weit zurück, daß sie ihn nicht mehr sah. Das fiel ihr doch ein wenig auf; sie erzählte es ihren Schwestern und schloß ernsthaft: „Diese Torheit der Christen ist doch eigentlich unermeßlich; der Mensch ist vielleicht die ganze Nacht dagestanden!“

Es war Abend geworden, der lichte Mond glitt am Himmel empor; die Leute des Gettos traten vor die Haustüren, den Frühlingsabend zu genießen. Auch die Schwestern wollten hinaus und riefen nach Lea, aber diese öffnete zuerst ein Fenster, spähte scharf in den Torweg gegenüber, dann rechts und links in die Gasse, soweit sie zu überblicken war, und folgte ihnen erst dann die Treppe hinab.

„Du hast nach dem Fremden geschaut?“ fragte Hannah neckend.

„Ja, ob er dort ist.“

„Warum? Fürchtest Du ihn?“

„Unsinn!“ murmelte Lea unwillig und wandte sich ab.

Nur ein einziger Jüngling hatte in diesem Gäßchen gewissermaßen das Recht, sich den Mädchen angenehm zu machen: ein Student der Medizin, Edgar Tänzerles mit Namen.

Von dem seltsamen Bewunderer hatte er natürlich bereits vernommen, gesehen hatte er ihn noch nicht, malte jedoch eben deshalb, um Lea zu necken, die Schönheit und das Unglück dieses Jünglings mit den glühendsten Farben aus.

Plötzlich kam der Fremde auf sie zu; in der

Mitte der Gasse, langsamen Schrittes und ohne aufzuschauen, ging er dahin; ein breiter Hut beschattete das Antlitz, so daß sie ihn im blassen Licht sicherlich nur an Gestalt und Haltung erkannt. Als er den halblauten Ausruf des Mädchens vernahm, fuhr er empor, und da er sich nun jählings auf kaum zwei Schritte Entfernung vor der stolzen Schönen fand, wich, nein taumelte er zur Seite und griff sich ans Herz, unwillkürlich, wie es ein zu Tode Erschrockener tut. Lea zog die Freundinnen rascher vorwärts und an ihm vorbei, wogegen Tänzerles neugierig stehen blieb.

„Wiesner", rief er plötzlich, „Sie sind das?! Das hätte ich nie geglaubt!"

Der Blonde starrte ihn an, als erkenne er ihn nicht. Dann rührte er doch flüchtig an die dargebotene Hand. „Wie ... wie kommen Sie her?" murmelte er.

„Wie ich herkomme?" Tänzerles lachte lustig auf und stemmte die Arme unternehmend in die Hüften. „Eine sehr berechtigte Frage! Was habe ich in der Gasse zu suchen, in welcher ich wohne? Aber Sie, Wiesner — Herr Wiesner", verbesserte er sich unwillkürlich, „der Fleiß und die Sittsamkeit in Person, wer hätte von Ihnen derlei erwartet? Sogar Ihren eigenen Kursus haben Sie heute geschwänzt. Ei, ei!" Der kleine Mensch hob schelmisch drohend den Finger.

„Kennen Sie —", begann er und verstummte wieder. „Gute Nacht!" murmelte er dann und eilte hinweg.

„Meine Damen!" begann Tänzerles feierlich,

„wenn Sie etwa in den nächsten Tagen hören sollten, daß der neue ‚Stern von Prag' — ein hellerer, als der hohe Rabbi Löw war, und jedenfalls ein schönerer — daß diese unsere Freundin Fräulein Lea Herzheimer von der Polizei den Befehl erhalten hat, nur noch maskiert auf der Straße zu erscheinen, so wundern Sie sich nicht darüber und schreien Sie nicht über Gewalt! Es hat alles seine Grenzen; derlei kann ein wohlgeordneter Staat nicht dulden.

Was hat Rabbi Löw als höchstes Kunststück vollbracht? Er hat einem Lehmklumpen Leben eingehaucht! Lea Herzheimer aber hat diesem Menschen eine Leidenschaft eingeflößt, diesem Menschen, und das ist mehr, so wahr ich Edgar Tänzerles heiße!"

„Kein hoher Schwur!" lachte Sarah. „Vor drei Jahren haben Sie noch Aaron geheißen! Und was für ein Redner Sie sind, wissen wir ohnehin; nun aber kurz: Wie heißt er und was ist er?!"

„Sie wissen nicht, was Sie da verlangen!" rief das Männchen mit elegischen Pathos und hüpfte von einem Bein aufs andere. „Kurz kann ich sagen, wie er heißt: Richard Wiesner. Aber was er ist?! Der Stolz seiner Kommilitonen, die Freude der Alma mater Carolina, die Zukunft der pathologischen Anatomie. Alle Tugenden schmücken ihn, sogar ein Judenfreund ist er! Der bravste, fleißigste, begabteste Student, dabei ein vollendeter Weltmann."

„Sie schwärmen ja!" sagte Hannah. „Sind Sie sein Freund?"

„Wer wäre es nicht?" erwiderte er viel schlichteren Tones, aber um so herzlicher. „Auch bin ich ihm vielen Dank schuldig. Auf diese Eroberung dürfen Sie stolz sein, Fräulein Lea!"

Das schöne Mädchen schien nicht dieser Ansicht; es wandte sich achselzuckend ab und suchte dem Gespräch eine andere Wendung zu geben. Als dies nicht gelingen wollte, verabschiedete sie sich kurz und ging heim.

Was keiner der glänzenden Kavaliere durch geräuschvolle Huldigung erreicht, war diesem Studenten durch seine seltsame Schüchternheit geglückt. Lea dachte an ihn, kaum daß sie erwacht, und als sie, wie jeden Morgen, an die Fenster des Wohnzimmers trat, um sie zu öffnen, spähte sie zuerst durch die Gardinen, ob er auf seinem Posten stehe.

Während der gute Tänzerles so die Gassen der Judenstadt durchirrte, *um Wiesner aufzufordern, von seinen Besuchen Abstand zu nehmen*, saß Lea an ihrem Arbeitstisch und arbeitete an einer französischen Aufgabe aus Weidingers Übungsbuche, ruhig und eifrig, wie immer. Wenigstens lobte Herr Landau, als er zur Lektion erschien, ihren Fleiß aufs höchste. „Und dies ist doppelt erfreulich", fügte er mit schlauem Lächeln hinzu, „als Ihnen ja vielleicht die Zeit zur Vollendung Ihrer Studien kurz bemessen ist!"

Die Anspielung war deutlich, in der Tat erbat Landau nach der Stunde wieder einmal eine Unterredung mit Herzheimer.

Die Konferenz dauerte diesmal ungewöhnlich lange. Nachdem der Lehrer gegangen war, rief Wolf seine Gattin in die Stube. „Landau hat gefragt“, begann er, „ob er mit Ruben Blau anknüpfen soll?“

„Oh!“ rief Frau Taube erfreut und faltete die Hände, „das wäre ein großes Glück.“

„Gewiß! Ein kinderloser Witwer in den besten Jahren, aus guter Familie und ein Millionär!“

„Wenn uns Gott dies Glück schenkt, dann ist ja alles, alles gut!“ rief sie.

Tänzerles schien seine Beredtsamkeit nicht erfolglos aufgeboten zu haben; der Blonde hatte sich des Vormittags nicht blicken lassen, ebensowenig begegnete Lea ihm auf dem Spaziergang; auch später blieb er unsichtbar.

Minder zaghaft benahm sich ein anderer Bewunderer, der ihr wenige Schritte weiter begegnete: ein breitschultriger, jüdischer Mann in den Vierzigern, mit einem klugen, behaglichen Gesicht und sehr stattlich gekleidet; er trug an Ringen und Ketten einen kleinen Juwelenladen am Leib. Seine Augen glänzten auf, als er Lea erblickte; mitten im Weg blieb er stehen, daß sie ihm ausweichen mußte, und starrte ihr dann nach, bis sie hinter dem Roßtor verschwunden war.

„Weißt du, wer das war?“ flüsterte ihr die Mutter zu, die neben ihr herging. „Ruben Blau, der Tuchhändler, ein stattlicher Mann!“

„Der war's?“ fragte Lea gleichgültig. „Dann könnte er sich ziemlicher benehmen, hat er doch erst vor kurzem seine Frau begraben!“

„Bald ein Jahr ist's her!“ versicherte Frau Taube eifrig. „Und was findest du unziemlich? Daß ihn deine Schönheit überraschte?! Daran kannst du gottlob gewöhnt sein! Wenn sich ein Mädchen über derlei beklagt, so deutet es auf Heuchelei oder Hochmut! Beides tut nicht gut, Kind!“

Am nächsten Tag, dem Sonntag, erschien Herr Landau schon vor der gewohnten Stunde. Diesmal mußte er Ungewöhnliches bringen, denn er bat sofort um eine Unterredung mit den Eltern.

„Unsere Sache steht plötzlich aufs Beste“, eröffnete er ihnen. „Nach meinem ersten Gespräch mit Ruben hatte ich schon alle Hoffnung aufgegeben. ‚Ich habe das Mädchen rühmen hören‘, sagte er mir damals, ‚aber das ist nichts für mich. Ich bin ein Mann in den besten Jahren, reich und kinderlos, ich kann ein schönes Mädchen heiraten, das mir noch Mitgift zubringt. Ruben Blau hat nicht nötig, sich eine Frau zu kaufen!‘ Verzeihen Sie, Frau Taube, das waren seine Worte. Gestern abend jedoch, als ich ihm zufällig begegne, beginnt er von Lea zu schwärmen. Nur zwei Bedingungen stellt er, und daraus mögen Sie ersehen, welch' anständiger Mensch er ist. Erstens: daß zunächst kein Wörtchen von seiner Werbung verlautet. Seine Schwiegermutter ist eine greise kranke Frau, er möchte sie nicht durch eine Verlobung vor Ablauf des Trauerjahrs betrüben. Zweitens erbittet er sich's, daß er vorher selbst mit dem Mädchen sprechen darf, häufiger und unbefangener als es bei einer ‚Beschau‘ möglich ist. Ich denke, daß Sie beide zustimmen können, besonders, da ich dafür bürge, daß alles in Ehren abgeht. Lea kann am nächsten Sabbatnachmittag mit ihren Schwestern zu meiner Tochter auf Besuch kommen, und Ruben wird auch da sein."

Erst am nächsten Sabbat, nachdem das dürftige Mahl beendet war, winkte Frau Taube ihre Tochter ins Nebenzimmer und sagte ihr: „Du wirst nun mit Sarah zu Landaus Susi auf Besuch gehen. Es ist eine Art ‚Beschau'. Ruben Blau wird dort sein, er wünscht Dich kennenzulernen. Du weißt, welch' großes Glück es für uns alle wäre, wenn Du ihm auch im Gespräch gefielest. Du hast doch nichts dagegen, Lea?"

Diese verzog keine Miene. „Wie sollt' ich, Mutter", erwiderte sie mit ihrer tiefen ruhigen Stimme. „Ich kenn' ihn ja nicht!"

Endlich kamen sie wieder, Sarah mit freudiger Erregung in den Mienen, auch Lea minder ernst als sonst.

„Nun?" fragte Frau Taube leise. „Hast du ihm gefallen?"

Das Mädchen nickte. „Wenigstens hat mir noch kein Mensch so viele Höflichkeiten gesagt", erwiderte sie. „Auch ist es leicht, mit ihm zu sprechen, er ist ein kluger Mann und drückt sich gewandt aus."

Die Freude steigerte sich zur Zuversicht, als kurz darauf Landau eintrat.

„Abgemacht!" rief er den Eltern zu. „Im September ist die Verlobung und gleich darauf die Hochzeit. Bis dahin müssen Sie allerdings das Geheimnis bewahren; trösten Sie sich damit, daß dem armen

Ruben das Warten schwerer fällt als Ihnen. Natürlich können die Verlobungsakte schon früher aufgesetzt werden, vielleicht kommen wir zu diesem Zweck am Dienstagnachmittag bei mir zusammen. Er hat da bequem Zeit; es ist St. Nepomukstag, und sein Laden bleibt geschlossen."

Am nächsten Tag ging im ganzen Judenviertel die Kunde der Verlobung von Mund zu Mund. Wer das Geheimnis verlautbart, blieb im dunkeln.

Frau Taube hatte keine Einwendung, als die drei Mädchen auch in diesem Jahr am Nachmittag des Nepomuktages unter Tänzerles Schutz zur großen Brücke gingen, wo es vor dem Hauptbild des Heiligen stets die hübschesten Aufzüge gab.

Als sie nun mit sinkender Sonne wieder den Heimweg über die große Brücke antreten wollten, war diese so erfüllt von Wallfahrern und geringen Leuten der Stadt, daß es scheinbar unmöglich war, diese lebende Mauer zu durchbrechen.

Waren sie schon entschlossen, den großen Umweg über die kürzlich erbaute Kettenbrücke zu machen, als ihnen ein Zufall zu Hilfe kam. An ihnen vorbei zog nämlich ein großer Trupp slowakischer Wallfahrer auf die Brücke, welcher durch sein durchdringendes Geheul und die seltsamen Fähnlein und Heiligenbilder die Aufmerksamkeit und Lachlust der Menge erregte, daß sie ihm ungestüm zur Seite und hinten nach drängte. So war der Weg wieder frei, Tänzerles bot Lea den Arm, die beiden Schwestern gingen hinterdrein, und sie gelangten, wenn auch immer mühsamer vordrängend, bis in

die Nähe des Nepomuk-Bildes.

Hier aber, wo sich die Slowaken in die Knie geworfen, waren sie bald wieder im dichtesten Gewühl, und als sich nun die Anfechtungen gegen Lea erneuerten, war keine Flucht mehr möglich.

„Eine Jüdin!" schrien andere und drängten heran. „Werft sie in die Moldau!" kreischte ein altes Mütterchen, und obwohl dieser Ruf bei den sonst gutmütigen, nur eben berauschten Leuten kein Echo fand, wuchs doch die Gefahr, da die Bursche die Entsetzte mit immer frecheren Reden und Gebärden bedrängten. „Hilfe!" schrie Tänzerles. „Hilfe", röchelte er noch einmal, da sich eine Faust um seine Gurgel legte; schon drohten ihm die Sinne zu vergehen, da — plötzlich, wie durch ein Wunder des Himmels, war die Hilfe zur Stelle.

„Zurück, Ihr Leute!“ rief eine gebieterische Stimme in tschechischer Sprache; ein blonder, schlanker Mann drängte heran, stieß einen der Bursche zurück, daß er zur Erde taumelte, und legte seinen Arm schützend um das Mädchen. „Zurück!“ wiederholte er. „Schämt Euch! Seid Ihr Christen?!“ — „Wiesner!“ rief Tänzerles jubelnd; wohl wurde er im nächsten Moment weiter gedrängt und konnte die beiden nicht mehr sehen, doch wich die Verzweiflung von ihm, nun wußte er Lea gerettet.

In der Tat war es Wiesner geglückt, sich und seinem Schützling Bahn zu machen, weniger durch die Kraft seines Arms, als weil dem Pöbel Wort und Gebärde des jungen, feingekleideten Herrn imponierten. Nur einmal noch hatte er einen Angriff abzuwehren; der volltrunkene Bursche, den er vorhin niedergeschlagen, kam ihm wutheulend mit gezücktem Messer nachgestürzt. Ohne von dem Mädchen zu lassen, wandte sich Wiesner gegen ihn und suchte mit dem Stock in der Linken zu parieren. Es gelang ihm nur halb, das Messer verwundete seinen Arm; nun hieb er den Strolch mit voller Kraft auf den Schädel, daß derselbe wieder heulend zurückwich.

Erst nachdem er sie auf die Kleinseite zurückgebracht und nun, tief aufatmend, seinen Arm sachte aus dem ihren löste, erkannte sie ihn und war hierüber so aus der Fassung, daß sie wortlos, jäh erbleichend, zurückwich.

Er bemerkte es. „Erschrecken Sie nicht“, sagte er bitter. „Ich bleibe nur so lange bei Ihnen, bis sich Ihre Begleiter wieder zurückfinden!“

„O mein Gott", stammelte sie verwirrt, „was sprechen Sie? Ihnen danke ich mein Leben!" Sie streckte ihm die Hand entgegen.

Er schien es nicht zu sehen. „So schlimm war es nicht", sagte er kühl. Er wandte sich ab und prüfte heimlich mit der Rechten die Wunde; sie schien ihm ganz unbedeutend, nur quoll das Blut ziemlich stark hervor. Lea bemerkte es. „Sie bluten ja!" schrie sie entsetzt auf.

„Es ist nichts!" sagte er fast heftig. „Ein unbedeutender Schnitt! . . . Sie erlauben!" Er trat einige Schritte zurück und verband die Wunde, so gut und rasch es gehen wollte. Dann trat er wieder zu ihr.

„Sie sollen ein tüchtiger Student sein, Herr Wiesner, ein braver Mensch. Es wäre mir peinlich gewesen, wenn Sie sich noch ferner vergeblichen Träumen hingegeben hätten", sagte Lea.

„Vergeblich?" fragte er tonlos. „Warum vergeblich?"

Sie blickte ihn erstaunt an. „Warum? ... Ich bin ja eine Jüdin!"

„Oh!" rief er, wie fassungslos vor Entzücken, und suchte ihre Hand zu fassen. „Wenn dies das einzige Hindernis ist, um Sie zu werben ..."

Sie entzog ihm die Hand und wich zurück. Vielleicht mehr, als die jähe Wendung, welche das Gespräch genommen, bestürzte es sie und verwirrte all ihre Gedanken, daß für diesen Christen die ungeheure Kluft des Glaubens, welche sie nach ihrer Anschauung ohnehin für immer von ihm schied, gar nicht zu bestehen schien. „Was sprechen Sie da!" rief sie verwirrt, und nur so, wie man eines Nebenumstandes erwähnt, fügte sie hinzu: „Auch bin ich verlobt!“

„Verlobt?“ schrie er auf. „Verlobt?“ wiederholte er wild. „Und lieben Sie den Mann?“ fuhr er fort. „Um Gottes Erbarmung willen, sagen Sie mir nur dies eine noch: lieben Sie Ihren Verlobten?“

„Eine seltsame Frage!“ erwiderte sie, nun wieder in voller Ruhe, fast lächelnd. „Ich, Herr Wiesner, will Ihnen antworten, soweit ich kann. Denn ich weiß nicht genau, was Sie unter ‚Liebe‘ verstehen, aber so viel ich davon weiß, ist es gottlob“ — sie betonte das Wort scharf und wiederholte nachdruckvoll — „ja, gottlob, Herr Wiesner, eine andere Empfindung, als ich sie für meinen künftigen Gatten habe. Er ist ein braver, angesehener Mann, der mich um meinetwillen nimmt und mich und die Meinen versorgt, und darum werd' ich ihm all meine Tage ein von Herzen ergebenes, treues Weib sein!“

„Lea!“ klang es da jubelnd! Sarah und Hannah eilten auf sie zu. Bald darauf fand sich auch Tänzerles ein; atemlos kam er heran, sein Rock war zerrissen, der Filzhut zerknüllt.

„Das Kürzeste und Sicherste ist es“, sagte Wiesner „wenn Sie an der Schwimmschule ein Boot nehmen und nach der Altstadt hinüberfahren.“

Auf seinem Antlitz stieg ein Zug leidenschaftlicher Entschlossenheit auf. „Und du wirst doch mein!“ murmelte er, „mein — und keines anderen!“

Mit hastigen Worten teilte Taube der Tochter mit, wie nobel sich Ruben Blau bei der Verhandlung mit dem Vater erwiesen; er habe, ohne zu feilschen, alle Bedingungen angenommen. Sarah und Hannah vernahmen es jubelnd; handelte es sich doch dabei vornehmlich um ihre Mitgift.

Trotz dieser gehobenen Stimmung machte nun die Kunde von der überstandenen Gefahr Leas den tiefsten Eindruck. Hannah, die den edelmütigen Retter nicht genug rühmen konnte, meinte, daß ihm der Vater jedenfalls morgen einen Dankbesuch machen, sich nach seinem Befinden erkundigen und ihn einladen müsse. Dies letztere wurde zu ihrem Schmerz abgelehnt, den Besuch versprach Herzheimer zu machen.

Bleich und überwacht erschien Lea am nächsten Morgen am Frühstückstisch, gegen ihre Gewohnheit als die letzte. Neben ihrer Tasse lag ein Etui, als sie es öffnete, blitzte ihr ein herrlicher Diamantenschmuck entgegen.

„Den Dank wird sich der Spender heute abend persönlich holen“, bemerkte die Mutter lächelnd. „Ein förmliches Verlobungsfest können wir ja seiner Schwiegermuter wegen nicht feiern, aber auf die Freude, dich als seine Braut zu begrüßen, will Ruben doch nicht länger warten.“

Der Vater machte im Lauf des Vormittags den versprochenen Besuch. Ganz entzückt erzählte er beim Mittagessen:

„Kinder, das ist ein prächtiger Junge, der weiß noch dem Alter die Ehre zu geben. Er war zuerst so gerührt über meinen Besuch, daß er kaum sprechen konnte, dann dankte er mir dafür, als wäre ich gestern für ihn verwundet worden und nicht er für mein Kind! Er trägt einen Verband um den Arm; ich erkundigte mich besorgt danach; ‚es ist nichts!' sagte er und versuchte sogar zu leugnen, daß dies ein Denkzettel von gestern abend sei. Ist das nicht rührend?! Und wie ordentlich er ist!"

„Mein Gott!" rief Frau Taube erstaunt. „Woher weißt du dies alles?"

„Weil er mir es erzählt hat", sagte Wolf triumphierend. „Glaubst du, daß er stolz ist? Ganz ehrerbietig und zutunlich hat er mit mir gesprochen, als wäre ich sein Onkel. Ich habe ihm das Zimmer vermietet!"

„Warum hast du das getan?" rief Frau Taube verweisend. „Gestern bitten wir dich, ihn nicht einmal einzuladen, und heute ziehst du ihn gar in dein Haus."

„Weil das zwei verschiedene Dinge sind", verteidigte er sich eifrig. „Das Einladen hätte keinen Sinn gehabt; gebe ich Gesellschaften, wie Portheim oder Dormitzer, zu denen ich junge Christen als Tänzer brauche? Vermieten aber ist ein Geschäft, und ich vermiete lieber einem ordentlichen Menschen als einem Lumpen."

„Kind!" rief Taube erschreckt. „Wie blaß du bist! Was ist dir?"

„Nichts, Mutter", erwiderte das Mädchen. „Es fröstelt mich heute ein wenig, ich habe schlecht geschlafen, auch ärgert es mich, ich sage es offen, daß der Vater gegen unsere Bitte —"

„Aber wie kann dich das ärgern!" rief Herzheimer. „War er je unziemlich gegen dich? Wiesner zieht übermorgen ein, Punktum!“

Frau Taube traf ihre Vorbereitungen für den Abend. Außer Rebekka und ihrem Gatten war nur noch Tänzerles geladen, hauptsächlich deshalb, weil ihn die Mutter nun, da Sarah auch eine Mitgift erhielt, für diese zu gewinnen hoffte.

Er war auch der erste Gast, der sich einfand. Als ihm Lea in ihrem Feierkleid, mit den Diamanten geschmückt, entgegentrat, seufzte er unwillkürlich auf. „Fräulein Lea“, murmelte er, „wie sind Sie schön!“

„Lassen Sie das!“ sagte sie hastig. „Kommen Sie!“ Sie zog den Erstaunten in eine Fensternische. „Kennen Sie die Unterredungen, welche Wiesner gestern mit mir, heute mit meinem Vater hatte?“

„Er hat mir nichts erzählt“, erwiderte er, „obwohl ich heute zweimal bei ihm war; die Wunde ist nicht so unbedeutend, wie er uns hat glauben machen wollen, aber doch immerhin keineswegs bedenklich. Was sagte er Ihnen — doch keine —“

„Hören Sie!“ Hastig teilte sie ihm das Wichtigste mit. „Sie werden begreifen“, fuhr sie fort, „daß ich, die Verlobte eines anderen, einen Mann, der solche Worte zu mir gesprochen, nicht gern als Hausgenossen sehe. Ich will zu seiner Ehre annehmen, daß er nur in der ersten Verwirrung zugestimmt. Wollte er aber darauf beharren, so könnte ich ihn nicht mehr achten. Sagen Sie ihm das in meinem Namen ...“

„Das ist hart!“

„Aber gerecht!“

Er zuckte die Achseln. „Vielleicht! Aber klug? Ist es klug, Fräulein Lea?“ wiederholte er nachdrücklich. „Wäre es nicht besser, nun den Dingen ihren Lauf zu lassen? Daß er Ihnen gleichgültig ist, können Sie ihn ja dann fühlen lassen.“

Sie stand unschlüssig da. Da traten Rebekka und ihr Gatte ein. „Später“, flüsterte sie dem Studenten zu und ging ihnen entgegen.

Kurz darauf traten auch Herr Blau und der Lehrer ein. Tief errötend und zaghaft, aber mit einem freundlichen, offenen Blick der blauen Augen trat Lea ihrem Verlobten entgegen; er faßte ihre Hand, zog sie an sich und küßte sie leicht auf die Stirn.

„Wie gut Ihnen der Schmuck steht“, sagte er dann behaglich schmunzelnd. Das klang prahlerischer, als es wohl gemeint war; die Lippen des Mädchens preßten sich fest aufeinander. Der Lehrer suchte diesen Eindruck zu verwischen, indem er scherzhaft die Ungeduld des Verliebten ausmalte.

Als Tänzerles am nächsten Morgen nach seiner Gewohnheit in aller Frühe ausgehen wollte und an Leas Zimmer vorbeiging, öffnete sich ihre Türe; sie rief ihn leise an. Fast erschreckt gewahrte er, wie bleich sie war; um die Augen lagen tiefe Ringe.

„Ich habe es nochmals überdacht“, sagte sie langsam und legte die Hand an die Stirne, als müßte sie diese kühlen, „ich muß Sie dennoch bitten, mit Wiesner zu sprechen. Die Form überlasse ich Ihnen; einer Mißdeutung werden Sie zu begegnen wissen. Wollen Sie?“

„Gewiß!“ erwiderte er und faßte die dargebotene Hand.

Gegen Abend, da Lea gerade wieder einen Gratulationsbesuch empfing, flüsterte ihr Sarah zu: „Tänzerles war hier, er mochte dich jetzt nicht stören. Er läßt dir sagen, daß er sich alle Mühe gegeben hat, aber es war vergeblich. Was hast du von ihm gewollt?"

Lea erwiderte nichts. Dann kamen andere Besucher, die bis in die Dämmerung hinein blieben, und als diese endlich gegangen waren, rief Frau Taube: „Nun aber helft mir rasch den Tisch decken, die Zimmer in Ordnung bringen!"

„Kommt Ruben auch heute?" fragte Lea.

„Welche Frage! Ein Bräutigam kommt täglich!"

In der Tat tönte wenige Minuten später die Klingel; es war Herr Blau; die Magd meldete, sie habe ihn ins Wohnzimmer treten lassen.

„Empfange ihn!" sagte Mutter zu Lea.

„Soll ich ... allein?" fragte diese leise mit fast versagender Stimme.

„Unsinn!" rief Frau Taube. „Sofort!"

Lea öffnete die Tür zum Wohnzimmer. Es dunkelte darin, und als sie in der Dämmerung den Mann mit erhobenen Armen auf sie zueilen sah, stand ihr das Herz still. Aber sie bezwang sich, trat ein und zog die Tür hinter sich zu.

Einige Minuten später sagte Sarah leise und errötend: „Mutter, es ist noch kein Licht im Wohnzimmer."

„Warum hast du das nicht gleich gesagt?" rief Frau Taube, ergriff eine Lampe und trat ein.

Sie war überzeugt, Lea weinend in der einen Ecke zu finden und Ruben grollend in der anderen. Aber das Mädchen saß regungslos neben dem Verlobten, der seinen Arm um sie geschlungen hielt.

Auch den Rest des Abends blieb sie an seiner Seite und als er ging, ließ sie sich ohne Widerstreben von ihm küssen.

Bei Tisch war von dem neuen Mieter die Rede; Hannah sang sein Lob, Wolf stimmte kräftig ein. „Ich habe ihn schon besucht", erzählte er, „und ihn eingeladen, jetzt den Kaffee mit uns einzunehmen, damit Ihr ihn alle kennenlernt."

Als der Kaffee auf dem Tisch stand, befahl er der Magd, den Studenten zu holen.

Mit Bangen sah Lea seinem Eintritt entgegen. Sie war fest entschlossen, ihn zu behandeln, wie sie es ihm durch Tänzerles hatte andeuten lassen, entschlossen, ihm zu zeigen, daß sie ihn nicht mehr

achte. Jedoch sie fühlte, wie schwer ihr dies fallen würde, wenn er nun schüchtern vor sie hintrete. Aber er machte es ihr leichter, als sie gehofft. Mit ruhigem Lächeln trat er ein, und seine Toilette war ebenso tadellos wie seine Verbeugung, er küßte Frau Taube die Hand und errötete kaum, da er sich nun zu ihr wandte und ihr zur Verlobung Glück wünschte, er kenne leider den Herrn Bräutigam nicht, hoffe aber, nächstens die Ehre zu haben. Das klang so kühl, so sicher; Lea atmete auf.

Nun endlich erlebte Wolf die Genugtuung, einen Mann zu finden, der seinen Wert als politischer Prophet vollauf würdigte, Frau Taube einen Christen kennenzulernen, der für das Judentum im Allgemeinen und das Musterbild einer jüdischen Hausfrau im Besonderen schwärmte; Hannah und Sarah waren vollends selig; er bewunderte ihre Handarbeiten, er versorgte sie mit Büchern, er war ihr Ritter wie Tänzerles, aber von wie ganz anderen Qualitäten wie dieser! Jede war fest überzeugt, daß er heimlich für sie schwärme, und vergalt ihm dies durch eine Art freundschaftlichen Mitleids, denn so gut ihnen der junge Mann gefiel, so wußten sie doch, daß an eine Heirat mit dem Christen nie zu denken sei, und hüteten als kluge, gereifte Mädchen ihr Herz.

Was wollte Wiesner?! Es gab nur zwei Menschen, die ernstlich darüber nachdachten; Tänzerles und Lea. Ohne sich je hierüber zu verständigen, waren beide überzeugt: Wiesner hatte eine Maske vorgenommen und wahrlich nicht zum bloßen Zeitvertreib.

Tänzerles legte sich die Sache einfach genug zurecht. Für ihn lag der Schlüssel zu Wiesners Benehmen in jenem leidenschaftlichen Ausruf, mit dem dieser alle seine Bemühungen, ihn vom Einzug in die Wohnung abzuhalten, begegnet: „Ich muß, und wenn ich darüber zugrunde gehen sollte!“ Der arme Mensch, dachte er, weiß, daß er nichts zu hoffen hat, aber seine Leidenschaft ist stärker, als sein Wille; er kennt nur ein Glück, sie täglich zu sehen, ihre Stimme zu hören, und hat deshalb zuerst den Vater, dann die anderen für sich gewonnen. „Armer Junge“, seufzte er, „du zahlst einen teuren Preis für das, was du dein Glück nennst!“

Ganz anders Lea: Ihr war Wiesners Betragen eine leichtfertige Komödie zu schmählichem Zweck. Nein, dieser glatte, gewandte Mensch, der sein keckes Spiel so geschickt eingefädelt und mit so kaltblütiger Sicherheit fortsetzte, schien ihr keines Bangens mehr wert, geschweige denn gefährlich, weil er ihr keiner Sympathie mehr wert erschien.

Nun wußte sie es besser: etwas Kleines und Schmähliches war die Liebe. Er hatte zuerst den Vater betört, und dann die Mutter und die Schwestern, weil es der einzige Weg war, allmählich auch sie zu betören.

Ruben Blau war freundlich gegen den Studenten, weil dieser seiner Eitelkeit schmeichelte; daß er noch andere Gründe hatte, ihm dankbar zu sein, ahnte er nicht. Vielleicht war es nicht so sehr das Pflichtgefühl, als vielmehr der wilde Trotz der Empörung, das Streben, den Frechen zu züchtigen, welcher Lea in diesen Wochen antrieb, sich ehrlich und mit ernstem Willen ihrem Verlobten anzuschließen. Wenn ihr dies nicht so ganz gelang, wie sie es ersehnte, so war dies freilich nicht ihre Schuld, aber auch nicht die Rubens; auch er hatte sicherlich den besten Willen, seiner schönen Braut zu gefallen, nur ahnte er gar nicht, daß es dazu irgend anderer Huldigungen bedürfe, als er ihr ohnehin schon widmete, oder gar eines Zwanges gegen sein eigenstes Wesen. Sie aber litt unter den Liebkosungen des alternden, nach ihrem Besitz schmachtenden Mannes, daß sie ihm oft hätte zurufen mögen: „Hab' Erbarmen, ich ertrage es nicht mehr!" Auch seine Geschenke machten ihre geringe Freude.

An einem der letzten Junitage hatte Richard Wiesner endlich sein heißerstrebtes Ziel erreicht: er wurde in der Aula der Universität zum Doktor der gesamten Heilkunde promoviert. Unter jenen Glücklichen, welche neben der Elite der Stadt dem seltenen Schauspiel beiwohnen durften, war auch die Familie Herzheimer, Lea ausgenommen. Sie war daheim geblieben, trotz des Zuredens ihrer Eltern und Geschwister, trotz des flehentlichen Blickes, mit dem Wiesner am Vorabend seine Einladung begleitet, oder gerade eben deswegen; sie wollte ihm nicht die Genugtuung gönnen, sich vor ihren Augen im Glanz solcher Ehren zu sonnen, nicht die Genugtuung, zu wähnen, daß dieser Glanz sie blenden könne.

Wolf Herzheimer zürnte seiner Tochter: Nun mußte Wiesner doch wohl ernstlich beleidigt sein; um so gerührter war er, als dieser nach Beendigung der Zeremonie — noch im Saal selbst, „vor den Augen von ganz Prag", wie Wolf dann zu Hause freudetrunken erzählte — auf ihn zutrat und ihm sagte, er hoffe, von dem Doktorschmaus noch rechtzeitig genug abzukommen, um den Abend „im Kreise der Familie, die ihm so teuer geworden", verbringen zu können; auch wollte er Abschied nehmen, er reise morgen früh für ein Woche heim, um seine greise Mutter zu sehen und einige dringende Angelegenheiten zu ordnen.

In der Tat fand er sich des Abends, von Tänzerles begleitet, zur gewohnten Stunde ein, und dieser versicherte, es sei dies ein Opfer, denn Wiesner habe durch sein frühes Scheiden vom Fest seine Kollegen gekränkt. Aber wenn dem wirklich so gewesen, dann war das Opfer um geringen Lohn gebracht. Es war ein unerquicklicher Abend: Lea so schweigsam und abweisend, wie kaum je zuvor, auch Frau Taube verstimmt; Ruben war nicht gekommen, obwohl es Freitagabend war, wo ihn doch keine Geschäfte abhalten konnten; er mochte unwohl sein, aber warum ließ er sich dann nicht entschuldigen?

Die Braut zog sich früh zurück; sie unterließ es sogar, sich von Wiesner zu verabschieden; um so eifriger mühte sich Wolf, den liebenswürdigen Mann durch Freundlichkeit zu entschädigen, und als dieser endlich ging, überschüttete er ihn mit Grüßen an seine Mutter, mit Wünschen für seine Zukunft. „Glauben Sie mir“, schloß er, „Sie sind mir teuer geworden, wie ein Sohn!“ Die Wirkung, welche diese Worte auf Wiesner übten, überraschte und rührte ihn sehr: Der junge Doktor errötete und konnte vor Bewegung kaum sprechen. Da fühlte sich Wolf abermals verpflichtet, ihn hierfür noch besonders zu belohnen, und versprach, ihm morgen früh bis zum Postwagen das Geleit zu geben.

Zur selben Stunde sprach Lea zum ersten und einzigen Mal mit ihrer Mutter über ihn. Frau Taube machte ihr Vorwürfe, daß sie ihm nicht einmal zum Abschied ein Wort gegönnt. „Vergiß nicht, was er einst für dich getan! Hassest du ihn denn?“

„Mehr, ich verachte ihn“, sagte Lea.

Wolf hielt am nächsten Morgen sein Versprechen, er gab Wiesner das Geleit zur Post, obwohl Frau Taube meinte, daß es schicklicher wäre, sich nach dem Schwiegersohn zu erkundigen, oder doch, da es Sabbat sei, lieber in die Betschul zu gehen. Aber Wolf meinte heftig, er wisse besser, was sich schicke, und so mußte Frau Taube ihren Weg allein antreten.

Es währte jedoch kaum eine Stunde, und der Gottesdienst war sicherlich noch nicht zu Ende, als sie in höchster Erregung wieder heimgeeilt kam. „Wolf!“ schrie sie schon im Vorzimmer. „Wo bist du? Wolf!“

Erstaunt eilte Hannah herbei. „Du weißt ja“, sagte sie, „daß der Vater mit Wiesner zum Postwagen gegangen ist!“

„Natürlich!“ rief die Frau, fast weinend vor Zorn und Angst. „Wichtigeres hat er nicht zu tun! Als Ruben gestern plötzlich ausgeblieben ist, hab’ ich mich allein abquälen müssen. Und heute früh! ‚Sieh’ nach Ruben!‘ bitt’ ich und er: ‚Ich muß zur Post!‘ Der Fremde geht allem vor, auch der eigenen Familie! ... Und so“ – sie rang verzweifelt die Hände – „so hab’ ich es von fremden Leuten hören müssen, von fremden Leuten!“

„Um Gott! was gibt es denn?“ rief das Mädchen erschreckt. „Ist Ruben so krank?“

„Krank? Ein Schurke ist er!“ Aber das Wort reute sie, kaum daß es ihr entfahren. „Ist Lea zu Hause?“ fragte sie leise.

Als Hannah erwiderte, sie sei mit Sarah ausgegangen, atmete sie erleichtert auf. „Sage auch du ihr nichts!“ bat sie. „Hoffentlich ist es nur ein Gerücht, eine Bosheit neidischer Menschen! . . . Später!“ schnitt sie dann hastig die ängstlichen Fragen des Mädchens ab. „Oh wenn nur Wolf bald käme, ehe Lea heimkehrt; sie ahnt es sonst vielleicht doch ...“

Aber zur selben Stunde hatte Lea bereits die Kunde erhalten, welche die Mutter ihr verhehlen wollte, und in erschütterndster Weise. Sie war bei ihrer verheirateten Schwester gewesen und hatte eben mit Sarah auf dem Heimweg die „Goldene Gasse“ passiert, als ihr aus einem der Häuser eine hagere, hochgewachsenen Greisin mit düsteren Zügen nachgeeilt kam und kurz sagte: „Komm, eine Sterbende verlangt nach dir.“

Lea erschrak heftig; wie jedes Kind des Gettos kannte und fürchtete sie diese Frau. Es war Gittel Beer, die „letzte Freundin“, wie sie sich selbst nannte und von anderen genannt wurde, eine Greisin, die ihre Kinder und Enkel hatte dahinsterben sehen und sich nun seit langen Jahren, nicht um irdischen Lohn, sondern aus frommem Trieb dem Dienst bei Sterbenden und Toten weihte.

„Komm!“ wiederholte sie und faßte Leas Hand.

„Zu wem?“ stammelte das Mädchen und suchte sich loszumachen.

Aber diese knöcherne Hand ließ sie nicht frei, und noch fester bannte sie dieser Blick und der Ton der Stimme, mit dem die Greisin wiederholte: „Zu einer Sterbenden!“

Lea wußte nicht, wie ihr geschah; sie mußte folgen. Sarah schlich ihr nach, noch viel erschreckter als sie, und keines Wortes mächtig. Als jedoch Gittel vor dem Torweg des stattlichsten Hauses der Gasse anhielt, raffte sie sich auf. „Lea!“ flüsterte sie. „Hier wohnt Esther Fränkel, die Schwiegermutter Rubens. Wir haben hier nichts zu suchen.“

Lea bebte, wie von Fieberfrost geschüttelt, aber sie sträubte sich nicht mehr. Die „letzte Freundin“ ließ ihre Hand fahren und schritt ihr voran in den Torweg, eine Treppe empor und durch ein Gemach, in welchem zwei dürftig gekleidete Weiber, stumpf vor sich hinstarrend, saßen. Lea kannte sie: es waren die Totenfrauen des Gettos.

In der nächsten Stube lag die Sterbende in ihrem Himmelbett, um das dunkle Vorhänge wallten; keine Verwandte, keine teilnehmende Freundin, nur zwei gemietete Wärterinnen standen an ihrem Lager.

„Hier ist das Mädchen“, sagte Gittel und trat vor.

„Gottlob! ... Näher! näher!“

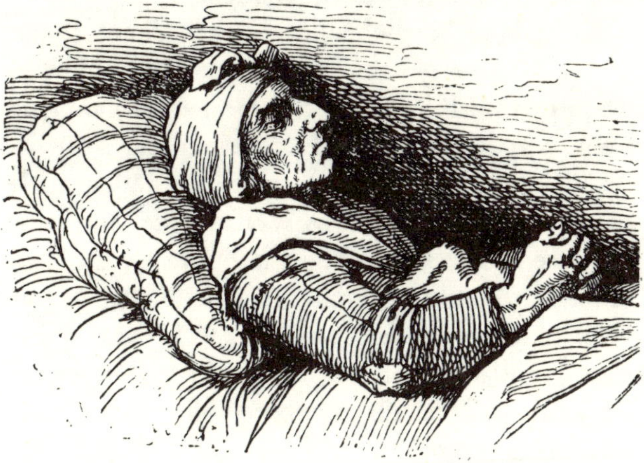

Kaum vernehmlich klangen die Worte und doch schrill, wie ein Schrei. Das Mädchen wankte, da Gittel wieder ihre Hand ergriff und sie ans Lager zog. Wie hilfeflehend wandte sie sich nach der Schwester zurück, die bleich an der Türe stand, dann schloß sie die Augen.

„Sie ist schön", klang dieselbe Stimme in ihre Ohren, und sie fühlte, wie sich eine zitternde, eisige Hand um ihre fiebernden Pulse legte. „Sie ist schön, und ihr Blut ist heiß, sie lebt — und mein Kind liegt im Grab!"

Lea fühlte, wie ihr Entsetzen wuchs und sie übermannte. Aber fliehen konnte sie nicht. Diese Hand hielt sie fest, diese Stimme.

„Erschrick nicht, Mädchen! Hast du noch niemand sterben sehen? ... Erschrick nicht! Sieh mich an!"

Lea zwang sich dazu. Das Antlitz der Sterbenden war weiß, wie das Kissen, auf dem sie ruhte; selbst die Lippen waren völlig erblichen.

„Kurz, Mädchen, ich will es kurz machen! Ich habe eine Tochter gehabt, ein einziges Kind, oh! wie lieb sie mir war! Sie hieß auch Lea, aber sie war nicht schön wie du, bleich und kränklich war sie, von Kindheit an, und kein Arzt konnte ihr helfen, auch später nicht, da sie Rubens Weib wurde, und Kinder waren ihr versagt. Aber sie klagte nie darüber und war glücklich, denn sie liebte ihren Mann schier übermenschlich, und war selig, weil sie ihn hatte. Dann aber kam das Unglück; die Leute trugen ihr zu, daß er nach anderen sehe, er schwur, daß dies Verleumdung sei. Gott weiß die Wahrheit und möge ihn nach Verdienst richten, ich richte nicht; ich weiß nur, daß mein armes Kind von da ab keinen Frieden mehr hatte und keine gute Stunde. Und noch im Sterben quälte sie die Eifersucht und noch im Tode konnte sie ihn nicht lassen. ‚Mutter', sagte sie, ‚ich ertrage es nicht, daß eine andere sein Weib wird, ich fände dann keine Ruhe im Grabe; er hat es mir zugeschworen, nicht wieder zu heiraten, aber wache du darüber!' Das waren ihre letzten Worte ..."

Die Sterbende schwieg, ihre Augen schlossen sich, das Haupt sank tiefer in die Kissen.

„Ich richte nicht!" flüsterte sie nach einer Weile mühsam, noch immer mit geschlossenen Augen. „Aber dies weiß ich, daß man einer Sterbenden den geleisteten Schwur halten muß, denn vielleicht hat die arme Tote wirklich ihre Seele daran gehängt und findet keine Ruhe und muß wachen, wenn alle schlafen. Darum wollt' ich für mein Teil dazu tun, was ich vermochte, und sagte Ruben: ‚Du bringst ein Opfer, indem du der Toten den Willen tust; es könnte dich später reuen; ich will dich zugleich entschädigen und fester binden, indem ich dich unter dieser Bedingung zum Erben einsetze. Heiratest du wieder, so fällt mein Geld an fromme Stiftungen.' Er war es zufrieden, und ich machte das Testament und sah mit Ruhe meiner letzten Stunde entgegen."

Die Gittel schob Lea einen Stuhl hin; es war kein überflüssiges Erbarmen, das Mädchen hielt sich sichtlich mit äußerster Mühe aufrecht.

Die Sterbende rang nach Atem; mit kaum hörbarem Flüstern fuhr sie endlich fort: „Schon damals hatte er mich belogen, als er mich so beruhigte, denn er wußte wohl, was ich hilfloses Weib nicht wußte, daß jene Bedingung nicht gestattet ist, daß es nach des Kaisers Gesetzen nicht erlaubt ist, jemand von einer neuen Ehe abzuhalten, und dachte: ‚Stirbt sie, so heirate ich wieder und darf doch das ganze Vermögen behalten' ... Du zitterst Mädchen, dich graut vor solcher Schändlichkeit?! Oh, noch viel schlimmer handelte er, viel schlimmer! Er wartete nicht ab, bis ich die Augen schließen würde, ja nicht einmal die ‚Jahrzeit' seines armen Weibes, welches ihn unendlich geliebt, sondern er rechnete auf meine Krankheit und Verlassenheit, und daß ich in meinem Haus mitten in der Stadt dahinlebe wie in einem Wald, und wagte es und verlobte sich mit dir! Nur eine Vorsicht brauchte er, nicht öffentlich sollte die Feier sein. Aber alle Leute wußten es, und auch ich erfuhr es endlich und ließ ihn holen. Er leugnete es ab, und ich glaubte ihm. Aber das Gerücht wurde immer lauter und ich fühlte meine Kräfte immer mehr sinken, und da ließ ich vorgestern meine alte Freundin Miriam zu mir bitten, die Gattin von Hirsch Herzheimer, deine Großtante. Sie ist eine brave Frau, sie liebt dich sehr, und es kam ihr hart, die Wahrheit zu gestehen, aber sie tat es doch. Oh! wie mir da wurde, und was sollt' ich nun beginnen? So beriet ich denn mit einigen Freunden meines Mannes — er ruhe in Frieden —, und sie unterhandelten mit Ruben, und gestern habe ich mit ihm das Abkommen geschlossen; was ich besitze, wird sein, aber gleichzeitig hat er sich durch einen furchtbaren Schwur vor zehn Männern verpflichtet, unvermählt zu bleiben und bis heute Mittag sein Verlöbnis mit dir zu lösen! ..."

Ein dumpfer Schrei brach von den Lippen Leas, sie sprang auf, wankte und wäre umgesunken, wenn nicht die „letzte Freundin" sie gestützt hätte. „Armes Kind!" murmelte sie, indem sie sie wieder auf den Stuhl sinken ließ.

Auch in Esthers Antlitz zuckte es. „Ihr geschieht hart", murmelte sie, „aber kann ich ihr helfen?!" Dann raffte sie ihre letzte Kraft zusammen.

„Genug!" rief Gittel feierlich. Hoch aufgerichtet stand die Greisin da und streckte den Arm wie schützend über Lea hin. „Sie hat gehört, was sie hören mußte, aber quält sie nicht!"

Das Wort mußte die Sterbende sehr hart getroffen haben, in den Tiefen der Seele. „Allmächtiger Gott!" schrie sie auf, „verzeihe mir, wenn ich gefrevelt habe! Du kennst ja mein Herz; ich konnte nicht anders! Und verzeihe du mir, Mädchen!"

Wie betäubt starrte Lea vor sich hin; keine Miene zuckte in ihrem Antlitz, starr und tränenlos blickten die Augen. Erst als Sarah in Tränen aufgelöst herbeikam und sie umfaßte, schien ihr das Bewußtsein wiederzukehren. „Weine nicht", murmelte sie. „Komm'!"

Indessen regnete es im Wohnzimmer die trübseligsten Klagen und Anklagen. Wolf hatte die Hiobspost nicht glauben mögen, nun, da Jossef Blau die Verlobung in aller Form gekündigt und, trotz des Sabbats, das im Vertrage vereinbarte Reugeld von fünftausend Gulden auf den Tisch gezählt, konnte auch er seine Gattin und den Oheim nicht länger Lügner schelten. Hirsch Herzheimer war in schmerzlichster Erregung, sein Stolz bäumte sich auf gegen die Schmach, die seiner Familie angetan worden, er überschüttete Wolf mit den heftigsten Vorwürfen.

„Das kommt davon, wenn man sich in dunkle Dinge einläßt", rief er, „Wer hat je von einer heimlichen Verlobung gehört?! Und tut man es, so schützt man sich doch wenigstens durch den Vertrag! Fünftausend Gulden! — Nun sieh' zu, wie du mit diesem Bettel deine und deines armen Kindes Schande zudeckst!"

„Es ist keine Schande", rief Wolf heftig, „nur ein Unglück! Meine Lea wird einen anderen Freier finden."

Aber Frau Taube, die wild vor sich hinweinte, rief verzweifelt: „Nein, Wolf, begraben wir unsere Hoffnungen! Die Leute werden Ruben verurteilen, aber auch uns nicht schonen. Eine zurückgegangene Verlobung läßt immer einen Fleck zurück, und nun gar diese, die in allem ungewöhnlich war und so viel beredet und beneidet wurde!" Vergeblich suchte sie ihr gebeugtes Kind wieder aufzurichten, indem sie — wider die eigene Überzeugung — von neuen Hoffnungen, einem besseren Freier sprach.

„Nein! nein!" rief Lea, „um mich wird keiner mehr werben, und auch ich möchte solche Tage nicht wieder durchleben!"

„Was kannst du dafür, daß er ein erbärmlicher Mensch ist!" rief ihr Frau Taube zu, aber dies führte einmal zu einem Gespräch, welches sie diesen Vorwurf gegen Ruben nie wiederholen ließ.

„Erbärmlich?" sagte Lea dumpf. „Es kommt auf die Auffassung an. Wir haben einen Vertrag mit ihm geschlossen, der uns und ihm vorteilhaft schien. Da kam die Stunde, wo ihm die Lösung vorteilhafter schien, und er erlegte das Reugeld!"

„Was sprichst du da?" rief die Mutter. „Ein Verlöbnis ist mehr als ein Vertrag!"

„Ja! ich fühl's", schrie Lea wild auf. „Aber darfst du das sagen?! Wenn du dies einsiehst, dann mußt du auch begreifen, daß mir jeder seiner Küsse auf den Wangen brennt, wie ein Mal, das sich nicht wegwaschen läßt, dann darfst du mir nicht sagen: ‚Küsse binden nicht, du wirst einen anderen Freier finden!' Mutter, wenn ein Verlöbnis mehr ist als ein Vertrag, so darf man es nicht schließen wie einen Vertrag, und tut man es doch, so darf man sich nicht beklagen, wenn es der andere nicht heiliger erachtet!"

Sie stürzte in die Arme der Mutter und mischte ihre Tränen mit den ihrigen.

Wiesner hatte Tänzerles geschrieben, seine Angelegenheiten hielten ihn wider Erwarten lange in der Heimat fest, er bitte um Mitteilung, wie sich die Familie Herzheimer befinde. Tänzerles hatte kurz geantwortet, es seien alle wohl; des Unglücks hatte er nicht erwähnt. „Wozu?" dachte er. „Ich traue ihm trotz alledem nicht zu, daß er sich entschließen könnte, ernstlich um die Jüdin zu werben, und wenn auch, so würden doch die Eltern ihr Kind dem Christen, dem armen, jungen Doktor, unter keiner Bedingung geben. Wozu noch diese Kämpfe über Lea bringen?“

Viele sprachen offen ihr Bedauern darüber aus, daß die Zeit leider schon zu „aufgeklärt und neumodisch“ geworden, um noch gegen jemanden die Strafe des „Cherem“, des geistlichen Bannes, auszusprechen; könnte man dies noch, meinten sie, dann würde Ruben sich beeilen, den Armen zu erstatten, was ihnen gebührte.

Die Familie Herzheimer, die sich im Gefühl der erlittenen Schmach von aller Welt abschloß, erfuhr nichts hievon; erst Hirsch, der am Sabbat wieder zu Besuch kam, brachte die Kunde. Wolf jubelte auf, daß den Elenden die gerechte Strafe ereilt; Lea saß teilnahmslos da, als wäre dieser Mann nie ihr Verlobter gewesen; Frau Taube hingegen wurde immer nachdenklicher, und als Hirsch bemerkte, daß Ruben wohl nachgeben und das Vermögen an die Witwen- und Waisenstiftung abtreten werde, blickte sie ihn voll an, worauf er mit einem Achselzucken erwiderte.

Zwei Tage später kam der alte Mann wieder. „Jossef Blau war heute bei mir“, eröffnete er den Eltern. „Ruben hat gestern vor dem Rabbi und im Beisein jener Männer, vor denen er den Schwur geleistet, die Erbschaft für die Armen hinterlegt und sich von ihnen seines Eides entbinden lassen. Und da nun der Zwang für ihn fortfällt, ledig zu bleiben, so möchte er sein Verlöbnis mit Lea erneuern. Die Bedingungen sollen dieselben bleiben, die Hochzeit in vierzehn Tagen stattfinden. Überlegt die Sache wohl!“

Der Altstädter Torturm zu Prag

„Was ist da zu überlegen?!" rief Wolf hoch erfreut. „Natürlich stimmen wir zu! Dummheiten macht jeder Mensch; warum sollten wir Ruben nicht verzeihen?"

„Auch ich bin einverstanden", sagte Frau Taube, „aber die Entscheidung hängt einzig von Lea ab!"

„Was soll das heißen!" rief Wolf. „Jetzt wirst auch du noch romantisch?!"

Der Onkel jedoch gab der Mutter recht. „Gewiß! Lea hat da mitzusprechen! Allerdings kannst du dem Mädchen die Sache ein wenig aufputzen: daß Ruben doch eingesehen hat, wie lieb sie ihm ist, und daß er deshalb auf die Erbschaft verzichtet hat, oder so ähnliches. Wahr ist es freilich nicht, obwohl ich andererseits selbst glaube, daß er mehr schwach als gemein gehandelt hat: Er hatte sich einmal in den Kopf gesetzt, die Erbschaft nicht fahren zu lassen, und vielleicht überwältigte ihn daneben im entscheidenden Augenblick das Grauen vor der Sterbenden. Auch dies könntest du deiner Tochter sagen!"

„Die letzte allerdings", erwiderte Taube fest, „weil ich selbst daran glaube, aber von der plötzlichen Liebe will ich schweigen. Ich habe meine Kinder niemals belogen und will es auch jetzt nicht tun!"

Klopfenden Herzens trat sie in Leas Stübchen und teilte ihr nach langer Einleitung, zögernd und zagend, die Nachricht mit; daß sie selbst ein Jawort wünsche und vernünftig erachte, verschwieg sie nicht, aber ihrem Vorsatz blieb sie getreu und vermied jedes beschönigende Wort.

Lea war ans Fenster getreten, so daß die Mutter ihr Antlitz nicht sah. Stumm hörte sie zu und sprach auch dann kein Wort. Endlich sagte sie leise: „Gönne mir eine Stunde Bedenkzeit!“

„Auch einen ganzen Tag, mein Kind!“ erwiderte die Mutter und ließ sie allein.

Aber noch war nicht die Hälfte der erbetenen Frist verstrichen, als Lea ins Wohnzimmer trat, wo auch der Onkel noch weilte. „Ja!“ sagte sie, „ich will Rubens Weib werden.“

Heiter und unbefangen konnte sich das Fest nicht gestalten, zu welchem sich am Abend in Hirsch Herzheimers Hause neben den nächsten Angehörigen auch einige angesehene Familien der Judenstadt eingefunden, aber es verlief doch besser, als die meisten befürchtet, und jeder Mißton blieb vermieden. Das Hauptverdienst daran gebührte der Braut, welche sich in ihrer schwierigen Lage so sicher, so taktvoll benahm, daß es hierüber nur ein Stimme des Lobes gab. Sie begrüßte Ruben, der sich ihr in fassungsloser Scham und Verlegenheit kaum zu nähern wagte, zwar nicht so, als wäre nichts geschehen, aber mit einer ruhigen Freundlichkeit, welche auch ihm die Besonnenheit wiedergab.

Nur zwei Tage noch und Lea war vermählt, eines reichen Mannes Weib, und die Leute sagten ja alle, sie würde ihn beherrschen und ein zufriedenes Leben führen! ... Warum konnte Frau Taube sich dennoch der Zukunft nicht freuen, warum erzitterte das Mutterherz in seinen Tiefen, wenn sie ihr Kind ansah, das doch ruhig und gefaßt schien?!

Am selben Abend fand sich Tänzerles wieder ein; er hatte es bisher nicht übers Herz gebracht, dem Bräutigam von neuem Glück zu wünschen. Der treue Mensch war in diesen Tagen die Beute der widersprechendsten Empfindungen; Aaron fühlte das innigste Mitleid mit Lea und sah ein, daß sie als gute Tochter gehandelt, während Edgar ihr nicht verzeihen konnte, daß sie den Treulosen so rasch wieder in Gnaden aufgenommen. — Oh! wie er den elenden Geldprotz haßte! ... Auch hätte er die peinliche Begegnung mit diesem gerne noch länger hinausgeschoben, aber es schickte sich kaum mehr; auch hatte Wiesner ihm eben geschrieben, daß er am nächsten Morgen eintreffe, und dies mußte er den Hausleuten sagen, da das Zimmer inzwischen als Schneiderwerkstätte diente.

Deshalb nahm auch Frau Taube die Mitteilung unwillig auf. „Er hätte wirklich so rücksichtsvoll sein können, bis nach der Hochzeit daheim zu bleiben", sagte sie halb scherzhaft, halb verdrießlich, und ahnte nicht, daß ihr vom Schicksal auferlegt war, bald diesen Wunsch in bitterster Verzweiflung bis zu ihrem Tode wiederholen zu müssen. „Wohin soll ich nun die Arbeiter setzen?"

Im übrigen schien die Nachricht auf niemand besonderen Eindruck zu machen, am wenigsten auf Lea, und Tänzerles war daher erstaunt, als diese ihm später hastig zuflüsterte: „Ich flehe Sie an, sagen Sie Wiesner nicht, was inzwischen vorgegangen ist!"

Dann aber fand er dies Ersuchen sehr begreiflich, und ebenso stimmten Mutter und Schwestern zu, als Lea, nachdem ihr Bräutigam gegangen war, auch ihnen Schweigen empfahl.

Als Tänzerles am nächsten Morgen eben sein Zimmer verlassen wollte, wurde plötzlich die Türe aufgerissen und Wiesner stürzte herein, bleich und verstört; seine Augen glühten. „Mensch!“ rief er wild und faßte das Männchen an den Schultern und schüttelte es, „warum haben Sie mir das nicht geschrieben?!“

„Was?“ murmelte Tänzerles und suchte sich loszumachen. Er wußte recht wohl, was Wiesner meinte, nur fand er in seinem jähen Schrecken keine anderen Worte. „Beruhigen Sie sich!“ bat er dann fast weinerlich, da ihn diese Hände noch immer wie eiserne Klammern festhielten.

„Ich rette sie!“ rief Wiesner in äußerster Erregung. „Und gelingt es nicht, ist es heute, einen Tag vor der Hochzeit, zu spät, dann ist nur Ihr Schweigen daran schuld.“

Er stürzte aus dem Zimmer; wie betäubt starrte ihm Tänzerles nach.

Eine Stunde später, als Wolf und Taube aus dem Frühgottesdienst heimkehrten, trat ihnen Wiesner im Flur der Wohnung entgegen, wo er ihrer geharrt. „Darf ich Sie beide um die Ehre einer Unterredung bitten?“ sagte er. „Aber in einem Zimmer, wo wir ungestört bleiben!“

„Um was handelt es sich?“ fragte Wolf. „Nämlich — verzeihen Sie, wenn es nicht etwas Dringendes ist — wir haben noch viel zu ordnen — morgen ist ja die Hochzeit, zu der Sie natürlich auch kommen müssen —“

„Es ist dringend“, fiel ihm Wiesner ins Wort, so ernsten Tones, daß ihn Wolf befremdet ansah und Frau Taube erschreckt dachte: ‚Gewiß fehlt ihm was von seinen Sachen, unter den Schneidern war ein Dieb!‘ Sie öffnete das Zimmer der Mädchen, welches an das Stübchen Leas stieß, und ließ ihn eintreten. „Hier sind wir ungestört“, sagte sie.

Sie setzten sich. „Ich will es kurz machen“, begann Wiesner, „ich liebe Ihre Tochter Lea und werbe um ihre Hand!“

Wolf stieß einen Schrei höchster Überrachung aus und fuhr empor, Frau Taube verfärbte sich, er aber fuhr fort:

„Ich weiß, was Sie mir dagegen sagen werden; hören Sie daher, was ich Ihnen zu sagen habe. Ich liebe Ihre Tochter seit dem Augenblick, wo ich sie zuerst gesehen. Ich schweige davon, wie mir in jenen Tagen zumute war, wie ich dann mit mir rang, meiner Leidenschaft Herr zu werden. Ihre Tochter ermunterte mich sicherlich nicht — im Gegenteil! —, aber mich verließ die Zuversicht nicht, daß ich ihr nicht gleichgültig sei. Nun trete ich mutiger vor Sie hin, als ich es sonst vermöchte. Daß ich so spät komme, ist nicht meine Schuld — noch ist es nicht zu spät, noch ist Lea nicht vermählt ...“

„Mir wirbelt das Hirn“, rief Wolf. „Herr Doktor, das ist ja der helle Wahnsinn!“

„Genug!“ fiel ihm Frau Taube ins Wort und erhob sich. „Ich danke Ihnen für Ihren Antrag, der offenbar ehrlich gemeint ist, ich bedauere, daß Sie sich so lange vergeblichen Hoffnungen hingegeben, aber wir müssen Nein sagen.“

Wiesner wurde totenbleich. „Das Geld!“ rief er, fassungslos vor schmerzlicher Empörung, „das erbärmliche Geld! Oh, hören Sie doch auf die Stimme des Gewissens, knebeln Sie nicht aus Habgier den Willen Ihres armen Kindes –“

„Herr Doktor!“ brauste Wolf zornig auf, aber Taube winkte ihm zu schweigen.

„Beenden wir dies peinliche Gespräch“, sagte sie. „Ihre Worte will ich Ihrer Erregung anrechnen. Nur eines bin ich verpflichtet, zu sagen: Wir zwingen unsere Tochter nicht, sie hat frei entschieden.“

„Das will ich aus ihrem eigenen Munde hören! Und auch dann glaube ich es nicht. Ich wünsche Fräulein Lea zu sprechen!“

Nun verließ auch Frau Taube die Ruhe.

Er starrte sie an; ihr wurde unheimlich bei diesem Blick. ‚Der Mensch wird wahnsinnig!‘ dachte sie. Dann wandte er sich ab und verließ wankenden Schrittes die Stube.

Den Gatten blieb keine Frist, den unerhörten Vorfall zu besprechen. Nachdem etwa eine Stunde vergangen war, ohne daß Lea erschien, ging Taube in ihr Stübchen, zur Eile zu mahnen: Bald mußten die ersten Gäste erscheinen, und die Braut hatte ja die Pflicht, jedem für sein Geschenk zu danken. Aber als sie die Tür öffnete – „Allmächtiger Gott!“ schrie sie entsetzt auf.

Und wahrlich! – der Anblick, der ihr diesen Schreckensruf abgerungen, war jammervoll genug. Auf der Diele hingestreckt lag der Leib des Mädchens, das Haupt in die Arme vergraben. Ein heftiges, krampfhaftes Schluchzen durchschütterte die

Glieder, um welche sich ein Kleid von heller, schwerer Seide bauschte; das gelöste Haar bedeckte weithin die Diele, daneben schimmerte ein Schmuck, der den Händen entglitten war. So war sie, von den Enthüllungen jener Unterredung im Nebenzimmer wie von einem Blitzstrahl getroffen, an dem Spiegel, vor dem sie sich geschmückt, hingesunken, und in der dumpfen Betäubung eines grenzenlosen Schmerzes liegen geblieben.

„Lea!" jammerte die Mutter schrill auf, kniete zu ihr nieder und bettete das Haupt in ihrem Schoß. Ach! kaum erkannte sie in diesen fahlen, gramdurchwühlten Zügen das schöne Antlitz ihres Kindes. Unablässig quollen die Tränen aus den weitgeöffneten Augen hervor und fluteten über die Wangen.

„Mutter!" murmelte sie. „O wär' ich tot! O könnt' ich sterben!"

„Barmherziger Gott!" stieß Frau Taube mühsam hervor, der Schreck lähmte ihre Zunge. „Was — was ist geschehen? Du hast gehört, was Wiesner wollte? Aber es geht dich ja nichts an! Du verachtest ihn ja!"

„Nein!" schrie Lea gellend auf. „O ich Unselige! Wie blind ich war!"

„Ich verstehe dich nicht! Was kann dich so getroffen haben?!"

Sie suchte mit den zitternden Händen das Mädchen aufzurichten, es gelang ihr, sie führte die Wankende zum Sofa hin und setzte sich dann dicht neben sie.

„So sprich doch!" flehte sie und strich ihr das wirre Haar aus dem Antlitz. „Ich sterbe ja vor Angst. Der Christ kümmert dich nichts, nicht wahr, Lea?! Das wäre ja entsetzlich, das furchtbarste Unglück. Drüben warten die Gäste, morgen ist die Hochzeit ... mir wirbelt das Hirn ... Du heiratest Ruben, nicht wahr? Was ist geschehen?“

„Laß mich, Mutter“, bat das Mädchen, „laß mich allein; später will ich dir alles sagen! Oder besser, du erfährst es nie! Niemand soll es erfahren! ... Fürchte nichts, ich sehe ja ein, daß alles vergeblich wäre, daß es unmöglich ist ... Morgen!“ Sie schauerte zusammen und schlug die Hände vors Antlitz. „Ich werde Ruben's Weib, Mutter, du kannst ruhig sein — aber nun — laß mich — ich flehe dich an!“

„Aber Kind, das geht ja nicht! Die ganze Stadt kommt ja heute zum Glückwunsch zu uns! Was werden die Leute sagen? Du mußt, Lea!“

„Hab' Erbarmen! ich kann nicht ... Sag', daß ich krank bin!“

„Das geht nicht! Was wird Ruben sagen? Wasche dir die Augen, dann sieht man nicht, daß du geweint hast, und wenn auch, welche Braut weint nicht manchmal! ... Mein Gott! schon höre ich die ersten auf der Treppe! Hannah muß dir beim Ankleiden helfen! Ich schicke sie dir!“

Aber es schien besser zu verlaufen, als die Mutter befürchtet. Nur als Ruben auf Lea zutrat, sie umfaßte und küßte, schien es, als ob sie zusammenbrechen müßte. Dann aber raffte sie sich auf und hatte für jeden einen freundlichen Gruß und Dank. Freilich meinten die Leute, so sähe keine glückliche Braut aus, und viele fanden dies rätselhaft. Konnte es Lea besser wünschen, auch wenn sie noch so hochmütig und anspruchsvoll war?!

Auch Tänzerles ließ sich gegen die Mittagsstunde unter den Gästen blicken, doch hatte er nicht deshalb seine gewohnte Beschäftigung unterbrochen, sondern um nach Wiesner zu sehen. Doch hatte er vergeblich an dessen Tür geklopft und nahm an, daß er ausgegangen sei. Als ihn jedoch Wolf beiseite nahm und vertraulich von dem „wahnsinnigen Antrag“ erzählte, erneuerte er seinen Versuch.

Auch diesmal klang ihm kein „Herein“ entgegen, aber als er die Türe aufklinkte, sah er Wiesner im Lehnstuhl vor seinem Tisch sitzen, die Arme aufgestützt, das Antlitz in die Hände vergraben. Er blickte nicht auf, als Tänzerles näher kam, und fuhr erst empor, als ihn dieser anrief.

Der Student wich entsetzt zurück. Der Mann mußte Furchtbares leiden, es war, als wäre er jählings um zehn Jahre gealtert. „Fort!“ murmelte er, „fort!“ wiederholte er heftiger, und noch mehr als dies Wort war es der Blick seiner Augen, der Tänzerles den Mut nahm, auch nur ein Wort des Trostes zu versuchen. Betrübt schlich er zur Tür hinaus und auf seine Stube.

Nach einer Stunde trieb es ihn, wieder nach dem Freund zu sehen. Aber diesmal stand die Tür offen, die Magd brachte das Zimmer in Ordnung. „Der Herr Doktor ist eben ausgegangen“, sagte sie, „vor kaum zwei Minuten. Er muß sehr krank sein, denn er hat gewankt, als müßte er beim nächsten Schritt zusammenstürzen.“

Tänzerles griff nach seinem Hut und stürzte ihm

nach; ein jähes Angstgefühl, über das er sich selbst keine Rechenschaft zu geben wußte, beflügelte seine Schritte.

Wiesner bog eben um die Ecke des Gäßchens. Tänzerles bemühte sich, ihn einzuholen. Das war nicht schwer. Der Unglückliche ging sehr langsam dahin, in der Tat wie ein Schwerkranker, oder als wandelte er im Schlaf.

Er wandte sich und ging die Gasse wieder hinab, Tänzerles immer dicht hinter ihm. Aber er bog nicht wieder in das Gäßchen ein, wie dieser geglaubt, sondern schritt nun rasch dem Altstädter Ring zu. Vor der Apotheke auf diesem Platz blieb er einen Augenblick stehen und trat dann ein.

Zitternd sah Tänzerles durch die Spiegelscheiben, wie Wiesner drinnen ein Rezept schrieb und es dem Provisor reichte. Dieser blickte befremdet auf und tat dann eine Frage, worauf der junge Arzt eingehende Antwort gab. Der Provisor nickte, verschwand und kam mit einem kleinen Fläschchen wieder. Auch diese sah Tänzerles ganz deutlich, es enthielt nur wenige Tropfen einer wasserhellen Flüssigkeit. Wiesner steckte es ein und zog seine Börse.

So weit hatte Tänzerles, von Entsetzen gelähmt, die Szene beobachtet. Aber plötzlich überkam es ihn: „Hier kann nur Lea helfen!", und daran hielt er fest, wie an einer Eingebung von oben.

Wiesner hatte den Heimweg eingeschlagen, Tänzerles überholte ihn am Eingang des Gäßchens und stürzte in atemloser Hast ins Haus, die Treppe empor und ins Wohnzimmer. Der Zufall war ihm günstig; Lea stand eben hart an der Türe; sie geleitete ihre Großtante Miriam Herzheimer und verabschiedete sich von ihr.

„Auf ein Wort", murmelte Tänzerles, „es geht um Tod und Leben!"

Er faßte ihre Hand, zog sie durch den Flur in seine

Stube und erzählte in fliegenden Worten, was er eben beobachtet.

„Sein Leben liegt in Ihrer Hand!“ schloß er. „Sie allein haben die Macht über ihn, ihm das Fläschchen zu entreißen, das Ehrenwort abzunehmen, daß er am Leben bleibt! ... Mein Gott, da ist er wohl schon!“

In der Tat betrat Wiesner eben den Flur, ging auf sein Zimmer zu und legte die Hand auf die Klinke.

Schwer atmend, totenfahl stand Lea da. Dann trat sie auf ihn zu; er taumelte einen Schritt zurück. „Warum wollen Sie dies tun?“ murmelte sie kaum hörbar. „Soll ich noch elender werden, als ich bin?! Geben Sie mir das Fläschchen!“

Er lehnte sich zitternd an die Türe und schloß die Augen. „Was gehe ich Sie an!“ stieß er dann rauh hervor. „Sie verachten mich ja!“

„Nein!“ schrie sie verzweifelt auf. „Nein!“ wiederholte sie leise. „Ich verachte Sie nicht! ... Es war ein Mißverständnis. Ich will Ihnen alles aufklären ... Aber jetzt“, sie faßte seine Hand, „das Fläschchen!“ flehte sie, „und geben Sie mir Ihr Wort, daß Sie sich — daß Sie dies nicht tun werden — Ihr Wort, das Wort des Mannes, den ich unter allen Menschen am höchsten achte —“

„Lea!“ Es schien, als wollte er sich ihr zu Füßen stürzen. Dann aber legte sich die Hand fester um die Klinke; die Tür ging auf. „Ich kann nicht“, murmelte er.

„Sie müssen!“ flehte sie. „Erbarmen Sie sich meiner! Ich beschwöre Sie bei Ihrer Mutter, bei Ihrer Liebe zu mir! ... Versprechen Sie mir wenigstens, nichts zu tun, bis ich Ihnen alles aufgeklärt ... Sie werden dann ruhiger sein. Ich erwarte Sie morgen früh, sechs Uhr, im Wohnzimmer. Ihr Wort, daß Sie kommen?“

Sie hielt ihm die Hand hin. Gesenkten Hauptes stand er da, seine Rechte zuckte und zog sich wieder zurück, endlich legte er sie in die ihre.

„Mein Wort“, murmelte er.

Die Lichter wurden angezündet, der Sabbat war zu Ende. „Nun können wir das Geschäft abtun“, hörte Lea ihren Vater zu Ruben sagen; sie wußte, um was es sich handelte, nun sollte Ruben die Summe erlegen, zu der er sich verpflichtet.

Sie richtet sich auf. „Vater!“ schrie sie auf.

„Was willst du, mein Kind?“ sagte Wolf befremdet und trat auf sie zu.

„Ich habe dir etwas zu sagen“, murmelte sie. „Dir und der Mutter ... Jetzt, sofort!“ fügte sie so flehenden Tones hinzu, daß er ihr in ihr Stübchen folgte, auch im Vorbeigehen seiner Gattin winkte, mitzukommen.

„Was soll das heißen?“ wandte sich der Bräutigam verblüfft zu seinem Vetter Jossef Blau.

„Was weiß ich?“ erwiderte dieser achselzuckend.

Wohl erschien Wolf erst nach ziemlich langer Zeit wieder, und in sichtlicher Erregung, aber er entschuldigte sich eifrig und bat dann die beiden, ins Nebenzimmer zu treten; die Quittungen lägen schon bereit.

„Was war es denn?“ fragte Ruben.

„Dummheiten!“ sagte Wolf verlegen. „Richtig, noch eins! Sie läßt sich entschuldigen, daß sie Sie

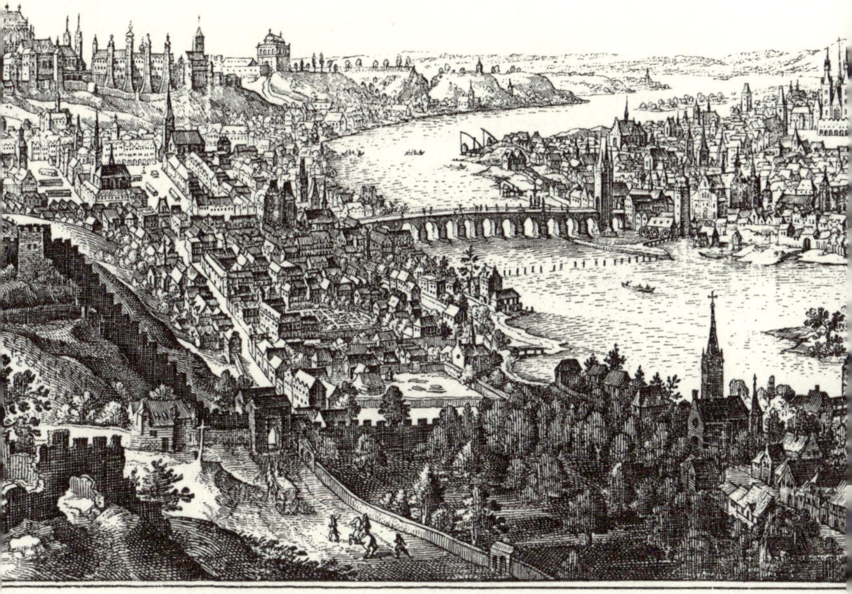

Prag nach Matthäus Merian

heute nicht mehr sehen kann, sie hat Kopfweh!"

„Ja, sie war blaß", erwiderte der Bräutigam. „Nun — bis morgen ist das wieder gut."

Er zog die Brieftasche hervor und begann die Noten auf den Tisch zu zählen.

Indessen suchte Frau Taube ihr verzweifeltes Kind zu trösten. „So sieh doch wenigstens ein", bat sie, „daß wir nicht anders können! Eine Verlobung am Tage vor der Hochzeit zurückgehen zu lassen, diese Verlobung, die ohnehin so viel beredet wurde — das ist ja unmöglich! Das wäre ja unerhört, wir wären gebrandmarkt auf Lebenszeit! Bedenk', es war dein eigener Wille! Erinnere dich, in diesem Zimmer hier habe ich dir gesagt: ‚Die Entscheidung hängt von dir ab, überlege es dir, solange du willst!' Du hast Ja gesagt, nun mußt du dein Wort halten. Auch wird ja gewiß noch alles gut werden!"

Lea ließ all die Worte lautlos über sich ergehen. „Du hast recht, Mutter", sagte sie endlich, „es war mein eigener Wille, ich mache dir keine Vorwürfe. Verzeih' mir auch, daß ich noch diesen Versuch gemacht habe! Sieh, wenn jemand freiwillig ins Wasser springt und sich dann dennoch vor dem Ertrinken zu wahren sucht, so findet man dies auch begreiflich ... Ich werde stille halten."

Mitternacht war vorüber. Nun hatten alle die Ruhe gesucht, nur Wiesner wachte noch. Sein Lager stand unberührt, wie hätte er auch auf Schlaf hoffen können! Am Fenster stand er und starrte in die herrliche Julinacht. Aber seine Sinne empfanden nichts von ihrem Zauber; stumpf starrte er vor sich hin.

Da flackerte plötzlich die Kerze im Windzug; ihm war, als wäre seine Türe gegangen; er blickte sich um und stieß einen dumpfen Schrei aus. In der Türe stand Lea, das Haar gelöst, im Nachtgewand, um das sie einen Mantel geworfen.

Sie trat ein, schloß die Türe und ging dann langsam bis zum Tisch vor, während er noch immer, keiner Bewegung mächtig, dastand, und sie mit weit geöffneten Augen anstarrte, als wäre sie ein

Gespenst. Sie zitterte an allen Gliedern und stützte sich mit beiden Händen auf den Rand des Tisches, als müßte sie sonst umsinken. Das Licht, dessen Schein mit dem Mondlicht stritt, beschien ihre Züge; eine Purpurröte bedeckte ihr Antlitz.

„Denken Sie nicht schlecht von mir", begann sie leise. „Es hat mir keine Ruhe gelassen ... Ich dachte: Ihr Leben hängt davon ab, und nun soll ich es dem Zufall überlassen, ob nicht vielleicht morgen früh noch jemand anderer im Wohnzimmer ist ... Bitte — wollen Sie mich hören?"

Er nickte stumm und trat näher heran; sie hob wie abwehrend die Hand.

„Verzeihen Sie!" murmelte sie dann, und wieder stieg die dunkle Röte auf ... „Kaum weiß ich, wie ich beginnen soll. Sie wollten sterben, weil Sie sich von mir verachtet glaubten? Meinetwegen sterben — ich fasse es kaum! ... Und ach! wüßten Sie, wie ich dazu kam, so von Ihnen zu denken!"

Sie begann zu erzählen, was sie nach jener Begegnung an der Brücke empfunden, dann, wie sie seine Rolle im Hause aufgefaßt. Leise fielen die Worte von ihren Lippen, zuweilen stockte sie.

„Daß Sie mich liebten, um mich werben wollten, wie hätte ich es denken und begreifen sollen! Ich wußte ja nicht, was Liebe ist!"

„Und jetzt?" fragte er.

„Jetzt weiß ich es — seit heute morgen! Kein Wort sagt, wie mir zumute wurde, als ich Sie so zu meinen Eltern sprechen hörte. Sie glauben gewiß, daß ich zur neuen Verlobung mit Ruben von meinen Eltern gezwungen wurde?"

„So war es auch!“ rief er. „Belasten Sie sich nicht selbst, um jene zu entschuldigen.“

„Nein!“ rief sie. „Es war mein freier Wille! Ich tat es gewiß aus Liebe zu den Meinen, aber nicht deshalb allein. Ich dachte: ob dieser oder ein anderer, du mußt einen nehmen, der reich genug ist, warum nicht ihn? Daß das Herz des Mädchens für den Mann sprechen muß, ich wußte es nicht, ich glaubte nicht daran. Und nun kamen Sie, und ich erkannte, was ich Ihnen war, und wie jenes Gefühl sein soll, das Mann und Weib aneinander fesselt, und erkannte —“

„Daß du mich liebst!“ rief er und sank zu ihren Füßen nieder und bedeckte ihre Hände mit glühenden Küssen. Mühsam hatte er an sich gehalten, nun flackerte seine Leidenschaft hoch auf.

„Um Gotteswillen“, schluchzte sie und machte sich von ihm frei. „Stehen Sie auf! Knien Sie nicht vor mir, ich bin ja keines Gedankens von Ihnen wert ... Es kann ja nicht sein — ich wußte es gleich, und als ich meine Eltern anflehte, mich freizugeben, da meinten sie, ich sei wahnsinnig geworden. Es ist alles aus, morgen bin ich Rubens Weib!“

„Flieh’ mit mir!“ rief er. „Jetzt in dieser Stunde! Morgen sind wir über der Grenze und ich mache dich zu meinem Weib — ich schwöre es dir — bei dem greisen Haupt meiner Mutter!“

„Ich kann ja nicht!“ rief sie verzweiflungsvoll. „Ich kann es meinen Eltern nicht antun! Auch war es ja mein Wille — ich muß mein Wort halten!“

„Dann geh’!“ rief er. „Möge dich deine Kindesliebe trösten, wenn du erfährst, daß ich —“

„Sie dürfen nicht sterben! Richard! Sie werden es nicht tun! Jetzt, wo ich Ihnen alles gestanden! Jetzt —“

„Törin!“ rief er wild. „Ich wollte mich um des Mädchens willen töten, das mich nicht liebte, das mich verachtete, weil ich ohne seinen Besitz nicht leben konnte — und sollte den Gedanken ertragen können, dich, die du mich liebst, in den Armen jenes Menschen zu wissen?! Geh'!“

„Ich gehe nicht, bis ich das Fläschchen habe und Ihr Wort, am Leben zu bleiben ... Ich kann ja nur flehen —“, fuhr sie fort und sank mit gefalteten Händen vor ihn hin. „Und ich flehe dich an: erbarme dich unser beider! Sieh', wie armselig mein Leben ohnehin sein wird, es muß dich ja auch schaudern, wenn du daran denkst, erbarme dich meiner, Richard, gib mir das Fläschchen. Sieh! Du kannst ja noch glücklich werden. Du wirst es werden: ein großer Arzt, ein Wohltäter der Menschen. Sie loben dich alle und rühmen deine Zukunft — lebe für die Menschen — da du für mich nicht leben kannst!“

„Ich kann nicht!“ stöhnte er.

Sie erhob sich und blieb vor ihm stehen. Stürmisch hob und senkte sich ihr Busen, das Antlitz wurde glühendrot und wieder totenbleich. Mit geschlossenen Augen trat sie dicht an ihn heran.

„Richard!“ murmelte sie fast unverständlich. „Ich will mich nicht wehren — aber dann gib mir das Fläschchen!“

Er starrte sie an und erzitterte, er hob die Arme, wie um sie an sich zu ziehen, dann aber wich er zurück und stand ohne Regung da, und nichts war hörbar, als seine schweren Atemzüge.

Endlich hatte sein Herz gesiegt. Er ging zum Nachtkästchen, nahm das Fläschchen und drückte es ihr in die Hand.

„Geh“, murmelte er, „ich tue es nicht. Niemals. Ich will werden, was du von mir hoffst. Mein Wort!“

Wie von einem Blitzstrahl gefällt, so jählings war sie vor ihn hingesunken und küßte seine Hand. Dann erhob sie sich.

„Leb' wohl!“ murmelte sie.

„Leb' wohl!“ erwiderte er leise, mit gebrochener Stimme.

Als er wieder aufblickte, war sie verschwunden.

Am nächsten Morgen fanden sich die Freundinnen Leas schon früh ein, sie schmücken zu helfen; selbst der Neid mußte zugeben, daß es diesmal der Mühe wert sei. Eine schönere Braut hatte man noch nie gesehen, freilich auch keine bleichere.

Die Trauung, die Rede des Rabbi, das Hochzeitsmahl waren so glänzend, wie man es selten im Prager Getto gesehen. Gegen die neunte Abendstunde wurde Ruben feierlich mit seinem Weib nach seiner Wohnung geleitet.

Im Morgengrauen des nächsten Tages hatte Ruben einen seltsamen Traum: Eine hochgewachsene, düstere Greisin im weißen Sterbekleid trat in das Gemach, wo er neben der Neuvermählten ruhte, und beugte sich über sie. Und nun erkannte er sie;

es war die tote Esther, sie nahm Lea in ihre Arme und trug sie davon …

So lebhaft war der Traum, daß Ruben aufstöhnte und erwachte. „Gottlob!“ murmelte er und beugte sich zu dem schönen Weib, sie mit einem Kuß auf die Schulter zu wecken.

Aber ihr Leib war eisigkalt. „Sie ist ohnmächtig!“ schrie er auf und rief die Dienerinnen herbei.

Lea war tot. Die Finger der Rechten hielten krampfhaft ein kleines Fläschchen umschlossen.

Richard Wiesner ist erst vor wenigen Jahren gestorben; er war einer der größten Anatomen unseres Jahrhunderts, vortreffliche Werke und Hunderte von Schülern verkünden seinen Ruhm, Tausende und Abertausende von Menschen verdanken seinen Forschungen Genesung oder Erleichterung ihrer Leiden.

Er ist unvermählt geblieben.

Friedrich Halm

Das Haus an der Veronabrücke

Zu Venedig im Pfarrbezirke Santa Maria Zobenigo, hart an der Veronabrücke (Ponte della Verona), die von S. Fantino her über den Kanal, Rio menuo genannt, nach S. Benedetto und S. Lucia oder links hinüber nach S. Angelo und S. Stefano führt, stand noch im Anfang des siebzehnten Jahrhunderts ein ansehnliches, palastartiges Gebäude. Ursprünglich dem patrizischen Geschlechte der Barozzi gehörig und von der Sage her als der Ort bezeichnet, wo vor Jahrhunderten Tiepolo und seine Genossen zusammenkamen, um ihre hochverräterischen Pläne, sich selbst zum Verderben, zu beraten, gelangte das altertümlich finstere Haus an der Veronabrücke in der ersten Hälfte des sechzehnten Jahrhunderts an Cornelia Lando, die es ihrem Gatten, dem Handelsherrn Angelo Minelli, als willkommene Mitgift zubrachte, und es nun nach seinem Tode mit ihrer noch allein zurückgebliebenen Tochter Ambrosia in der tiefen Stille und Zurückgezogenheit bewohnte, die beschränkte Vermögensverhältnisse ihr zur Pflicht, die nie ruhende Gewissensbisse ihr, der Mörderin ihres Gatten, ihres Sohnes, zum Bedürfnis machten.

Ihr Gatte, Angelo Minelli, Kaufmann mit Leib und Seele und nur auf die Erweiterung seines Geschäftes und die Vermehrung seiner Handelsverbindungen bedacht, hatte nämlich bei zunehmenden Jahren das Bedürfnis gefühlt, sich zur Fortsetzung seiner Anstrengungen einen frischen, jugendkräftigen Mitarbeiter beizugesellen und demnach beschlossen, Carlo, seinen Sohn, zu seinem Gehilfen und Nachfolger heranzubilden. Carlo jedoch hatte sich nur mit Widerwillen den Wünschen seines Vaters gefügt, und der Starrsinn des Vaters hatte den Sohn zuletzt zu offenem Widerstand empört. So war binnen kurzem der Unfriede zu solcher Höhe gestiegen, daß Carlo nach einem mißlungenen Fluchtversuch von seinem Vater den Tag über auf seiner Kammer versperrt gehalten, und ihm erst nachts der Verkehr mit Schwester und Mutter gestattet wurde. Die letztere sah verzweifelnd nur die Wahl zwischen zwei Übeln sich freigestellt: den geliebten Sohn vor ihren Augen von Kummer und Gram verzehrt dem Grabe zuwelken zu lassen, oder gegen den Willen ihres Gatten und gegen ihren eigenen Wunsch die Neigung des Jünglings zu begünstigen. Ihre mütterliche Zärtlichkeit entschied sich um so mehr für das letztere, als die Mittel zur Durchführung des einmal gefaßten Beschlusses ihr so nahe lagen. Ihr Schlafgemach, im Erdgeschoß des Hofraumes gelegen, stand nämlich mit einem der sehr beliebten, fensterlosen Boudoirs in unmittelbarer Verbindung, dessen Wände und Decke noch aus der Zeit der Barozzi mit altertümlichem, reich mit kunstvollem Schnitzwerk verziertem Holzgetäfel bekleidet waren. Ein Druck auf eine der Rosen dieses Schnitzwerkes aber öffnete eine in dem Holzgetäfel verborgene Tür, durch welche man in einen schmalen, in der Mitte der Grundmauer des Hauses fortlaufenden Gang gelangte. Dieser geheime Ausweg wurde jetzt von einer aus Angst und Unruhe halb wahnsinnigen Mutter benützt, den Sohn bei tiefer Nacht aus dem Vaterhause entweichen und in der Fremde das Glück suchen zu lassen.

Minelli, in das Geheimnis des verborgenen Ganges nicht eingeweiht, hatte weder Geld noch Mühe gespart, des Flüchtlings wieder habhaft zu werden. Da aber seine Bemühungen fruchtlos blieben, bemächtigten sich nach dem ersten Rasen der Leidenschaft träger Mißmut und dumpfe Teilnahmslosigkeit seiner Seele so vollkommen, daß endlich ein schweres Siechtum den an Vermögen und Gesundheit gleich herabgekommenen Mann aufs Krankenlager niederwarf, von dem er nicht wieder erstehen sollte. Wenige Tage danach empfing die von dem bittersten Schmerze, den quälendsten Vorwürfen bestürmte Witwe die Nachricht, ihr Sohn sei vor Marciano einer französischen Falconetkugel erlegen.

Seit jenem Tage verhielten sich die Bewohner des Hauses an der Veronabrücke wie aus der Reihe der Lebenden ausgestrichen. Weder Zuspruch, noch die Schmeichelworte, die Bitten und Tränen Ambrosias die neben ihr wie eine Rose in der Wüste heranblühte, vermochten die Witwe Minellis aus ihrem Gram zu erwecken. In ihrem kindlichen Angstgefühl hatte Ambrosia längst ihre Schlafstätte aus dem obern Stockwerke in das Erdgeschoß zu verlegen gewußt. Eines Tages, als sie ihr Nachtgebet verrichtend auf den Knien lag, scholl ein gellender Schrei aus dem Schlafgemache der Kranken zu ihr herüber. Entsetzt und halb besinnungslos emporfahrend flog sie den Hausflur entlang auf jenes Gemach zu, dessen Türe, obgleich verschlossen, dem Andrange ihrer jugendlichen Kraft nachgab und sie bei dem Scheine einer verglimmenden Nachtlampe die Mutter in dem holzgetäfelten Boudoir an der Schwelle der halbgeöffneten geheimen Wandtüre bewußtlos auf dem Estrich hingestreckt erblicken ließ. Als Ambrosia jedoch erschrocken zu ihr sich niederbeugte und sie nach Hilfe rufend in die Arme schloß, kehrte die Bewußtlose alsbald ins Leben zurück. „Stille, stille!" sagte sie, indem ein halb wahnsinniges Lächeln um ihre Lippen spielte, „niemand darf wissen, daß Carlo hier war! Morgen kommt er mich abzuholen! Stille, stille!" Damit sich emporrichtend, wankte sie auf die geheime Tür zu, drückte sie wieder ins Schloß und ließ sich dann von der Tochter nach ihrem Lager geleiten. Und Wange an Wange gelehnt, erzählte sie Ambrosien, wie es mit dem geheimen Gange, mit Carlos Flucht sich verhalte. Als aber am nächsten Tage die Mitternacht heranrückte, ward sie unruhig, plötzlich aber mit strahlendem Antlitz und leuchtenden Augen sich aufrichtend, rief sie: „Da ist er! Ich komme, ich komme!" und sank selig lächelnd und selig entschlafen zurück.

Der Tod ihrer Mutter war für die nun ganz verwaiste Ambrosia ein schwerer Verlust. Ambrosia bedurfte der ihr eigenen Seelenstärke und Geisteshoheit, um der Ungunst der Verhältnisse, die auf sie einstürmten, die Stirne bieten zu können. Denn nicht nur das Gefühl ihrer Verlassenheit und der Trauer um ihre lieben Toten, auch die Sorge für die Erhaltung des geringen Nachlasses ihrer Eltern bedrängten die verwaiste Ambrosia. Das abgelegene und namentlich von S. Marco ziemlich weit entfernte Haus war lange Zeit nicht zu verwerten, und Ambrosias Gläubiger drangen schon auf dessen Verkauf, als sich dafür ganz unerwartet ein Mieter, und zwar in der Person des Messer Ruggiero Malgrati, eines alten Kriegsmannes, fand, der seit vielen Jahren mit Ambrosias Vater in Geschäftsverbindungen gestanden und während seiner seltenen Besuche in Venedig in dessen Hause Aufnahme und Gastfreundschaft gefunden hatte. Abgesehen von den Beschwerden seiner Kriegszüge, die ihm mit zunehmendem Alter immer peinlicher fühlbar wurden, war es vor allem das unbehagliche Gefühl völliger Untätigkeit nach einem so vielfach bewegten Leben, das ihn um so mehr verstimmte, als seine Jahre und die immer sorgfältigere Pflege, die seine zerhackten Glieder erheischten, ihn verhinderten, sonst gewohnten Zerstreuungen so rücksichtslos wie früher nachzugehen. Unschlüssig zwischen der bisherigen wüsten Hagestolzenwirtschaft, die er nicht mehr durchführen, und der Alltagsordnung eines bürgerlichen Haushaltes, an die er sich nicht gewöhnen konnte, hin und her schwankend, war er kränklich und grämlich geworden. Da ihm überdies die Übernahme des reichen, aber nicht eben wohlgeordneten Nachlasses seines Bruders viel Kopfzerbrechen verursachte, so wurde es ihm erst zur Erholung, allgemach aber zum Bedürfnis, ab und zu eine Stunde in der Gesellschaft Ambrosias hinzubringen und von der sicheren, ernst-heiteren Haltung des jungen Mädchens halb angezogen, halb zu Neckereien aller Art angeregt, Verdruß und Ärger sich wegzuplaudern.

So waren Monate hingegangen, als eines Tages der Pfarrherr von Santa Maria Zobenigo, der bewährte Freund der Eltern und der Gewissensrat ihres verwaisten Kindes, in Ambrosias Stübchen trat. Nach einer weitläufigen und salbungsreichen Auseinandersetzung eröffnete er dem befreundeten Mädchen, Messer Ruggiero Malgrati, ihr Mietsmann, habe in ehrbarer, fromm christlicher Absicht sein Auge auf sie geworfen und wünsche

bei ihrem Vormund um ihre Hand zu werben. Als Ambrosia aber auf diese unerwartete und fast märchenhaft klingende Nachricht zwar sichtlich überrascht, aber ohne alle Verwirrung emporblickte, beeilte sich dieser hinzuzusetzen, er habe den Auftrag, ihre Willensmeinung zu ergründen, nicht ohne den ausdrücklichen Vorbehalt übernommen, ihr gleichzeitig beides, sowohl was für, als was gegen den Antrag spreche, gewissenhaft und ausführlich darlegen zu dürfen. Der Anspruch, den das Leben an uns alle stelle, heiße Pflichterfüllung, und diesem Anspruche hoffe sie, entgegnete ihm Ambrosia hierauf, zu jeder Zeit gerecht zu werden; sie werde daher weder jetzt noch jemals unüberlegt eine Verpflichtung eingehen, weshalb sie denn auch ihre Entschließung über Messer Ruggieros Antrag erst nach dreitägiger Bedenkzeit zu fassen, dann aber ihrem Freier selbst mitzuteilen gedenke.

Als Messer Ruggiero am Morgen des vierten vor Ambrosia erschien, trat ihm diese errötend, aber heiter lächelnd entgegen, und nachdem er in seinem gewohnten Lehnstuhl Platz genommen, erwiderte sie, sie habe alle Freuden, die andere Mädchen in ihrem Alter genössen, entbehren müssen und sich ohne Klage, ja ohne alles Bedauern diesem Schicksale unterworfen. Nur das eine habe sie nie verwinden können, daß sie nicht der Eltern letzte Lebenstage durch ihre Pflege versüßend, ihnen ein sorgloses, fröhliches Alter bereiten und in dem Bewußtsein, zu ihrem Glücke beigetragen zu haben, ihr eigenes höchstes Lebensglück habe finden dürfen. Seine Werbung eröffne ihr die Aussicht, dies liebste Ziel ihrer Wünsche nun doch zu erreichen. — Nach dieser Erklärung fand sich alles übrige von selbst, und ehe drei Wochen ins Land gingen, war Ambrosia die Gemahlin Messer Ruggieros.

Zunächst lebte Ruggiero mit Ambrosia auf dem Lande, von wo er jedoch bald nach Venedig zurückkehren sollte. Zum einen plagten ihn Gebrechen, die ihn in der ländlichen Abgeschiedenheit immer verdrießlicher werden und so Ambrosia darauf dringen ließen, im städtischen Getriebe Abwechslung zu suchen. Zum anderen machte Anselmo, Ruggieros Neffe und einziger Erbe, bedenkenlos auf den Namen seines Onkels Schulden. Ruggiero, der sich für Anselmo verantwortlich fühlte, hoffte, ihn in Venedig bessern und zu einer seinen Charakter mäßigenden Ehe überreden zu können. Deshalb ließ er für Anselmo das Haus an der Veronabrücke renovieren und zog mit Ambrosia in ein Haus am Canale Grande. Doch selbst als er seinen Neffen für drei Monate hinter Gitter stecken ließ, vermochte er nicht, Anselmo auf den rechten Pfad zu führen.

Der feuchte, schwere Nebel eines grauen Wintermorgens hing über den Lagunen Venedigs und machte die weiten Räume des Hauses an der Veronabrücke noch trüber und dunkler als sie gewöhnlich waren, als Anselmo auf der Schwelle des glänzenden Gemaches erschien, in dem Ruggiero ungeduldig auf und nieder schreitend ihn erwartete. Als die Türe sich öffnete, war er mit würdevoller, dem Ernste des Augenblicks entsprechender Haltung dem Neffen entgegengetreten, allein bei dem ersten Blick auf den Eintretenden wich er unwillkürlich einige Schritte zurück. Abgemagert, hohlwangig, die dürren Glieder wie von Fieberfrost geschüttelt, wankte ihm eine Schattengestalt entgegen, die nur aus dem stechenden Blicke der

dunklen Augen und dem eigentümlichen Lächeln, das um die dürren Lippen spielte, als Anselmo, als der Anselmo zu erkennen war, der noch vor wenig Wochen im vollen Schmucke männlicher Schönheit aller Augen auf sich zog und die Jugend Venedigs überstrahlte. Nun flogen Haar und Bart wirr und struppig um seine gelben Wangen; seine Kleider, dieselben, in denen er verhaftet worden, und die seitdem nicht von seinem Lebe gekommen waren, hingen verwahrlost, schmutzig und zerrissen um seine Glieder. Seine zitternden Hände langten krampfhaft nach der Lehne eines Stuhles, um sich aufrecht zu erhalten. Ruggiero hatte nach einer Pause peinlichen Stillschweigens sich so weit gesammelt, daß er den Neffen begrüßen und ihn mit ernsten, aber freundlichen Worten ermahnen konnte, durch die Leiden der Vergangenheit belehrt, beherzt einer besseren Zukunft entgegenzuschreiten, als Anselmo plötzlich zusammenbrechend auf den Stuhl hinsank und mit erlöschender Stimme dem Oheim zurief: „Wein, schafft mir Wein oder ich verschmachte!" Ruggiero, durch den Zustand des Neffen ernstlich beunruhigt, rief ängstlich nach seinen Dienern; erst als Anselmo, nachdem er hastig einige Becher Weines hinabgestürzt hatte, sich wieder gekräftigt zeigte und alle ärztliche Hilfe ablehnte, gab er sich allmählich zufrieden, und kam zuletzt auf die Wünsche zurück, die er stets für die Zukunft des Neffen gehegt habe und die dieser, so hoffe er zuversichtlich, nun endlich mit ihm teilen würde. „Meine Wünsche", sagte Anselmo, „sind für jetzt nur zwei: einmal den Schurken zu kennen, der mich in den Turm von Malghera stecken ließ; dann aber diesem Schurken das Messer hier in den Wanst zu bohren, so weit die Klinge reicht! Das sind meine Wünsche!" Dieser, nicht wenig betroffen über eine so unerwartete Äußerung, bemühte sich, seinem ungebärdigen Gaste auseinanderzusetzen, daß er das von dem Tribunal gegen ihn eingehaltene Verfahren vielmehr als einen Beweis seiner Schonung und Milde zu betrachten habe, indem gerichtliche Verfolgung nicht nur den Namen Malgrati überhaupt mit unaustilgbarer Schande befleckt, sondern auch insbesondere ihm selbst jede standesmäßige eheliche Verbindung erschwert, wo nicht unmöglich gemacht haben würde. Zu einer solchen müsse er sich aber nun doch wohl endlich entschließen, wäre es auch nur, damit sein für seine Wohlfahrt so zärtlich besorgter Oheim die Räume des Hauses, in dem sie sich befänden, nicht umsonst für seinen Haushalt eingerichtet habe. Anselmo aber griff nach dem Becher und sagte: „In der Tat ein schmucker Käfig, aber doch ein Käfig! Ein goldenes Haus, aber die Freiheit ist noch goldner! Ihr freilich versteht das nicht, alter Herr! Die Freiheit über alles! Hoch die Freiheit!" Ruggiero hatte begriffen, daß er sich in bezug auf die Gemütsstimmung, die sein Neffe von Malghera heimbringen würde, arg verrechnet habe und daß der ungezügelte Ausbruch seines gerechten Zornes die Erfüllung seiner so mühevoll vorbereiteten, ihm allmählich zum Lebensziele gewordenen Pläne auf immer vereiteln würde. Alle Macht seiner Willenskraft aufbietend, gelang es ihm auch wirklich, den Sturm seiner Seele soweit zu beschwören, daß er nach einigen Augenblicken sich gelassen zu Anselmo wenden und, obgleich mit bebenden Lippen und zitternder Stimme hinwerfen konnte: für den Augenblick wolle er sich alles Streites mit seinem Neffen begeben, der vor allem sorgsamer Pflege und erquickender Ruhe bedürfe, und da er diese beiden wohl am besten und sichersten in seinem Hause und unter der Obhut seiner Base finden würde, so lade er ihn ein, einstweilen ihr Hausgenosse zu werden. Anselmo jedoch, in ein schallendes Gelächter ausbrechend, erwiderte hierauf, indem er Ruggiero vertraulich auf die Schultern klopfte: „Nichts da, alter Herr! Gebt mir ein Stück Geldes und laßt mich laufen, wohin mir's gefällt, und mich leben, wie mir's zusagt. Ich will weder in einem Käfig noch in eine Kostschule mich stecken lassen, weder Eure Sittenpredigten anhören, noch Eure Dame die Nase rümpfen sehen, wenn ich mit irgendeinem Zöfchen ein lustiges Stückchen angebe!" Das leichtfertige Wort war kaum den Lippen Anselmos entschlüpft, als auch schon Ruggiero im vollen Ausbruche übermächtigen Zornes mit einem Tigersprunge auf ihn zufuhr und, ihn bei der Brust fassend, keuchend und atemlos mit wutheiserer Stimme die Worte hervorstieß: „Schamloser Bube! Wagst Du mit dem Pestqualm Deines Atems den Spiegel solcher Ehren anzuhauchen! Kröte, soll ich Dich wieder nach Malghera hinausschicken, und unter Deinesgleichen Dich verfaulen lassen?" Und damit schwang er mit zornbebender Hand drohend sein Rohr über Anselmos Scheitel. Dieser aber hatte im selben Augenblick es ihm entwunden, mit nervigen Armen den vergebens sich Sträubenden umschlungen und mit einem kräftigen Ruck ihn zu Boden gerissen. „Du also bist es, Verräter", schrie er. „Du bist es, der mich ohne Recht und Urteil in jenem Sumpfloche verkommen ließ! Dachte ich es doch gleich, du scheinheiliger Sauertopf, und stände nicht mein Erbe auf dem Spiel, bei allen Teufeln der Hölle, ich spießte dich dafür mit deinem eigenen Degen an den Boden wie eine Ratte. Aber darf ich dir nicht kaltes Eisen zu verkosten geben, ungebrannte Asche wird dir nicht schaden!" Und damit führte er mit dem Rohr einige derbe Schläge auf die Schultern und den Nacken Ruggieros, der regungslos mit geschlossenen Augen zu seinen Füßen hingestreckt, nur durch das stoßweise Atemholen der krampfhaft sich hebenden Brust noch Leben verriet. – „So", rief endlich Anselmo, das Rohr hinwerfend, „nun bist du bezahlt, greiser Schurke, und nun geh hin und laß dich sobald als möglich begraben, damit ich zu meinem Erbe komme! Denn ich bin dein Erbe, hörst du! Ich bin es und bleibe es, Gott selbst kann es nicht hindern!" So sprechend verließ er das Gemach. Im Vorzimmer hieß er die Diener ihrem Herrn beispringen, den eine Ohnmacht angewandelt habe; er selbst eile Ärzte herbeizuschaffen, sagte er, und damit stürzte er aus dem Hause, warf sich in eine Gondel und schlug, zu Mestre angelangt, die Straße nach Ferrara und Rom ein.

In tiefer Abgeschiedenheit brachte Ruggiero zwei Tage und Nächte hin. Als er am dritten Tage endlich sich wieder von seinem Lager erhob, schien er um zehn Jahre älter geworden. Er schämte sich, so lange die Rolle eines Klageweibes gespielt zu haben; er fühlte das tiefinnerste Bedürfnis, mannhafte

Tätigkeit an die Stelle leidender Hingebung, an das Gedächtnis der erlittenen Schmach treten zu lassen; er wollte handeln, er wollte sich rächen! „Nicht den Feind mit einem Ruck aus der Welt stoßen, ihn hoffnungslos leben lassen", sprach Ruggiero in tiefen Gedanken auf und nieder schreitend dumpf vor sich hin, „ihn hoffnungslos leben lassen, das heißt sich rächen! Einen Sohn müßte der Himmel mir schenken, einen Sohn!" Ruhelos sein Gemach durchwandernd wiederholte er das eine Wort in allen Tonarten vom leisen Flüstern der Sehnsucht bis zum lauten Schrei der Verzweiflung.

Spätmorgens erwachend, begann Messer Ruggiero ungesäumt zur Ausführung der in der Nacht gefaßten Beschlüsse zu schreiten. Statt wie gewöhnlich in unscheinbarer Kleidung die abgelegensten Orte aufzusuchen, um sich ungestört seiner Verzweiflung hinzugeben, schritt er, nachdem er ein Kräuterbad genommen, verjüngt der Erbaria zu, wo er die schönsten Blumen aufkaufte, um seine duftende Beute der schönen Ambrosia zu Füßen zu legen. Diese fühlte sich bald durch das Feuer seiner Huldigungen und das Ungestüm seiner Liebkosungen befremdet und eingeschüchtert. Noch mehr aber wuchs ihr Erstaunen, als nach einer Lustfahrt in der Gondel und einem Spaziergange auf dem Markusplatz, Ruggiero bei hereinbrechender Nacht sich in dem seit seiner letzten Krankheit nur selten betretenen Schlafgemache Ambrosias häuslich einzurichten begann, und die Absicht, daselbst die Nacht zuzubringen, zu erkennen gab, welchen Vorsatz er auch wirklich ausführ-

te. Ambrosia, durch das allzu jugendliche Gebaren des greisen Gatten nichts weniger als erfreut, vielmehr in mehr als einer Beziehung verletzt, ja gekränkt, war nahe daran, diesem Treiben mit entschlossener Weigerung sich zu entziehen, wenn nicht Ruggieros erschöpfte Natur ihr diesen Schritt erspart hätte.

In wenigen Wochen waren trotz aller Reizmittel die Kräfte des alten Mannes so herabgekommen, daß er nicht mehr daran denken konnte, die so zuversichtlich übernommene Rolle des jugendlichen Ehemannes fortzuspielen, sondern sich genötigt sah, den erst leichtsinnig weggelegten Krückenstock wieder zur Hand zu nehmen.

Ambrosia sah sich von jenem Tage an nicht mehr den peinlichen Zumutungen ausgesetzt, mit denen sie ihr Gemahl bisher verfolgt hatte, aber nur um ihn wieder in den dumpfen Trübsinn, in die nicht zu bannende Menschenscheu zurücksinken zu sehen, der er sich kaum entrissen hatte. Es war auf einem Spaziergang, daß er von dem nie ersterbenden Wunsche, seinen Nachlaß durch einen Sproß seines Leibes dem verhaßten Anselmo entzogen zu sehen, an eines der äußersten Enden Venedigs gelangte. An dem Ufer, von dem er auf die Lagune hinaussah, erblickte er eine Fischerbarke, deren Eigentümer, ein rüstiger obgleich hochbejahrter Mann mit schneeweißen Haaren, im Begriffe war, die Ausbeute seiner Fahrt in einen mit Tragriemen versehenen Fischzuber zu sammeln, während ein blondhaariger, vier bis fünf Jahre alter Knabe von der Schönheit des Kindes überwältigt dem Kleinen sich näherte und sich mit Schmeichelworten zu ihm hinabbückte, fuhr der Blondkopf, von dem Anblicke des fremden, finsteren Mannes erschreckt, blitzschnell in die Höhe, lief der Barke zu und klammerte sich, scheu zurückblickend und ängstlich: „Vater! Vater!" rufend, an die Knie des Alten. Dieser, den Knaben beschwichtigend und ihm seine Unart verweisend, begrüßte Ruggiero, der indessen herangekommen war, mit einigen Worten der Entschuldigung, worauf der alte Kriegsmann ihn anrief, wie alt er wäre, und ob das sein Kind sei? Der Fischer stand einen Augenblick unschlüssig, als ob er erwöge, wie ein Mann in so unscheinbarem Gewande zu so befehlendem Tone komme. Alsbald aber erkennend, mit wem er es zu tun habe, lüftete er ehrerbietig die Mütze und sagte, letzte Pfingsten wäre er siebzig Jahre alt geworden und der Knabe sei allerdings sein, obwohl nur das Kind seiner Ehefrau, nicht sein eigenes. — „Euer Stiefkind also“, bemerkte Ruggiero, was der Fischer jedoch verneinte, indem der kleine Renzo im Pfarrbuche auf seinen Namen eingetragen sei, nur daß, wie er lächelnd hinzufügte, nicht eben alles wahr wäre, was im Pfarrbuch stehe. Mit diesen Worten ehrerbietig grüßend verließ er die Barke und schritt den Strand entlang auf eine Gruppe ärmlicher Häuser zu, die unfern von dem Anlegeplatze der Barke am Ufer sich erhoben. Ruggiero hatte den Abschiedsgruß des Fischers unerwidert gelassen: Sein Auge starrte unverwandt in den Abendnebel hinaus, denn die Äußerung des Alten hatte Gedanken in ihm erweckt, deren übermächtigem Einflusse sein krankhaft überreiztes Gemüt sich nicht mehr zu entziehen vermochte. „Warum sollte ich mich nicht entschließen können“, sprach er zu sich selbst, „irgendein fremdes Kind als das meine anzuerkennen, um den Namen und den Besitz der Malgrati vor dem Verderben zu bewahren, das der verruchte Anselmo als mein Rechtsnachfolger über beide heraufbeschwören würde?“ — Einmal auf diesem Punkte angelangt, begann sein unruhiger Geist alsbald die Art und Weise in Erwägung zu ziehen, in welcher ein solches Unternehmen auszuführen wäre. Das Kind seiner Rache mußte vor der Welt als ein eheliches, also als sein und Ambrosias Kind erscheinen. Die Unterschiebung eines Kindes, an und für sich gefährlich, weil dabei zu viele Personen ins Geheimnis gezogen werden mußten, konnte ohne Mitwirkung Ambrosias nicht stattfinden, die weder dazu ihre Zustimmung geben noch sich auf andere Weise bewußt zur Förderung seiner Zwecke herbeilassen würde. — Aber sollte sie nicht unbewußt dazu verleitet werden können?

Tags darauf trat Ruggiero gegen Mittag in das Gemach seiner Gemahlin. Die unruhige Beweglichkeit seiner Züge hatte stillem Ernste den Platz geräumt, ein wohlwollendes Lächeln spielte gewinnend um seine Lippen. Sie freundlich begrüßend und in einem Lehnstuhle ihr gegenüber Platz nehmend, bemerkte er nach einigen einleitenden Worten, Irrtum und Torheit seien das Erbteil aller vom Weibe Geborenen, Leidenschaft verwirre und trübe auch den Besten den Blick, und der sei glücklich zu preisen, den Erkenntnis noch zur rechten Zeit den Abgrund wahrnehmen lasse, auf den er zuschreite. So habe auch ihn, seit der hassenswerte Anselmo mit so unerhörtem Undanke seine Liebe vergolten, ein böser Geist erfaßt, daß er sich dabei, wie er nun schmerzlich empfinde, der Gefahr, durch seine Rücksichtslosigkeit ihrer Frauenwürde zu nahe zu treten und ihre Achtung für immer zu verwirken, kaum jemals bewußt geworden sei. Dieses Bewußtsein sei ihm nun zurückgekehrt, und damit zugleich das Gefühl tiefer Beschämung und bitterer Reue in ihm erwacht, dem er nach langem Zögern erst jetzt Ausdruck zu geben wage, weil er nun den festen Vorsatz gefaßt habe, den Rest seiner Tage in Ruhe und Frieden an ihrer Seite zu verleben, und somit von ihrer Engelsgüte Vergebung für das Vergangene und für die Zukunft die Wiederkehr des hingebenden Vertrauens erwarten dürfe, das sie ihm sonst bewiesen. Als nun Ambrosia ebenso überrascht als gerührt diese Sinnesänderung ihres Gemahls als eines der freudigsten Ereignisse ihres Lebens begrüßte, nahm Ruggiero das Wort, um von ihr als Beweis für die Aufrichtigkeit der Gesinnung, die sie soeben ausgesprochen habe, die Gewährung einer Bitte zu fordern, deren Erfüllung ihr nur geringe Opfer auflegen, ihn aber unendlich beglücken würde. Es liege ihm nämlich schon seit Jahren schwer auf dem Herzen, sie ihre Tage an seiner Seite in so völliger Abgeschlossenheit hinbringen zu sehen. Schönheit bedürfe des Tageslichtes, Jugend des Wechsels und der Bewegung, und da ihr Glück die heilige Aufgabe seines Lebens sei, so fühle er sich nun doppelt verpflichtet, darauf zu dringen, daß sie aus der Einsamkeit hervortrete, sich der Welt zeige, die Freuden eines bewegten, wechselvollen Lebens genieße und die ihrer Schönheit gebührenden Huldigungen in Empfang nehme. Dies sei seine Bitte, dies der Wunsch, durch dessen Erfüllung sie seinem hinwelkenden Alter noch eine letzte Freude gewähren könne. Ambrosia wußte dem ungestümen Drängen Ruggieros nur einige leicht widerlegte Einwendungen entgegenzustellen. Sie fühlte sich, als sie nach einigem Zögern und Zagen endlich auf sein Verlangen einzugehen versprach, durch die Aussicht, die sich ihr damit eröffnete, selbst im Herzen so freudig überrascht, daß sie nichts von den Flammen, die in Ruggieros Augen aufblitzten, noch von dem häßlichen Lächeln bemerkte, zu dem seine Lippen sich dabei verzogen. Selbst als er ihr erklärte, seine Hinfälligkeit und Gebrechlichkeit zwinge ihn, auf das Glück zu verzichten, sie selbst in die Welt einzuführen, dagegen werde eine seiner Verwandten, Donna Olympia Bojardo, in dieser Beziehung seine Stelle vertreten, erstaunte sie wohl. Da er ihr aber begütigend auseinandersetzte, daß Donna Olympia den besten Ruf genieße und ihrer ausgebreiteten Bekanntschaften wegen vor allen zu der ihr zugedachten Rolle geeignet sei, gab sie sich um so leichter zufrieden.

Es kam endlich der Tag! Donna Olympia hielt in der Gondel vor dem Hause, um die von Jugend, Schönheit und Juwelen strahlende Ambrosia in den Ridotto, einen nur dem Adel Venedigs zugänglichen Festsaal, abzuholen, in welchem während der Dauer des Karnevals ausnahmsweise auch Maskenbälle abgehalten wurden. Ruggiero, der seine Gemahlin bis zum Portal des Hauses geleitet hatte,

nahm auf das zärtlichste von ihr Abschied und wünschte ihr, die Ballnacht fröhlich und vergnügt zuzubringen, während er selbst alsbald sein Lager aufzusuchen und seine müden Glieder zur Ruhe zu strecken gedenke. Kaum war jedoch die Gondel mit den beiden Damen eine Strecke auf dem Canale Grande hingeglitten, als er sich in seine Gemächer zurückbegab, um sich dort in einen unscheinbaren schwarzen Domino zu hüllen, eine Kapuze von gleicher Farbe überzuwerfen, und das Antlitz durch eine Barege verborgen, die Farbe und die Züge eines Mulattengesichtes nachahmte, und hinab nach demselben Saale zu eilen, dessen glänzende Räume Ambrosia eben betreten hatte. Mit Vergnügen bemerkte er, daß ihre hohe schlanke Gestalt, die Anmut ihrer Bewegungen, die Würde ihrer Haltung bereits allgemeines Aufsehen erregt hatten, und daß ringsum jedermann vor Neugier brannte, ein Antlitz zu schauen, für dessen ungewöhnliche Schönheit alles, was die neidische Larve nicht verbarg, so sichere Bürgschaft gab. Diese Neugierde wurde noch dadurch gesteigert, daß Donna Olympia, die bei der unbezwinglichen Leichtfertigkeit ihres Wesens sehr bald erkannt worden war, hartnäckig verweigerte, über Namen, Stand und Verhältnisse ihrer reizenden Begleiterin irgendeinen Aufschluß, ja auch nur eine Andeutung zu geben.

Als die Gesellschaft gegen Morgen sich zum Aufbruch rüstete, schlich Ruggiero sich fort, um unbemerkt sich wieder zum Hause zu stehlen und sein einsames Lager aufzusuchen. Am nächsten Morgen ließ er sich von Ambrosia ausführlich über die Ereignisse des Abends berichten und die Namen aller derer herzählen, mit denen sie bei Tanz und Spiel, im Gespräche oder während des Festmahls irgend in Berührung gekommen war; aber Ambrosia fällte über alle das richtigste, unbestochenste Urteil, und wenn sie hier und da einem einzelnen Beifall zollte, so geschah dies so offen und rückhaltlos, daß man wohl sah, wie ihr Herz dabei nichts zu verhehlen habe. Ruggiero, in gleichem Maße von warmer Neigung für seine Gemahlin und von unbezwinglichem Rachdurst erfüllt, erkannte halb mit stolzer Freude, halb mit Mißvergnügen diesen Stand der Dinge und hoffte und fürchtete zugleich, ihn im Verlaufe des Karnevals einige Veränderung erfahren zu sehen. Allein die beiden nächsten Feste, an denen Ambrosia teilnahm, lieferten keine andern Ergebnisse als jenes erste.

Mittlerweile war der Frühling herangekommen, und der Karneval trug sein buntes Maskengewimmel aus den Häusern auf die Straße hinaus, um auf offenem Markte unter dem blauen Nachthimmel sein wirres Getriebe fortzusetzen. Und so geschah es, daß während eines im Ridotto abgehaltenen Maskenballes eine große Menge der in den prachtvollen Sälen versammelten Gäste in ihrem abenteuerlichen Maskenaufputz auf den Markusplatz hinauswogte, um sich in der milden Nachtluft zu erfrischen; da Ambrosia sich unter ihrer Zahl befand, so fehlte auch nicht der Domino mit der Mulattenlarve. Er war verstimmt und verdrossen,

denn er sah den Augenblick herankommen, wo alle seine Mühen ihm nichts als schlaflose Nächte eingetragen haben würden, als er plötzlich einen jungen Mann, hohen schlanken Wuchses, mit leuchtenden dunkelblauen Augen und hellbraunem, ans Blonde streifendem Haar in einem reichen, aber von der in Venedig üblichen Tracht etwas abweichenden Anzuge gewahrte, der Ambrosien ebenso aufmerksam als er selbst beobachtend in leidenschaftlicher Erregung auf jedem Schritt folgte. Er mußte ein Fremder sein. Ruggiero sah bald darauf Senator Malipiero die Damen zur Heimfahrt in ihre Gondel heben, gleichzeitig aber auch den Fremden in eine Gondel sich werfen, die auf seinen Befehl in gleicher Richtung mit jener der Damen dahinglitt, ohne Zweifel um Ambrosias Wohnung zu erkunden. Er vernahm, wie der am Ufer zurückbleibende Malipiero im Gespräche mit einem hinzutretenden Freunde des Fremden als eines jungen Deutschen namens Heinrich Ilsung erwähnte, der, aus einer angesehenen Patrizierfamilie Augsburgs entsprossen, seit einiger Zeit in der Faktorei der Deutschen (fondaco dei tedeschi) seinen Aufenthalt genommen habe, um unter Anleitung des Geschäftsführers der Fugger in die Geheimnisse des Handelsverkehrs mit der Levante eingeweiht zu werden. Erfreut, am Wege gefunden zu haben, was er sonst mühsam auszukundschaften gehabt hätte, schritt er auf den gewöhnlichen Schleichwegen seiner Wohnung zu.

Als Ruggiero am nächsten Morgen Ambrosia aufsuchte, um mit ihr wie gewöhnlich die Ereignisse des Abends zu besprechen, fand er sie zerstreut und verstimmt. Mit um so größerer Spannung sah Ruggiero dem nächsten Maskenball entgegen, der bei dem Stand der Dinge und bei der leidenschaftlichen Erregung des jungen Deutschen auf dessen Bewerbungen offenbar von entscheidendem Einfluß sein mußte. Ruggiero sah auch gleich bei seinem Eintritt Ambrosia und Ilsung in einer Fensternische im eifrigen Gespräche begriffen; allein als er sich zu näherer Betrachtung an sie heranzuschleichen versuchte, geriet er in das Gewirre eines Maskenzuges, dessen Mitglieder eine Tarantella zum besten gaben. Nach Beendigung des Tanzes dem

Gedränge sich entwindend, fand er die Fensternische leer und sah Ambrosia wie gewöhnlich von einem Schwarm ihrer Bewunderer umgeben, deren Huldigungen sie jedoch an diesem Abend weder mit der Unbefangenheit hinzunehmen noch mit der Heiterkeit zu erwidern schien, die sie sonst auszeichneten. Sie schien überhaupt eine gewisse innere Unruhe nicht bemeistern zu können, die sich am auffallendsten in dem fast ängstlichen Bestreben kundgab, jedes Zusammentreffen mit Heinrich Ilsung zu vermeiden, während dieser mit der Miene äußerster Niedergeschlagenheit am äußersten Ende des Saales an einem Pfeiler lehnte.

Ruggiero besaß zuviel Erfahrung und Menschenkenntnis, um nicht aus diesem Verhalten der jungen Leute die Überzeugung zu schöpfen, daß es zwischen beiden zu einer Erklärung gekommen sei und daß Ambrosia fürs erste die Bewerbungen des jungen Deutschen zurückgewiesen habe. Ruggiero glaubte nach kurzer Überlegung, in seiner scheinbaren Entfernung das untrügliche Mittel zur Lösung dieses Zustandes zu erkennen. So ließ er Ambrosien noch an demselben Morgen melden, daß dringende Geschäfte ihn zwängen, sich auf längere Zeit nach Treviso zu begeben, und, hierauf einiges Gepäck zusammenraffend, trat er ohne irgendeine Begleitung in einer Mietgondel unverweilt seine Reise an, die er aber nicht weiter als bis in die offene, gegen Mestre hin gelegene Lagune fortsetzte, wo er gegen Murano abzulenken befahl. Hier den Tag über verweilend, kehrte er bei dunkelndem Abend nach Venedig zurück, wo er die

Wohnung seines alten Bekannten Beppo, *von dem man munkelte, er und seine zwei Söhne trieben undurchsichtige Geschäfte und schreckten auch vor einer Bluttat nicht zurück*, aufsuchte, den er jedoch nur insoweit ins Geheimnis zog, daß er ihm mitteilte, er habe gewisser Anschläge wegen, die Heinrich Ilsung, ein deutscher Abenteurer, gegen ihn im Schilde zu führen scheine, eine Reise nach Treviso anzutreten vorgegeben, um, mittlerweile in Venedig sich verborgen haltend, das Vorhaben seines Gegners in aller Sicherheit auskundschaften zu können. Zu diesem Zwecke beauftragte er Beppo, mit seinen Söhnen dem Treiben dieses Heinrich Ilsung und jedem seiner Schritte auf das sorgfältigste nachzuspüren und ihm täglich darüber Bericht zu erstatten, worauf er dem Verstecke zueilte, in dem er sich für die Dauer seiner angeblichen Reise aufzuhalten gedachte. Dieses war kein anderes als das Haus an der Veronabrücke.

Mit Einbruch der Nacht erschien Beppo, ihm die Ergebnisse der Beobachtungen, die er den Tag über angestellt hatte, mitzuteilen. Diese entsprachen jedoch keineswegs den Erwartungen Ruggieros, sondern erwiesen sich vielmehr der Erreichung seiner Zwecke täglich ungünstiger. Denn über Heinrich Ilsung und dessen Verhältnisse wußte Beppo nur zu berichten, daß der junge Mann des besten Rufes genieße, mit Eifer seinen geschäftlichen Obliegenheiten nachkomme und ein bei weitem stilleres und eingezogeneres Leben führe, als die meisten seiner Altersgenossen. In Beziehung auf die Anschläge, die er gegen Ruggiero, wie dieser Beppo und dessen Söhnen vorgespiegelt hatte, im Schilde führen sollte, war den letzteren aber nur der Umstand aufgefallen, daß der Fremde ab und zu im Canale an Ruggieros Haus vorüberfahre, oder gegen Abend in dem Gäßchen, auf welches die Fenster des Schlafgemaches Ambrosiens hinausgingen, auf und nieder wandle. Dies war seit Ruggieros vorgeblicher Reise täglich geschehen; dabei aber war es geblieben. Was Ambrosia betraf, so meldete Beppo, der von Ruggiero Auftrag hatte, gelegentlich auch über den Stand der Dinge in dessen eigenem Hause Nachricht einzuziehen, daß seine Gemahlin unter dem Vorwande, es sei nicht schicklich, sich in der Abwesenheit ihres Ehegatten in der Welt zu zeigen, im Laufe des Karnevals keinem Ballfeste mehr beizuwohnen gedenke. Bei dieser Schüchternheit des jungen Deutschen und bei der Entschiedenheit, mit der Ambrosia jede Möglichkeit, das angeknüpfte Verhältnis fortzusetzen, abschneiden zu wollen schien, konnte Ruggiero nicht mehr erwarten, daß die Durchführung seiner Entwürfe durch die überwältigende Macht der Leidenschaft im Laufe der Dinge gleichsam von selbst sich ergeben würde. Bei den Charakteren, die sich hier einander gegenüberstanden, mußte er selbst Hand ans Werk legen.

Vor allem setzte er der weiteren Überwachung Heinrich Ilsungs als einer ferner unnützen Maßregel ein Ziel, um freie Hand für seine Unternehmungen zu gewinnen und um Ambrosiens Ruf nicht zu gefährden. Ferner erklärte er, unmittelbar nach dem nächsten Maskenballe, der im Ridotto stattfinden würde, von seiner vorgeblichen Reise nach Treviso in sein Haus zurückkehren zu wollen. Der aber diesen Tag am sehnlichsten herbeiwünschte, war Heinrich Ilsung. Denn wenn auch Ambrosia das glühende Bekenntnis seiner Leidenschaft mit der Erklärung erwidert hatte, sie sei vermählt und ihre Pflicht gebiete ihr, bei den Gefühlen, die er für sie zu hegen bekenne, für jetzt und immer allen ferneren Umgang mit ihm abzubrechen, so konnte es doch selbst seiner deutschen Treuherzigkeit und Bescheidenheit nicht entgehen, daß sie, wenn er ihr vollkommen gleichgültig geblieben wäre, seine Bewerbungen ohne Zweifel eher mit einer scherzhaften Wendung als mit der Heftigkeit und Entschiedenheit abgelehnt hätte. Und eben daraus hatte er Hoffnung geschöpft, daß er an dem für den Maskenball bestimmten Abend der erste war, der die Säle des Ridotto betrat, um nur gewiß keine Gelegenheit zu versäumen, sich in diesem Sinne mit Ambrosia zu verständigen. Anfangs hatte er nur mit seiner Ungeduld zu kämpfen, die aber, als die Nacht vorrückte, ohne daß Ambrosia erschien, allmählich zu fieberhafter Unruhe sich steigerte, und später, als mit dem Eintritte Donna Olympias sich das Gerücht verbreitete, ihre schöne Begleiterin gedenke weder diesen Abend noch späterhin an den Freuden des Karnevals mehr teilzunehmen, in solche Bestürzung umschlug, daß er halb bewußtlos den Saal verließ und ins Freie flüchtend den Markusplatz entlang der stilleren und dunkleren Piazetta zueilte.

Sein Schicksal war also entschieden. Diesem folternden Gedanken nachhängend fühlte er plötzlich eine Hand seine Schulter berühren und hörte eine offenbar verstellte Stimme ihm leise zuflüstern: „Messer Enrico, warum so einsam?“ — Sich rasch umwendend, sah er einen Mann in einen schwarzen Domino gehüllt vor sich stehen, aus dessen Kapuze ein Mulattenantlitz hervorgrinste. Er trat einen Schritt zurück und war im Begriff, die Maske kurz abzufertigen und zu verlassen, als sich Ruggiero wieder an ihn herandrängte und sprach: „Habt Ihr nie gehört, daß der Schein trügt und daß oft auf Morgennebel die schönsten Tage folgen? Gebt Euch doch erst die Mühe zu zweifeln, ehe Ihr verzweifelt! Oder macht es Euch unglücklich, als gefährlich gemieden zu sein, und möchtet Ihr lieber als gleichgültig geduldet werden?" — Diese Worte paßten zu genau auf die Lage, in der sich Ilsung befand und entsprachen zu sehr den Gedanken, die ihn bewegten, als daß sie ihre Wirkung auf ihn hätten verfehlen können; auch fuhr der Jüngling augenblicklich wie ein Adler auf den schwarzen Domino los, hielt ihn fest und bestürmte ihn mit Fragen: Wer er sei? Was er mit den Worten meine, die er eben gesprochen? Was und wieviel er von ihm wisse? — „Ich weiß von Euch", erwiderte Ruggiero, „daß Ihr eben aus dem Neste kommt und noch nicht flügge geworden seid. Ich weiß, daß Ihr Worte bedürft, die Euch aufstacheln, Augen, die für Euch sehen und Hände, die Euch führen, und was ich von diesen Artikeln besitze, steht Euch zu Diensten, wenn Ihr anders davon Gebrauch machen wollt!" — Der Jüngling, erst betroffen und unschlüssig, ward bald von diesen und anderen Redensarten so bestrickt und eingenommen, daß er in arglosem Vertrauen dem schwarzen Domino allmählich alle Geheimnisse seines Herzens rückhaltlos mitteilte und sich als Entgelt für diese Geständnisse seinen Rat, seinen Beistand, seine Freundschaft erbat.

Da nun Ruggiero aus diesen mit der ganzen Überschwenglichkeit der Jugend vorgetragenen Mitteilungen zu seiner Befriedigung entnahm, daß Heinrich Ilsung bisher in Beziehung auf Ambrosia und ihre Verhältnisse nicht viel mehr als eben nur ihren Namen und ihre Wohnung zu erkunden vermocht habe, so war es ihm ein leichtes, dem Arglosen auseinanderzusetzen, daß Malgrati, Ambrosias Gatte, ein wunderlicher, grämlicher und eigenwilliger Geselle, ihr das Leben auf alle Weise verbittere und vergälle, daß er, Ilsung, daher seine Liebe zu ihr durchaus nicht als ein Unrecht, sondern vielmehr als eine Fügung des Himmels aufzufassen habe, der ihn der Unglücklichen als Freund und Tröster in ihren Nöten zusende. Diese Andeutungen eröffneten dem jungen Manne eine ihm bisher verschlossen gewesene Welt und erfüllten ihn mit um so größerem Entzücken, als sich Ruggiero hierbei schlau genug das Ansehen zu geben verstand, als wäre bei seiner Einmischung in die Herzensangelegenheiten Heinrich Ilsungs insgeheim Ambrosias Einfluß im Spiele. Sie besprachen denn auch sofort die ersten und dringendsten Vorkehrungen, verabredeten die Stunde, um die sie sich in den folgenden Nächten bei San Giovanni e Paolo vor dem Reiterstandbild des Colleoni zu ferneren Verhandlungen treffen wollten und trennten sich sodann.

Als Ruggiero am nächsten Morgen zu Ambrosia zurückkehrte und über den Zweck und die Erfolge seiner vorgeblichen Reise berichtet hatte, und nun an Ambrosia mit der Frage sich wendete, ob sie während der Zeit ihrer Trennung sich ihrem Versprechen gemäß verhalten und die Freuden des Lebens in fröhlicher Gesellschaft genossen habe, stand diese wie mit Purpurglut übergossen und berief sich auf eine hartnäckige Unpäßlichkeit, die sie längere Zeit das Haus zu hüten und in stiller Einsamkeit ihrer Gesundheit zu pflegen gezwungen habe. Gleichwohl trug ihr Anblick keineswegs das

Gepräge der Kränklichkeit, vielmehr hatte ihr Wesen an bezauberndem Reize gewonnen, was er an mädchenhafter Frische eingebüßt haben mochte. Ruggiero indes, obwohl keiner dieser Züge seiner Beobachtung entging, war zu sehr von dem einen Gedanken, der seine ganze Seele einnahm, beherrscht und in dem eigensinnigen Streben nach dessen Verwirklichung bereits zu weit gegangen, um sie in irgendeinem andern Sinne als dem der Brauchbarkeit für seine Zwecke aufzufassen und zu erwägen. Auch säumte er nicht, schon in den nächsten Tagen nach seiner Heimkehr ans Werk zu gehen und mit unermüdetem Eifer, wie es nur irgend anging und wo nur eine Gelegenheit sich bot, der Phantasie Ambrosias das Bild Heinrich Ilsungs aufzudringen. Viele Tage waren so vergangen; die Leidenschaft Heinrich Ilsungs war mittlerweile in dem Maße gestiegen, als die verderblichen Ratschläge des geheimnisvollen schwarzen Dominos mit der Mulattenlarve seine Achtung für Ambrosia untergraben und sein reines, unwillkürlich vor jedem Unrecht zurückbebendes Gemüt allmählich so verwirrt und verwandelt hatten, daß ihm jetzt der Besitz der Geliebten auch um den Preis eines Verbrechens nicht mehr zu teuer erkauft schien. Hiezu kam noch, daß er auf Ruggieros Andeutung hin sich längst in der Überzeugung gefestigt hatte, daß Ambrosia nicht nur seine Empfindungen teile, sondern auch, daß sie den schwarzen Domino zum Vermittler eines Verhältnisses bestellt habe, dem sie rückhaltlos sich hinzugeben nur aus Laune oder aus Scheu noch zaudere. Es konnte daher Ruggiero, der es endlich für angemessen hielt, einen entscheidenden Schritt zu tun, nicht schwerfallen, den jungen Mann zur Abfassung eines Schreibens zu bewegen, in dem er Ambrosia in den glühendsten Ausdrücken beschwor, nunmehr aller Rücksichten und Bedenken sich zu entschlagen und seinem wie ihrem eigenen Herzen durch eine Zusammenkunft die Möglichkeit zu gewähren, sich endlich für immer zu verständigen und zu verbinden. Ilsung hatte dies Schreiben kaum vor dem Reiterstandbilde Colleonis Ruggiero übergeben, als dieser ungesäumt damit nach Hause eilte, dort hastig, seine Verhüllung abwerfend, sich in das Betstübchen schlich, in dem Ambrosia ihre Abendandacht zu verrichten pflegte, das Blatt auf ihren Betschemel niederlegte und dann so unbemerkt als er gekommen sich wieder entfernend in sein Gemach zurückkehrte. Er hatte nicht lange darauf zu warten; noch lagen der schwarze Domino und die Mulattenlarve, wie er sie eben abgelegt hatte, auf dem Tischchen, an dessen Seite er erschöpft in einen Lehnstuhl hingesunken war, als plötzlich die Türe des Gemaches aufflog und Ambrosia, den geöffneten Brief in der Hand, auf der Schwelle erschien. Ihr Auge leuchtete und Entrüstung sprach aus jeder Miene; dabei war sie bleich bis in die Lippen und ihre Stimme zitterte, als sie auf Ruggiero zuschritt und ihm sagte, wie sie schon seit Wochen von einem verwegenen Fremdlinge zum Gegenstande tolldreister Huldigungen ausersehen worden, wie sie gleichwohl bis zum heutigen Tage vermieden habe, ihren Gatten mit irgendeiner Klage zu beunruhigen. Heute jedoch überschreite die freche Anmaßung ihres Verfolgers die letzte Grenze des Möglichen; heute geböten ihr ihr Gewissen und die Sorge für die Ehre des Namens, den sie trage, aus ihrem Schweigen hervorzutreten und den Schutz ihres Gatten um so mehr anzuflehen, als der Frevler offenbar mit einem der Diener des Hauses in Verbindung stehe und niemand berechnen könne, welche noch schlimmeren Anschläge er vielleicht im Schilde führe. „Hier nehmt", setzte sie hinzu, indem sie Ruggiero den in ihrer zitternden Hand hin und her flatternden Brief hinreichte, „hier nehmt und lest! Seht, wie der Wahnsinnige mich verleumdet und verlästert, wessen er mich fähig hält und was er mir zumutet! In Eure Arme flüchte ich, mein Herr und Gemahl! Beschützt und rettet mich! Ruft den Beistand des Gesetzes an!“ Ruggiero aber, der keineswegs erwartet hatte, daß die Sache diese Wendung nehmen würde, griff nach dem Briefe, entfaltete ihn mit gerunzelter Stirne und allem Anscheine äußerster Entrüstung und begleitete, ihn halblaut vor sich hinlesend, seinen wohlbekannten Inhalt mit dazwischengeworfenen Fragen, Ausrufen und spöttischen Bemerkungen. An das Ende des Briefes gelangt, hielt er plötzlich inne, ließ das Blatt sinken und wiederholte mit der Miene völliger Überraschung mehrere Male, als ob er ihn erst aus der Unterschrift kennenlerne, den Namen des Verfassers. — „Heinrich Ilsung“, sagte er, den Brief sorgsam zusammenfaltend und vor sich hinlegend, „Heinrich Ilsung! Das ist freilich ein anderes! In der Tat ein kecker, unternehmender Bursche, dieser Ilsung! Aber jung, sehr jung, und wenn wir sündigen Menschen alle der Nachsicht bedürfen, wie dürften wir sie unreifer, grüner Jugend versagen? Ihr müßt wissen, Ambrosia, daß dieser Ilsung aus einem vornehmen partrizischen Geschlechte Augsburgs entsprossen, reich und wohlerzogen, obgleich, wie sich zeigt, etwas leichtsinniger und verwegener Natur ist, und daß ich beschlossen hatte, den jungen Mann in unser Haus zu ziehen, so daß es sich nun fragt, ob es nach Euren Mitteilungen geratener sei, diesen Plan aufzugeben, oder ihn nichtsdestoweniger zur Ausführung zu bringen?“ „Wie, was sagt Ihr? — Ihr könntet — jetzt noch wolltet Ihr?“ unterbrach ihn Ambrosia, kaum Worte findend, ihr Erstaunen auszudrücken. Ruggiero aber erwiderte darauf: „Und warum sollte ich nicht? — Ich bin alt und gebrechlich, Donna Olympia wird auf die Länge Eurer Schönheit nicht mehr zur Folie dienen wollen; Ihr bedürft eines Kavaliers, der Euch in die Gondel steigen hilft, Euch auf Spaziergängen den Arm bietet, in Gesellschaften führt und nach Hause begleitet, mit einem Wort, eines Cicisbeo, wie wir es hierzulande nennen und wie alle Frauen Eures Standes sich ihn gefallen lassen! Warum sollte dieser Deutsche Euch nicht als solcher willkommen sein? Er ist in Euch verliebt? Gut; um so fügsamer und willfähriger werdet Ihr ihn finden! Er rechnet auf Eure Gegenliebe? Nun, diesen Wahn, zweifle ich nicht, werdet Ihr ihm ehestens zu benehmen wissen!" Ambrosia, die Betäubung, in der sie seine seltsamen Betrachtungen mit immer wachsendem Erstaunen vernommen hatte, gewaltsam abschüttelnd, rief ihm zu: „Und der Brief, der Brief — angesichts dieser frechen verleumderischen Schmähschrift könnt Ihr, der sie gelesen, mir zumuten —" „Pah", unterbrach sie Ruggiero, „wer weiß von dem Briefe, wenn wir davon nichts wissen wollen, wenn wir uns selbst und andern ableugnen, ihn empfangen zu haben! Kommt zur Besinnung, Ambrosia, und entschlagt Euch des Wahnes, ein alter Haudegen, wie ich es bin, könne in diesem Falle seine Zuflucht zu den Gerichten nehmen." Der Schmerzensschrei, in den Ambrosia bei diesen Worten ausbrach, gab Ruggiero die beseligende Gewißheit, ihren Widerstand gebrochen und sie auf den Weg hingedrängt zu haben, den er sie führen wollte. Doch diese erwiderte: „Gott weiß es, mein teurer Gatte, daß ich vieltausendmal lieber mein

Leben hinopfere, als das Eure irgendeiner Gefahr bloßstellen wollte. Gleichwohl gebieten mir Pflicht und Gewissen die Mittel, deren Anwendung Ihr vorschlagt, zu verwerfen, und kein Überlegen kann diesen Entschluß erschüttern, denn ich muß Euch alles sagen! Ich habe den jungen Mann mehrere Male gesprochen, und er gefiel mir sehr wohl!" – Ruggiero kniff die Lippen zusammen, als er diese leise hingehauchten Worte vernahm. Die Leidenschaft, die ihn beherrschte, war aber zu mächtig, als daß nicht die Sorge für das Gelingen seines Rachewerkes über diese menschliche Regung bald wieder die Oberhand gewonnen hätte. „Nun, desto besser", begann er, den Ton gutmütigen Scherzes anschlagend, „gefällt Euch der Bursche, so wird es Euch um so leichter werden, ihm den Kopf zurechtzusetzen!" „Und wenn es dahin käme, daß ich ihn liebte?" Die wilde Freude erstickte für den Augenblick in Ruggieros Brust alle anderen Gefühle. „Nun, und was mehr? Meint Ihr etwa, ich wäre so toll und eifersüchtig wie jener Ludovico Moro, der damals auf Zypern seine Hausfrau eines Schnupftuches wegen erdrosselte? Im Gegenteil", setzte er hinzu, „es würde mich freuen, wenn Ihr früher oder später mir einen Stammerben brächtet, der den Namen und die Ehren der Malgrati aufrechterhielte und ihren Besitz den Klauen meines nichtswürdigen Neffen Anselmo entzöge."

„Nie werde ich zugeben, daß Heinrich Ilsung die Schwelle des Hauses überschreite, in welchem ich als Hausfrau walte; im Gegenteil, wenn Ihr mir Eure Hilfe versagt, so werde ich selbst mich an den Rat der Zehn wenden und seinen Schutz gegen fernere Verfolgungen des tolldreisten Jünglings in Anspruch nehmen!" erwiderte Ambrosia vor Zorn bebend. Ruggiero, sich in seinen Erwartungen getäuscht und die Vernichtung aller seiner Hoffnungen vor Augen sehend, überdies schon lange von der Sorge gequält, das allwissende Tribunal der Zehn könne seinen Umtrieben auf die Spur kommen und ihn dafür zur Rechenschaft ziehen, nahm in seiner Verzweiflung zur Unverschämtheit seine Zuflucht: „Törin! Wem als mir allein steht es zu, den Eintritt in dieses mein Haus einem Gaste zu gestatten oder zu versagen? Bin ich nicht Euer Herr und Gatte? Seid Ihr nicht mein, und darf ich nicht über Euch verfügen nach meinem Willen, habt Ihr nicht meinen Worten, meinen Winken blindlings Folge zu leisten?" – Kaum hatte er diese Worte gesprochen, als Ambrosia nach einem Augenblicke der Überlegung milden Tones, aber fest und entschieden sagte: „Besteht Ihr auf Eurem Vorhaben, so wißt, daß ich noch diese Stunde dies Haus verlassen und in einem Kloster Zuflucht vor Versuchung und frevler Willkür suchen und finden werde!"

Es waren traurige Tage, die Ruggiero nach diesem verhängnisvollen Abend verlebte. Nicht als ob Ambrosia ihn etwa mit Vorwürfen gequält oder in ihn gedrungen wäre, sich ausdrücklich und für alle Zeiten von seinen verderblichen Plänen loszusagen. Er selbst war es, der aus dem Gedankennetze sich nicht mehr entwirren konnte. Was Ambrosia seinen Plänen an sittlichen Gründen entgegengestellt hatte, war ihm wie Worte in einer fremden

Sprache gesprochen; denn er hatte den Maßstab für Recht und Unrecht, Schmach und Ehre, Schönheit und Häßlichkeit völlig verloren und fand in seiner Seele nur noch den für das seinem Zwecke Taugliche oder Untaugliche.

Zuweilen verschaffte sich Ruggiero, der immer mit Heinrich Ilsung verlarvt und verhüllt verkehrt und daher nicht zu besorgen hatte, von ihm erkannt zu werden, das absonderliche Vergnügen, ganz nahe an seinem Schützlinge hinzustreifen, die Seufzer seiner Ungeduld zu vernehmen und zu sehen, wie er unmutig den Boden mit den Füßen stampfte, worauf Ruggiero dann wie erquickt durch das Bewußtsein, nicht allein zu leiden, halbgetröstet nach Hause schlich.

Allein dieser Trost hielt nicht lange vor. Mit einem Selbstgespräche verkürzte er sich denn auch eines Abends den Weg nach S. Giovanni e Paolo, als er sich plötzlich anrufen hörte und aufblickend Meister Andrea Palladio, den Baumeister, vor sich stehen sah. „Corpo di Dio, Messer Ruggiero!" rief er ihm zu, „Ihr seid hier zu Venedig? Mißfiel es Euch also zu Rom, daß Ihr die Ewige Stadt so schnell verlassen, oder trieb Euch Heimweh zurück in unsere Lagunen? Wie dem auch sei, laßt Euch nur sagen, mir kommt Ihr jedenfalls zu früh; ich hatte noch nicht Muße und Laune, mich mit Eurem Bau zu beschäftigen!" — Als nun Ruggiero ihm versicherte, er sei seit Jahren nicht in Rom gewesen und wisse ebensowenig, von welchem Bau Palladio spreche, versetzte dieser: „Wie, wollt Ihr Euren Scherz mit mir treiben? Habe ich's nicht verbrieft und besiegelt in der Tasche, daß Ihr in Rom wart? Brachte mir nicht der Eilbote, den Kardinal Caraffa vorigen Monat an den Patriarchen absandte, von dort ein Schreiben, in dem Ihr mich ersucht, ehemöglichst Euren Landsitz zu Lucera in Augenschein zu nehmen und Pläne zu entwerfen, um das alte Kastell in eine stattliche Villa umzubauen? Die Pläne müßten fertig sein, setztet Ihr hinzu, wenn der Alte das Zeitliche segnete, damit man dann sogleich zum Baue schreiten könne! Ich weiß nicht, welchen Alten Ihr damit gemeint haben könnt, aber daß Ihr es hingeschrieben habt, dies weiß ich, und wenn Ihr's ableugnen wollt, nun so seht es hier schwarz auf weiß!" – Damit reichte er ein Blatt dem ihn ahnungsvoll anstarrenden Ruggiero hin, der dann auch, auf den ersten Blick die Handschrift Anselmos erkennend, mit zornbebender Stimme stammelte: „Ihr seid im Irrtum, Meister Andrea! Dieses Schreiben rührt nicht von mir her, sondern von meinem undankbaren, pflichtvergessenen Neffen!" Und dies gesagt, bog er in ein Seitengäßchen und rannte fort, bis er an eine einsame Stelle gelangte, wo sich das Rasen des Zornes, der in ihm kochte, in gräßlichen Flüchen und Verwünschungen gegen Gott und die Welt austobte. Dann war sein Plan gemacht, sein Entschluß gefaßt, und er ging augenblicklich an die Ausführung desselben, indem er beflügelten Schrittes nach Hause eilte, sich in seinen schwarzen Domino hüllte und sich von einer Gondel nach S. Giovanni e Paolo bringen ließ, wo er Heinrich Ilsung nach einer Stunde vergeblichen Harrens eben im Begriffe fand, dem Standbilde des Colleoni hoffnungsloser als je den Rücken zu kehren. Mit einem Freudenschrei empfangen, setzte Ruggiero diesem alsbald dadurch ein Ziel, daß er ihn mit feierlich erhobener Stimme anredete: „Eure Standhaftigkeit hat gesiegt, junger Mann! Ihr habt siegreich die harte Prüfung bestanden, welche Zweifelsucht und Unentschlossenheit der Geliebten Euch auferlegte. So darf ich Euch nun verbürgen, daß Ihr Euch in wenigen Tagen am Ziele Eurer Wünsche und in dem vollen Besitze der Geliebten sehen werdet, wenn Ihr nur die Geduld habt, Euch noch durch einige Tage den Vorsichtsmaßregeln zu fügen.“ Als nun auf diese Worte der Jüngling alle Forderungen einzugehen sich bereit erklärte, die die Verhältnisse seiner Dame oder selbst nur ihre Laune ihm vorschreiben würden, hieß ihn Ruggiero sich ungesäumt nach Hause begeben und bei seinen Handelsfreunden eine Reise in Familienangelegenheiten vorschützen, die ihn einige Tage von ihrem Hause fernhalten würde. Die nächstfolgende Mitternacht sollte er sodann wieder bei dem Standbilde Colleonis sich einfinden, um, blindlings seiner Führung sich vertrauend, von ihm an den Ort gebracht zu werden, wo ihm früher oder später in der Erfüllung seiner glühendsten Wünsche das reichste Glück erblühen werde!

Am nächsten Morgen begab sich Ruggiero in das Haus an der Veronabrücke, das er, wie es die Stätte seiner Schmach gewesen, nun auch zu dem Ort erkoren hatte, an dem über die Zukunft Anselmos der Stab gebrochen werden sollte. Er durchschritt prüfend die Gemächer des Hauses und entschied sich endlich für eine im Erdgeschoß des Hofraumes gelegene Stube, deren eiserne Fensterladen von außen zu schließen und zu versperren waren, so daß der Bewohner des Gemaches völlig von der Verbindung mit der Außenwelt abgeschnitten werden konnte. Heinrich Ilsung schritt schon lange vor dem Reiterstandbilde des Colleoni auf und nieder, als die ersehnten zwölf Schläge endlich von dem Turme von S. Giovanni e Paolo niederdröhnten. Der letzte Schlag war noch nicht ganz verhallt, als schon der schwarze Domino mit der Mulattenlarve

wie aus der Erde emporgestiegen vor ihm stand, ihm, der Abrede gemäß, die Augen verband und ihn zu der Gondel geleitete, welche beide an der Veronabrücke an Land setzte. Am Ziele ihrer Fahrt und in der Stube angelangt, die Heinrich Ilsung zum Aufenthalte bestimmt war, nahm Ruggiero, nachdem er eine Lampe angezündet hatte, seinem Begleiter die Binde von den Augen und sprach: „Messer Enrico! Dies ist der Ort, an dem Ihr wohl verborgen zu verweilen habt, bis die Dame Eurer Gedanken Muße und Gelegenheit findet, Euch die langersehnte Zusammenkunft zu gewähren. Übrigens bitte ich, daß Ihr Euch hier so still und geräuschlos als möglich verhalten, und daß Ihr weder zu ergründen versuchen möget, wo und unter wessen Dach Ihr Euch befindet, noch es übelnehmen wollt, wenn ich Euch unter Schloß und Riegel verwahre, denn nur wenn dies Gemach für völlig unbewohnt gilt, kann es zum Markstein Eurer Leiden, zur Geburtsstätte Eures Glückes werden!" Sein Abschied von Heinrich Ilsung war indessen nicht geeignet, den geheimen Groll, der in seinem Herzen gegen diesen Wurzel gefaßt hatte, zu mindern oder abzuschwächen; und da die Unterredungen, die an den beiden nächstfolgenden Tagen zwischen ihm und seinem Gefangenen stattfanden, ihm nur zu deutlich zeigten, daß der junge Mann ihm mißtraue, und daß er es keineswegs mit einem so schwachen und unselbständigen Charakter zu tun habe als er erwartet hatte, so gewann die Andeutung Ambrosias auf die Gefahren, denen ein zu blindes Vertrauen auf die Nachgiebigkeit und Willfährigkeit seines Schützlings ihn aussetzen könnte, in seinen Augen in demselben Maße Gewicht und Nachdruck, als sein eifersüchtiger Groll gegen ihn zunahm. Bei dem Wirrsal der Leidenschaft, die seine Seele verdunkelte, kam er allmählich zu dem Entschlusse, sich des Werkzeuges, sobald es seinen Zwecken gedient haben würde, kurzweg und für immer zu entledigen.

Am Morgen des dritten Tages begab er sich, vermummt wie immer, in das Haus an der Veronabrücke und verkündete Heinrich Ilsung, daß dieser gegen Abend die so lange und heiß ersehnte Zusammenkunft mit der Geliebten zuversichtlich erwarten dürfe. „Wenn Ihr das Mißtrauen, das Ihr vor kurzem mir zeigtet, jetzt beschämt als ein unbegründetes erkennen müßt, so laßt Euch dies zur Warnung dienen, den letzten wichtigsten Rat, den ich Euch jetzt gebe, nicht zu verachten. Erwartet nicht die Geliebte, eines unglücklichen Ehebundes müde, vom Stachel der Leidenschaft getrieben, freiwillig und gewährend Euch entgegenkommen zu sehen; sie wird vielmehr unfreiwillig, durch Zufall oder Zwang Euch zugeführt erscheinen, sie wird Euch mit allem Ernst und aller Hoheit der Frauenwürde in die Schranken ferner, stummer, abgöttischer Verehrung zurückweisen wollen! Laßt Euch dadurch nicht irremachen! Weiber wollen bezwungen, erobert, unterjocht werden! Bezwingt, erobert, unterjocht sie also! Benützt den Augenblick, der zum zweiten Male nicht wiederkehrt, und seid gewiß, daß der Lohn des scheuen, schüchternen, zaghaften Anbeters nur Geringschätzung und Verachtung, nie aber das Glück und die Seligkeit des Vollgenusses der Liebe sein wird!" – Ilsung, in jenem Augenblicke zu erwartungsvoll, zu glücklich, zu dankbar, um auch nur im mindesten irgendeine Ansicht seines unbekannten Gönners in Zweifel zu ziehen, versprach allen diesen Ratschlägen auf das pünktlichste Folge zu leisten. Allein weder seine Dankbarkeit noch seine Willfährigkeit vermochten Ruggiero von seinem Entschlusse abzubringen und zu dessen Ausführung er bereits eine Zusammenkunft mit Beppo und dessen beiden Söhnen verabredet hatte. Zu diesen begab er sich nun unmittelbar nach dem Gespräch mit Heinrich Ilsung und hieß das würdige Kleeblatt von Mitternacht desselben Tages an im Rio menuo eine Gondel bereithalten, in welcher sie einen jungen Mann nach Hause befördern sollten. Dabei reichte er Beppo eine Zechine als Wartegeld, setzte aber mit bedeutungsvollem Lächeln hinzu, wenn der junge Mann etwa auf dieser Fahrt ertrinken sollte, so wolle er dem, der seinen Leichnam wieder auffände, gerne deren hundert geben.

Nach der Besorgung dieser Angelegenheit begab sich Ruggiero nach Hause, um dort ungeduldig das Hereinbrechen des Abends abzuwarten. Als es endlich zu dunkeln begann, begab er sich zu Ambrosia und lud sie ein, an einer Spazierfahrt in den Lagunen teilzunehmen, wozu sich diese auch ohne Bedenken herbeiließ. Die Dämmerung war schon völlig hereingebrochen, als sie gegen S. Lazzaro hinausruderten, als Ruggiero plötzlich, da es schon Nacht geworden, die Gondel zu wenden befahl und Ambrosien vorschlug, ein Haus, das er unlängst gekauft und neu eingerichtet habe, zu besehen.

Im Rio menuo angelangt, ließ Ruggiero die Gondel anlegen und führte Ambrosia durch ein Seitengäßchen an das Tor dieses Hauses, öffnete es und wandte sich die Vorhalle entlang der Türe des Gemaches zu, in dem er Heinrich Ilsung verschlossen hielt. Ambrosia sah ihn arglos und gleichgültig die Riegel der Türe zurückschieben und das Schloß öffnen, als er sie plötzlich beim Arme faßte und zu ihr sprach: „Wißt, Ambrosia, daß ich Euch hierher gebracht habe, damit Ihr den Willen Eures Herrn und Gemahls freiwillig oder gezwungen erfüllet. Nur dies vernehmt noch zu Eurer Beruhigung, daß dafür gesorgt ist, daß das Werkzeug meiner Rache das Geheimnis des Geschehenen im Grabe bewahre.“ – Mit diesen Worten tat er rasch die Türe auf, schob die betroffene Ambrosia in das Gemach, verschloß und verriegelte hinter ihr die Türe und verließ sodann, das Eingangstor nicht minder sorgsam verwahrend, das Haus an der Veronabrücke.

Ambrosia hatte kaum mit einem Schrei der Über-

raschung die Schwelle des nur schwach erleuchteten Gemaches überschritten, als Heinrich Ilsung der bleichen und zitternden Frau zu Füßen stürzte und ihr in den glühendsten Worten für die Gewährung seines heißesten Wunsches seinen Dank darbrachte. „Ihr irrt Euch“, rief Ambrosia zurückweichend und die flehend nach ihr emporgestreckten Hände des Jünglings abwehrend, „Ihr irrt Euch, Messer Enrico; nicht meinem Wunsche, nur fremder, unwiderstehlicher Gewalt verdankt Ihr ein Zusammentreffen, das ich Euch nach dem Geständnis, durch das Ihr mich unser letztes Gespräch abzubrechen zwangt, nie freiwillig und am wenigsten allein und hinter Schloß und Riegel verstattet haben würde!“ Diese Worte stimmten zu sehr mit der Art und Weise überein, in welcher Ruggieros Schlauheit dem jungen Manne die erste Begrüßung Ambrosias geschildert hatte, als daß er dadurch im mindesten erschüttert oder abgeschreckt worden wäre; er sprang vielmehr empor und faßte die sich sträubende Ambrosia in seine Arme und beschwor sie, ihren Gefühlen nicht länger Gewalt anzutun. Mit letzter Anstrengung rief Ambrosia ihm zu: „Ein Wort noch, Enrico! Ein einziges Wort noch. Höre, bei Gottes Barmherzigkeit, ein Wort noch!“ — Einen Augenblick zögerte er, dann ließ er sie los, und sie sank erschöpft in einen Stuhl und verbarg das Gesicht in den Händen; dann aber erhob sie sich und sprach: „Enrico, als Ihr vor wenig Wochen das erste Mal vor mich hintratet, da war mir, als hätte Gott Euch mir gesendet, um durch den Gedanken an Euch wieder Lust und Liebe am Leben zu gewinnen. Erst als Ihr Eure Leidenschaft mir zu gestehen wagtet, als Ihr jenes frevelhafte Schreiben mir in die Hände spieltet, dann wußte ich erst, daß ich Euch liebte! Und als ich es wußte, da warf ich mich auf die Knie und schwur, nun und nimmer, um keinen Preis das Geheimnis meiner Seele Euch zu verraten. Breche ich heute dennoch diesen Schwur, so wird Gott mir verzeihen; denn ich breche ihn, um Euch zu beschwören, Euer edles Selbst aus den Netzen und Schlingen der Versuchung, aus dem trüben Wirbelschwall der Leidenschaft zurückzuerobern, und so mir die Erinnerung an Euch, Euch die Erinnerung an mich rein und unbefleckt, als leuchtenden Stern am Horizont unseres Lebens zu erhalten und zu bewahren!" Heinrich Ilsungs Antlitz, bei ihren ersten Worten von immer steigendem Entzücken wie mit Verklärung umstrahlt, hatte allmählich einen immer ernsteren Ausdruck angenommen, bis er es endlich, zu der angeborenen Milde und Reinheit seiner Gesinnungen zurückgeführt, in den Händen verbarg und von übermächtiger Rührung hingerissen in gewaltsames Schluchzen ausbrach. Als er endlich soviel Fassung und Selbstbeherrschung sich errungen hatte, um seinen überströmenden Tränen Einhalt zu gebieten und Worte zu finden, wendete er sich zu der halb ohnmächtig auf den Stuhl hingesunkenen Geliebten und sprach: „Wäre die Tür dort nicht versperrt, das Fenster hier nicht verschlossen, so würde ich, dessen seid überzeugt, mich meinem wohlverdienten Schicksal zu fügen und Euch augenblicklich von meiner fluchwürdigen Nähe, von meinem hassenswerten Anblicke zu befreien wissen. Ja, das Geständnis der Neigung, die Ihr für mich Unwürdigen empfandet, hat mich meine Verirrung als so töricht, meinen Frevel als so unverzeihlich erkennen lassen, daß ich begreife, wie ich die Augenblicke, die mir der Zwang der Umstände noch in Eurer Nähe zu verweilen gestattet, nur noch dazu zu benützen habe: vor allem Euch den Frevel meiner ruchlosen Zumutungen abzubitten. Dann aber zu meiner Entschuldigung anzuführen, daß meine Seele für sich allein nie so verbrecherische Anschläge gereift haben würde, wenn nicht ein falscher Freund mit vollen Händen ihre Keime in mir ausgestreut hätte.“ Mit diesen Worten warf er sich schluchzend und stöhnend vor Ambrosia nieder, die ihrerseits sich erschrocken über ihn beugte und dem Zerknirschten mit Trosteswortenfreundlich zusprechend, ihn allmählich wieder zu beruhigen und aufzurichten wußte. Und nun fand er endlich wieder Worte. Ambrosia erinnerte sich bei der immer wiederkehrenden Erwähnung des schwarzen Dominos mit der Mulattenlarve, erst kürzlich eine solche gesehen zu haben. Als sie nun plötzlich wie ein Blitzstrahl der Gedanke durchzuckte, daß ihr Gatte Ruggiero der schwarze Domino gewesen sei, der Enricos Vertrauen getäuscht und seine Schritte mißleitet hatte. Dabei erinnerte sie sich aber auch, wie Ruggiero ihr zugeflüstert hatte: Es sei dafür gesorgt, daß das Werkzeug seiner Rache das Geheimnis des Geschehenen im Grabe bewahre; und plötzlich mit einem Schrei in die Höhe fahrend, riß sie den vor ihr

L. Cazzini. Sc

Knienden empor und rief unter hervorbrechenden heißen Tränen: „Unglückseliger! Ihr seid verloren! Er wird Euch ermorden, Enrico, er wird Euch ermorden! Aber der Weg zu deinem Herzen geht nur durch das meine, und erst muß er mich töten, ehe er seine verruchte Hand an dein teures Leben legt!" Der junge Deutsche, betroffen bei dem Entsetzen, das in den Zügen der Geliebten sich malte, bestürmte sie mit Fragen über die Gründe des Schreckens und der Besorgnis, die sie so plötzlich erfaßt hätten. Sie konnte nicht umhin, ihn darüber aufzuklären, wer der schwarze Domino mit der Mulattenlarve sei.

Da war ihr, als ob dort in der Ecke, wo nun Enricos Lager bereitet war, das Sterbebett der Mutter gestanden hätte; sie konnte nicht mehr zweifeln: Sie war in dem Hause an der Veronabrücke, in dem Gemache, das ihre Mutter so lange bewohnt hatte. Mit dieser Erkenntnis aber erwachte in ihr die Erinnerung an den geheimen Ausgang des anstoßenden Boudoirs. „Gott sei ewig gepriesen! Du bist gerettet!" rief sie nun Ilsung entgegen, worauf beide ungesäumt den geheimen Gang durchwanderten und endlich in der Stille der Nacht in das abgelegene, an den Rio degli assassini hinführende Sackgäßchen hinaustraten. Hier gab Ambrosia dem jungen Deutschen den Weg an, den er einzuschlagen habe, um so bald als möglich zu einer Mietgondel zu gelangen. Dann hieß sie ihn unverzüglich nicht nur Venedig, sondern das Gebiet der Republik überhaupt verlassen und nach Mailand flüchten, wo Ruggiero keine Macht mehr habe, ihm zu schaden.

Dort angekommen, solle er den Pfarrer von S. Maria Zobenigo von seinem Aufenthalte in Kenntnis setzen, da sie durch dessen Vermittlung ihm Nachricht geben wolle, ob und wann er mit Sicherheit zurückkehren könne. Ilsung gelobte pünktlich ihren Befehlen nachzukommen. Das hinderte den Jüngling aber nicht, seine Retterin zum Abschied noch einmal in seine Arme zu schließen und einen heißen Kuß auf ihre weiße Stirne zu drücken, worauf er in die Nacht hinauseilte, während Ambrosia die Riegel so gut sie konnte wieder vorschob und durch den geheimen Gang in das Haus zurückkehrte.

Indessen irrte Ruggiero durch die bereits ziemlich menschenleeren Gäßchen Venedigs planlos umher. Zwischen Frohlocken und Erbitterung, Schadenfreude und Selbstverachtung hin und her schwankend, war er gegen Mitternacht auf den Markusplatz gelangt, wo noch mehrere Spaziergänger sich auf und ab bewegten. Von den körperlichen und geistigen Anstrengungen des Tages erschöpft, lehnte er sich an einen der Pfeiler der alten Prokurazien und starrte in Gedanken versunken vor sich hin, ohne wahrzunehmen, wie die Spaziergänger vor ihm plötzlich in größere Gruppen sich zusammenscharten, als ob ein unerwartet eingetretenes, bedeutendes Ereignis sie beschäftige. Ebensowenig bemerkte er, daß ein Mann sich ihm genähert hatte, bis derselbe endlich die Hand auf seine Schulter legend ihn ansprach: „Ihr wißt es also, Messer Ruggiero, und ich habe nicht, wie ich fürchtete, Euch die erste Nachricht von einem Ereignisse zu bringen, das dem bekümmerten und verstörten Ausdruck Eurer Mienen nach, Euch schwer genug auf der Seele liegt!"

Ruggiero, der aufblickend Antonio Balletti, den Kaufmann, vor sich sah, murmelte unmutig einige Flüche vor sich und schnaubte dann: „Was faselt Ihr da? Laßt mich zufrieden!" — Mit diesen Worten wendete er Balletti mürrisch den Rücken. Dieser aber entgegnete: „Wie, so wißt Ihr nicht von der Neuigkeit, die ich eben von Rom mitgebracht habe, nämlich, daß der Heilige Vater den allmächtigen Kardinal Caraffa, den Gönner Eures Neffen, plötzlich wegen Hochverrates auf der Engelsburg gefangensetzen und ihn nachts darauf in seinem Kerker erdrosseln ließ? So wißt Ihr denn auch nicht, daß mit dem Kardinal zugleich sein Geheimschreiber und Vertrauter Anselmo, Euer Neffe, zur Haft gebracht und tags darauf auf den Wällen der Engelsburg aufgeknüpft wurde?" — Ruggiero drehte sich rasch um. „Du lügst!" rief er, „Hund, gestehe daß Du lügst!", und dabei umklammerte er mit seinen Händen die Gurgel Ballettis so fest, daß dieser des Wütenden sich kaum mehr erwehren und um Hilfe rufen konnte. Als der Arme, von den auf sein Geschrei Herbeigeeilten aus Ruggieros Klauen befreit, diesem zitternd gegenüberstand, fing er von neuem an, mit den heiligsten Eiden zu beteuern, daß alles, was er ihm und vor ihm schon vielen andern berichtet habe, aufs Wort wahr wäre. Versicherungen, die Ruggiero mit hochgerötetem Antlitz und rollenden Augen anhörte, bis er wie ein Kreisel wirbelnd umherdrehte, während Schaum

auf seine Lippen trat und alle Muskeln und Nerven seines Antlitzes fieberisch zuckten und flogen. Erschöpft an den Pfeiler zurücktaumelnd schlug er die Hände vors Gesicht und stöhnte mit seltsam kreischender Stimme: „Tot! Tot!“ Doch plötzlich wieder in ein schallendes Hohngelächter ausbrechend, warf er seinen Hut in die Lüfte, riß sich den Mantel vom Leibe, und die Fäuste geballt gen Himmel streckend, rief er mit heiserer Stimme: „Pfui, pfui! Gott hat mich um meine Rache bestohlen!“ Unter diesen Worten war er über die Stufen, die zu den Arkaden der Prokurazien hinaufführen, auf den Markusplatz hinabgetaumelt, wo er mit schmerzverzerrten Zügen seufzte und stöhnte: „Wehe, wehe! Wie das wühlt, wie das tobt! Den Schädel will mir's zersprengen! Ja, sie keimen und sprossen und wollen heraus! Hörner lassen sich nicht verbergen, und Hirsch und Hahnrei tragen Geweihe! Wehe, wehe!“ Als nun auf diese Worte das rohe Gelächter um ihn her sich nur steigerte, stand er plötzlich still: „Lacht nur, lacht, während ich weinen möchte, wenn ich nur könnte! Aber ich will den Spieß umkehren! Mein Neffe ist tot, meine Ehre ist tot, meine Rache ist tot! So will ich denn auch die Werkzeuge meiner Rache zerbrechen, Schraube und Schraubenmutter, Hammer und Amboß, alles soll in Stücke gehen! Mit Blut will ich ihnen den Tag ihrer wilden Hochzeit segnen, und wenn Ihr dann vielleicht weint, so will ich lachen, daß mir die Augen tränen und der Atem ausgeht!“ — Und ein wildes, schauerlich über den Platz hingellendes Gelächter ausstoßend, stürmte er mit der blanken Waffe in der Faust davon.

Bei dem Hause an der Veronabrücke angelangt, vermehrten noch die Nachbarn den um Ruggiero sich zusammendrängenden Menschenknäuel, während Ruggiero kaum mehr fähig, sich aufrecht zu halten, die Schlüssel klirrend auf das Pflaster niederfallen ließ. Indessen fanden sich geschäftige Hände genug, diesen Dienst an seiner Statt nicht bloß bei dem Haustor, sondern auch in der Vorhalle bei der Türe des Gemaches zu verrichten, welches Ruggiero wiederholt als die Werkstatt seiner Rache bezeichnete. Als nun auch diese Türe aufflog und völlige Finsternis den Ankommenden entgegenstarrte, drängte Ruggiero seine Begleiter zurück, stürmte mit gezücktem Dolche nach der Ecke hin, in der er vordem Heinrich Ilsung das Lager bereitet hatte, und durchbohrte Decken und Kissen desselben in rasendem Ungestüm mit zahllosen Dolchstichen. Indes waren Lichter herbeigebracht worden, deren Schein das Lager als vollkommen leer erwies, zugleich aber in der entgegengesetzten Ecke des Gemaches Ambrosia sichtbar machte, die bleich und starr wie eine Leiche auf dem Estrich hingestreckt lag. Einige der Anwesenden bemühten sich alsbald, die Ohnmächtige emporzurichten und wieder zum Leben zu bringen; Ruggiero aber, dem bei dem Anblick des leeren Lagers der Dolch entsunken war, trat hinzu und wies die Hilfebringenden hinweg: „Laßt sie“, sagte er, „laßt meine weiße Blume nur welken. Aber wo ist mein blauäugiger, blondhaariger Zuchtstier hingekommen?“ Mit diesen Worten begann er alsbald, toll in alle Ecken fahrend, alle Winkel des Gemaches wie des anstoßenden Boudoirs in unruhiger Hast zu durchstöbern, wobei er zuletzt in wütender Verzweiflung sich das Gesicht mit den Nägeln zu zerfleischen anfing, bis die Umstehenden, die nicht länger zweifeln konnten, in Ruggiero einen Tobsüchtigen vor sich zu haben, sich seiner bemächtigten und ferneren Ausbrüchen seiner Wut ein Ziel setzten. „Liebe Herren!“ sprach er hierauf sich erhebend und ruhig und gelassen wie ein Gesunder in ihre Mitte tretend, „allerdings ist es schon spät geworden; die hier“, sagte er auf Ambrosia deutend, „ist schon eingeschlafen, und auch ich fühle, daß es Schlafenszeit ist und daß ich wohl tun würde, eine Ruhestätte zu suchen! Nur bleibt noch vorher eine Kleinigkeit abzutun!“ Mit diesen Worten rannte er plötzlich mit so gewaltigem Anlauf an den eichenen Türpfosten, daß er mit zerschmetterter Hirnschale zurücktaumelte, röchelnd niedersank und nach wenigen Stunden seinen unruhigen, bis zum Wahnsinn hartnäckigen Geist aushauchte.

Nach dem Tode Messer Ruggiero Malgratis, des letzten seines Namens und Geschlechtes, fielen die in seinem Besitze gewesenen Stammgüter an das verwandte Haus der Diedi, während das gesamte Spargut des Verblichenen und mehrere bedeutende Besitzungen, die er in den letzten Jahren angekauft hatte, seiner Witwe zufielen. Heinrich Ilsung kehrte, durch den Pfarrer von S. Maria Zobenigo von dem Vorgefallenen unterrichtet, nach einigen Wochen nach Venedig zurück. Nach Ablauf des Trauerjahres warb er um ihre Hand, die Ambrosia ihm ohne Bedenken gewährte, indem sie Ilsung in seine Heimat nach Augsburg folgte. Das Haus an der Veronabrücke hatte Ambrosia vor ihrem Abzuge aus Italien bei weitem unter seinem Werte verkauft.

Hugo von Hofmannsthal

LUCIDOR

Figuren zu einer ungeschriebenen Komödie

Frau von Murska bewohnte zu Ende der siebziger Jahre in einem Hotel der inneren Stadt ein kleines Appartement. Sie führte einen nicht sehr bekannten, aber auch nicht ganz obskuren Adelsnamen; aus ihren Angaben war zu entnehmen, daß ein Familiengut im russischen Teil Polens, das von Rechts wegen ihr und ihren Kindern gehörte, im Augenblick sequestriert oder sonst den regelmäßigen Besitzern vorenthalten war. Ihre Lage schien geniert, aber wirklich nur für den Augenblick. Mit einer erwachsenen Tochter Arabella, einem halb erwachsenen Sohn Lucidor, und einer alten Kammerfrau bewohnten sie drei Schlafzimmer und einen Salon, dessen Fenster nach der Kärntnerstraße gingen. Hier [...] empfing sie. Sie hatte Briefe abgegeben, Besuche gemacht, und da sie eine unwahrscheinliche Menge von „Attachen" nach allen Richtungen hatte, entstand ziemlich rasch eine Art von Salon. Es war einer jener etwas vagen Salons, die je nach der Strenge des Beurteilenden „möglich" oder „unmöglich" gefunden werden. Immerhin, Frau von Murska war alles, nur nicht vulgär und nicht langweilig, und die Tochter von einer noch viel ausgeprägteren Distinktion in Wesen und Haltung und außerordentlich schön. Wenn man zwischen vier und sechs hinkam, war man sicher, die Mutter zu finden, und fast nie ohne Gesellschaft; die Tochter sah man nicht immer, und den dreizehn- oder vierzehnjährigen Lucidor kannten nur die Intimen.

Frau von Murska war eine wirklich gebildete Frau, und ihre Bildung hatte nichts Banales. In der Wiener großen Welt, zu der sie sich vaguement rechnete, ohne mit ihr in andere als eine sehr peripherische Berührung zu kommen, hätte sie als „Blaustrumpf" einen schweren Stand gehabt. Aber in ihrem Kopf war ein solches Durcheinander von Erlebnissen, Kombinationen, Ahnungen, Irrtümern, Enthusiasmen, Erfahrungen, Apprehensionen, daß es nicht der Mühe wert war, sich bei dem aufzuhalten, was sie aus Büchern hatte. Ihr Gespräch galoppierte von einem Gegenstand zum andern und fand die unwahrscheinlichsten Übergänge; ihre Ruhelosigkeit konnte Mitleid erregen — wenn man sie reden hörte, wußte man, ohne daß sie es zu erwähnen brauchte, daß sie bis zum Wahnsinn an Schlaflosigkeit litt und sich in Sorgen, Kombinationen und fehlgeschlagenen Hoffnungen verzehrte — aber es war durchaus amüsant und wirklich merkwürdig, ihr zuzuhören, und ohne daß sie indiskret sein wollte, war sie es gelegentlich in der fürchterlichsten Weise. Kurz, sie war eine Närrin, aber von der angenehmeren Sorte. Sie war eine seelengute und im Grund eine scharmante und gar nicht gewöhnliche Frau.

Aber ihr schwieriges Leben, dem sie nicht gewachsen war, hatte sie in einer Weise in Verwirrung gebracht, daß sie in ihrem zweiundvierzigsten Jahre bereits eine phantastische Figur geworden war. [...] Je näher ein Mensch ihr stand, desto weniger übersah sie ihn; und es wäre gegen alle Ordnung gewesen, wenn sie nicht von ihren beiden Kindern das verkehrteste Bild in sich getragen und blindlings danach gehandelt hätte. Arabella war in ihren Augen ein Engel, Lucidor ein hartes kleines Ding ohne viel Herz. Arabella war tausendmal zu gut für diese Welt, und Lucidor paßte ganz vorzüglich in diese Welt hinein. In Wirklichkeit war Arabella das Ebenbild ihres verstorbenen Vaters: eines stolzen, unzufriedenen und ungeduldigen, sehr schönen Menschen, der leicht verachtete, aber seine Verachtung in einer ausgezeichneten Form verhüllte, von Männern respektiert oder beneidet und von vielen

Frauen geliebt wurde und eines trockenen Gemütes war. Der kleine Lucidor dagegen hatte nichts als Herz. Aber ich will lieber gleich an dieser Stelle sagen, daß Lucidor kein junger Herr, sondern ein Mädchen war und Lucile hieß. Der Einfall, die jüngere Tochter für die Zeit des Wiener Aufenthaltes als „travesti“ auftreten zu lassen war, wie alle Einfälle der Frau von Murska, blitzartig gekommen und hatte doch zugleich die kompliziertesten Hintergründe und Verkettungen. Hier war vor allem der Gedanke im Spiel, einen ganz merkwürdigen Schachzug gegen einen alten, mysteriösen, aber glücklicherweise wirklich vorhandenen Onkel zu führen, der in Wien lebte und um dessentwillen — alle diese Hoffnungen und Kombinationen waren äußerst vage — sie vielleicht im Grunde gerade diese Stadt zum Aufenthalt gewählt hatte. Zugleich hatte aber die Verkleidung auch noch andere, ganz reale, ganz im Vordergrund liegende Vorteile. Es lebte sich leichter mit einer Tochter als mit zweien von nicht ganz gleichem Alter; denn die Mädchen waren fast vier Jahre auseinander; man kam so mit einem kleineren Aufwand durch. Dann war es eine noch bessere, noch richtigere Position für Arabella, die einzige Tochter zu sein als die ältere; und der recht hübsche kleine „Bruder“, eine Art von Groom, gab dem schönen Wesen noch ein Relief.

[...] Lucile nahm die Verkleidung hin, wie sie manches andere hingenommen hätte. Ihr Gemüt war geduldig, und auch das Absurdeste wird ganz leicht zur Gewohnheit. Zudem, da sie qualvoll schüchtern war, entzückte sie der Gedanke, niemals im Salon auftauchen und das heranwachsende Mädchen spielen zu müssen. Die alte Kammerfrau war als einzige im Geheimnis; den fremden Menschen fiel nichts auf. Niemand findet leicht als erster etwas Auffälliges: denn es ist den Menschen im allgemeinen nicht gegeben, zu sehen, was ist. Auch hatte Lucile wirklich knabenhaft schmale Hüften und auch sonst nichts, was zu sehr das Mädchen verraten hätte. In der Tat blieb die Sache unenthüllt, ja unverdächtigt, und als jene Wendung kam, die aus dem kleinen Lucidor eine Braut oder sogar noch etwas Weiblicheres machte, war alle Welt sehr erstaunt.

Natürlich blieb eine so schöne und in jedem Sinne gut aussehende junge Person wie Arabella nicht lange ohne einige mehr oder weniger erklärte Verehrer. Unter diesen war Wladimir weitaus der bedeutendste. Er sah vorzüglich aus, hatte ganz besonders schöne Hände. Er war mehr als wohlhabend und völlig unabhängig, ohne Eltern, ohne Geschwister. Sein Vater war ein bürgerlicher österreichischer Offizier gewesen, seine Mutter eine Gräfin aus einer sehr bekannten baltischen Familie. Er war unter allen, die sich mit Arabella beschäftigten, die einzige wirkliche „Partie“. Dazu kam dann noch ein ganz besonderer Umstand, der Frau von Murska wirklich bezauberte. Gerade er war durch irgendwelche Familienbeziehungen mit dem so schwer zu behandelnden, so unzugänglichen und äußerst wichtigen Onkel liiert, jenem Onkel, um dessentwillen man eigentlich in Wien lebte und um dessentwillen Lucile Lucidor geworden war. Dieser Onkel, der ein ganzes Stockwerk des Buquoyschen Palais in der Wallnerstraße bewohnte und früher ein sehr vielbesprochener Herr gewesen war, hatte Frau von Murska sehr schlecht aufgenommen. Obwohl sie doch wirklich die Witwe seines Neffen (genauer: seines Vaters-Bruders-Enkel) war, hatte sie ihn doch erst bei ihrem dritten Besuch zu sehen bekommen und war darauf niemals auch nur zum Frühstück oder zu einer Tasse Tee eingeladen worden. Dagegen hatte er, ziemlich de mauvaise grâce, gestattet, daß man ihm Lucidor einmal schicke. Es war die Eigenart des interessanten alten Herrn, daß er Frauen nicht leiden konnte, weder alte noch junge. Dagegen bestand die unsichere Hoffnung, daß er sich für einen jungen Herrn, der immerhin sein Blutsverwandter war, wenn er auch nicht denselben Namen führte, irgendeinmal in ausgiebiger Weise interessieren könnte. Und selbst diese ganz unsichere Hoffnung war in einer höchst prekären Lage unendlich viel wert. Nun war Lucidor tatsächlich einmal auf Befehl der Mutter allein hingefahren, aber nicht angenommen worden, worüber Lucidor sehr glücklich war, die Mutter aber aus der Fassung kam, besonders als dann auch weiterhin nichts erfolgte und der kostbare Faden abgerissen schien. Diesen wieder anzuknüpfen, war nun Wladimir durch seine doppelte Beziehung wirklich der providentielle Mann. Um die Sache richtig in Gang zu bringen, wurde in unauffälliger Weise Lucidor manchmal zugezogen, wenn Wladimir

Mutter und Tochter besuchte, und der Zufall fügte es ausgezeichnet, daß Wladimir an dem Burschen Gefallen fand und ihn schon bei der ersten Begegnung aufforderte, hie und da mit ihm auszureiten, was nach einem raschen, zwischen Arabella und der Mutter gewechselten Blick dankend angenommen wurde. Wladimirs Sympathie für den jüngeren Bruder einer Person, in die er recht sehr verliebt war, war nur selbstverständlich; auch gibt es kaum etwas Angenehmeres als den Blick unverhohlener Bewunderung aus den Augen eines netten vierzehnjährigen Burschen.

Frau von Murska war mehr und mehr auf den Knien vor Wladimir. Arabella machte das ungeduldig wie die meisten Haltungen ihrer Mutter, und fast unwillkürlich, obwohl sie Wladimir gern sah, fing sie an, mit einem seiner Rivalen zu kokettieren, dem Herrn von Imfanger, einem netten und ganz eleganten Tiroler, halb Bauer, halb Gentilhomme, der als Partie aber nicht einmal in Frage kam. Als die Mutter einmal schüchterne Vorwürfe wagte, daß Arabella gegen Wladimir sich nicht so betrage, wie er ein Recht hätte, es zu erwarten, gab Arabella eine abweisende Antwort, worin viel mehr Geringschätzung und Kälte gegen Wladimir pointiert war, als sie tatsächlich fühlte. Lucidor-Lucile war zufällig zugegen. Das Blut schoß ihr zum Herzen und verließ wieder jäh das Herz. Ein schneidendes Gefühl durchzuckte sie: sie fühlte Angst, Zorn und Schmerz in einem. Über die Schwester erstaunte sie dumpf. Arabella war ihr immer fremd. In diesem Augenblick erschien sie ihr fast grausig, und sie hätte nicht sagen können, ob sie sie bewunderte oder haßte. Dann löste sich alles in ein schrankenloses Leid. Sie ging hinaus und sperrte sich in ihr Zimmer. Wenn man ihr gesagt hätte, daß sie einfach Wladimir liebte, hätte sie es vielleicht nicht verstanden. Sie handelte, wie sie mußte, automatisch, indessen ihr Tränen herunterliefen, deren wahren Sinn sie nicht verstand. Sie setzte sich hin und schrieb einen glühenden Liebesbrief an Wladimir. Aber nicht für sich, für Arabella. Daß ihre Handschrift der Arabellas zum Verwechseln ähnlich war, hatte sie oft verdrossen. Gewaltsam hatte sie sich eine andere, recht häßliche Handschrift angewöhnt. Aber sie konnte sich der früheren, die ihrer Hand eigentlich gemäß war, jederzeit bedienen. Ja, im Grunde fiel es ihr leichter, so zu schreiben. Der Brief war, wie er nur denen gelingt, die an nichts denken und eigentlich außer sich sind. Er desavouierte Arabellas ganze Natur: aber das war ja, was er wollte, was er sollte. Er war sehr unwahrscheinlich, aber eben dadurch wieder in gewisser Weise wahrscheinlich als der Ausdruck eines gewaltsamen inneren Umsturzes. [. . .] Ich nehme hier vorweg, daß der Brief auch wirklich in Wladimirs Hände gelangte: Dies erfolgte in der Tat schon am nächsten Nachmittag, auf der Treppe, unter leisem Nachschleichen, vorsichtigem Anrufen, Flüstern von Lucidor als dem aufgeregten, ungeschickten vermeintlichen Postillon d'amour seiner schönen Schwester. Ein Postskriptum war natürlich beigefügt: Es enthielt die dringende, ja fle-

hende Bitte, sich nicht zu entzürnen, wenn sich zunächst in Arabellas Betragen weder gegen den Geliebten noch gegen andere auch nur die leiseste Veränderung würde wahrnehmen lassen. Auch er werde hoch und teuer gebeten, sich durch kein Wort, nicht einmal durch einen Blick, merken zu lassen, daß er sich zärtlich geliebt wisse.

Es vergehen ein paar Tage, in denen Wladimir mit Arabella nur kurze Begegnungen hat, und niemals unter vier Augen. Er begegnet ihr, wie sie es verlangt hat; sie begegnet ihm, wie sie es vorausgesagt hat. Er fühlt sich glücklich und unglücklich. Er weiß jetzt erst, wie gern er sie hat. Die Situation ist danach, ihn grenzenlos ungeduldig zu machen. Lucidor, mit dem er jetzt täglich reitet, in dessen Gesellschaft fast noch allein ihm wohl ist, merkt mit Entzücken und mit Schrecken die Veränderung im Wesen des Freundes, die wachsende heftige Ungeduld. Es folgt ein neuer Brief, fast noch zärtlicher als der erste, eine neue rührende Bitte, das vielfach bedrohte Glück der schwebenden Lage nicht zu stören, sich diese Geständnisse genügen zu lassen und höchstens schriftlich, durch Lucidors Hand, zu erwidern. Jeden zweiten, dritten Tag geht jetzt ein Brief hin oder her. Wladimir hat glückliche Tage und Lucidor auch. Der Ton zwischen den beiden ist verändert, sie haben ein unerschöpfliches Gesprächsthema. Wenn sie in irgendeinem Gehölz des Praters vom Pferd gestiegen sind und Lucidor seinen neuesten Brief übergeben hat, beobachtet er mit angstvoller Lust die Züge des Lesenden. Manchmal stellt er Fragen, die fast indiskret sind; aber die Erregung des Knaben, der in diese Liebessache verstrickt ist, und seine Klugheit, ein Etwas, das ihn täglich hübscher und zarter aussehen macht, amüsiert Wladimir, und er muß sich eingestehen, daß es ihm, der sonst verschlossen und hochmütig ist, hart ankäme, nicht mit Lucidor über Arabella zu sprechen. [. . .] Lucidor findet Wladimir in solchen Augenblicken um so bewundernswerter und sich selbst klein und erbärmlich. Sie kommen aufs Heiraten, und dieses Thema ist Lucidor eine Qual, denn dann beschäftigt sich Wladimir fast ausschließlich mit der Arabella des Lebens anstatt mit der Arabella der Briefe. Auch fürchtet Lucidor wie den Tod jede Entscheidung, jede einschneidende Veränderung. Sein einziger Gedanke ist, die Situation so hinzuziehen. Es ist nicht zu sagen, was das arme Geschöpf aufbietet, um die äußerlich und innerlich so prekäre Lage durch Tage, durch Wochen — weiter zu denken, fehlt ihm die Kraft — in einem notdürftigen Gleichgewicht zu erhalten. Da ihm nun einmal die Mission zugefallen ist, bei dem Onkel etwas für die Familie auszurichten, so tut er sein mögliches. Manchmal geht Wladimir mit; der Onkel ist ein sonderbarer alter Herr, den es offenbar amüsiert, sich vor jüngeren Leuten keinen Zwang anzutun, und seine Konversation ist derart, daß eine solche Stunde für Lucidor eine wahrhaft qualvolle kleine Prüfung bedeutet. Dabei scheint dem Alten kein Gedanke ferner zu liegen als der, irgend etwas für seine Anverwandten zu tun. Lucidor kann nicht lügen und möchte um alles seine Mutter beschwichtigen. Die Mutter, je tiefer ihre Hoffnungen, die sie auf den Onkel gesetzt hatte, sinken, sieht mit um so größerer Ungeduld, daß sich zwischen Arabella und Wladimir nichts der Entscheidung zu nähern scheint. [...]

Das Wort von einer Doppelnatur Arabellas war niemals ausdrücklich gefallen. Aber der Begriff ergab sich von selbst: die Arabella des Tages war ablehnend, kokett, präzis, selbstsicher, weltlich und trocken fast bis zum Exzeß, die Arabella der Nacht, die bei einer Kerze an den Geliebten schrieb, war hingebend, sehnsüchtig fast ohne Grenzen.

Zufällig oder gemäß dem Schicksal entsprach dies einer ganz geheimen Spaltung auch in Wladimirs Wesen. Auch er hatte, wie jedes beseelte Wesen, mehr oder minder seine Tag- und Nachtseite. Einem etwas trockenen Hochmut, einem Ehrgeiz ohne Niedrigkeit und Streberei, der aber hochgespannt und ständig war, standen andere Regungen gegenüber, oder eigentlich: standen nicht gegenüber, sondern duckten sich ins Dunkel, suchten sich zu verbergen, waren immer bereit, unter die dämmernde Schwelle ins Kaumbewußte hinabzutauchen. Eine phantasievolle Sinnlichkeit, die sich etwa auch in ein Tier hineinträumen konnte, in einen Hund, in einen Schwan, hatte zu Zeiten seine Seele fast ganz in Besitz gehabt. Dieser Zeiten des Überganges vom Knaben zum Jüngling erinnerte er sich nicht gerne. Aber irgend etwas davon war immer in ihm, und diese verlassene, auch von keinem Gedanken überflogene, mit Willen verödete Nachtseite seines Wesens bestrich nun ein dunkles, geheimnisvolles Licht: die Liebe der unsichtbaren, anderen Arabella. Wäre die Arabella des Tages zufällig seine Frau gewesen oder seine Geliebte geworden, er wäre mit ihr immer ziemlich terre à terre geblieben und hätte sich selbst nie konzediert, den Phantasmen einer mit Willen unterdrückten Kinderzeit irgendwelchen Raum in seiner Existenz zu gönnen. An die im Dunklen Lebende dachte er in anderer Weise und schrieb ihr in anderer Weise. Was hätte Lucidor tun sollen, als der Freund begehrte, nur irgendein Mehr, ein lebendigeres Zeichen zu empfangen als diese Zeilen auf weißem Papier? Lucidor war allein mit seiner Bangigkeit, seiner Verworrenheit, seiner Liebe. Die Arabella des Tages half ihm nicht. Ja, es war, als spielte sie, von einem Dämon angetrieben, gerade gegen ihn. Je kälter, sprunghafter, weltlicher, koketter sie war, desto mehr erhoffte und erbat Wladimir von der anderen. Er bat so gut, daß Lucidor zu versagen nicht den Mut fand. Hätte er ihn gefunden, es hätte seiner zärtlichen Feder an der Wendung gefehlt, die Absage auszudrücken. Es kam eine Nacht, in der Wladimir denken durfte, von Arabella in Lucidors Zimmer empfangen, und wie empfangen, worden zu sein. Es war Lucidor irgendwie gelungen, das Fenster nach der Kärtnerstraße so völlig zu verdunkeln, daß man nicht die Hand vor den Augen sah. Daß man die Stimmen zum unhörbarsten Flüstern abdämpfen mußte, war klar: nur eine einfache Tür trennte von der Kammerfrau. Wo Lucidor die Nacht verbrachte, blieb ungesagt: doch war er offenbar nicht im Geheimnis, sondern man hatte gegen ihn einen Vorwand gebraucht. Seltsam war, daß Arabella ihr schönes Haar in ein dichtes Tuch fest eingewunden trug und der Hand des Freundes sanft, aber bestimmt versagte, das Tuch zu lösen. Aber dies war fast das einzige, das sie versagte. Es gingen mehrere Nächte hin, die dieser Nacht nicht glichen, aber es folgte wieder eine, die ihr glich, und Wladimir war sehr glücklich. Vielleicht waren dies die glücklichsten Tage seines ganzen Lebens. Gegen Arabella, wenn er untertags mit ihr zusammen ist, gibt ihm die Sicherheit seines nächtlichen Glückes einen eigenen Ton. Er lernt eine besondere Lust darin zu finden, daß sie bei Tag so unbegreiflich anders ist; ihre Kraft über sich selber, daß sie niemals auch nur in einem Blick, einer Bewegung sich vergißt, hat etwas Bezauberndes. Er glaubt zu bemerken, daß sie von Woche zu Woche um so kälter gegen ihn ist, je zärtlicher sie sich in den Nächten gezeigt hat. Er will jedenfalls nicht weniger geschickt, nicht weniger beherrscht erscheinen. Indem er diesem geheimnisvoll starken weiblichen Willen so unbedingt sich fügt, meint er, das Glück seiner Nächte einigermaßen zu verdienen. Er fängt an, gerade aus ihrem doppelten Wesen den stärksten Genuß zu ziehen. Daß ihm die gehöre, die ihm gar nicht zu gehören scheint, daß die gleiche, welche sich grenzenlos zu verschenken versteht, in einer solchen unberührten, unberührbaren Gegenwart sich zu behaupten weiß, dies wirklich zu erleben ist schwindelnd, wie der wiederholte Trunk aus einem Zauberbecher. Er sieht ein, daß er dem Schicksal auf den Knien danken müsse, in einer so einzigartigen, dem Geheimnis seiner Natur abgelauschten Weise beglückt zu werden. Er spricht es überströmend aus, gegen sich selber, auch gegen Lucidor. Es gibt nichts, was den armen Lucidor im Innersten tödlicher erschrecken könnte.

Arabella indessen, die wirkliche, hat sich gerade in diesen Wochen von Wladimir so entschieden abgewandt, daß er es von Stunde zu Stunde bemerken müßte, hätte er nicht den seltsamsten Antrieb, alles falsch zu deuten. Ohne daß er sich geradezu verrät, spürt sie zwischen sich und ihm ein Etwas, das früher nicht war. Sie hat sich immer mit ihm verstanden, sie versteht sich auch noch mit ihm; ihre Tagseiten sind einander homogen; sie könnten eine gute Vernunftehe führen. Mit Herrn von Imfanger versteht sie sich nicht, aber er gefällt ihr. Daß Wladimir ihr in diesem Sinne nicht gefällt, spürt sie nun stärker; jenes unerklärliche Etwas, das von ihm zu ihr zu vibrieren scheint, macht sie ungeduldig. Es ist nicht Werbung, auch nicht Schmeichelei; sie kann sich nicht klar werden was es ist, aber sie goutiert es nicht. Imfanger muß sehr wohl wissen, daß er ihr gefällt. Wladimir glaubt seinerseits noch ganz andere Beweise dafür zu haben. Zwischen den beiden jungen Herren ergibt sich die sonderbarste Situation. Jeder meint, daß der andere doch alle Ursache habe, verstimmt zu sein oder einfach das Feld zu räumen. Jeder findet die Haltung, die ungestörte Laune des andern im Grunde einfach lächerlich. Keiner weiß, was er sich aus dem andern machen soll, und einer hält den andern für einen ausgemachten Geck und Narren.

Die Mutter ist in der qualvollsten Lage. Mehrere Auskunftsmittel versagen. Befreundete Personen lassen sie im Stich. Ein unter der Maske der Freundschaft angebotenes Darlehen wird rücksichtslos eingefordert. Die vehementen Entschlüsse liegen Frau von Murska immer sehr nahe. Sie wird den Haushalt in Wien von einem Tag auf den andern auflösen, sich bei der Bekanntschaft brieflich verabschieden, irgendwo ein Asyl suchen, und wäre es auf dem sequestrierten Gut im Haus der Verwaltersfamilie. Arabella nimmt eine solche Entschließung nicht angenehm auf, aber Verzweiflung liegt ihrer Natur ferne. Lucidor muß eine wahre, unbegrenzte Verzweiflung angstvoll in sich verschließen. Es waren mehrere Nächte vergangen, ohne daß sie den Freund gerufen hätte. Sie wollte ihn diese Nacht wieder rufen. Das Gespräch abends zwischen Arabella und der Mutter, der Entschluß zur Abreise, die Unmöglichkeit, die Abreise zu verhindern: dies alles trifft sie wie ein Keulenschlag. Und wollte sie zu einem verzweifelten Mittel greifen, alles hinter sich werfen, der Mutter alles gestehen, dem Freund vor allem offenbaren, wer die Arabella seiner Nächte gewesen ist, so durchfährt sie eisig die Furcht vor seiner Enttäuschung, seinem Zorn. Sie kommt sich wie eine Verbrecherin vor, aber gegen ihn, an die anderen denkt sie nicht. Sie kann ihn diese Nacht nicht sehen. Sie fühlt, daß sie vor Scham, vor Angst und Verwirrung vergehen würde. Statt ihn in den Armen zu halten, schreibt sie an ihn, zum letztenmal. Es ist der demütigste, rührendste Brief, und nichts paßt weniger zu ihm als der Name Arabella, womit sie ihn unterschreibt. Sie hat nie wirklich gehofft, seine Gattin zu werden. Auch kurze Jahre, ein Jahr als seine Geliebte mit ihm zu leben, wäre unendliches Glück. Aber auch das darf und kann nicht sein. Er soll nicht fragen, nicht in sie dringen, beschwört sie ihn. Soll morgen noch zu Besuch kommen, aber erst gegen Abend. Den übernächsten Tag dann — sind sie vielleicht schon abgereist. Später einmal wird er vielleicht erfahren, begreifen, sie möchte hinzufügen: verzeihen, aber das Wort scheint ihr in Arabellas Mund zu unbegreiflich, so schreibt sie es nicht. Sie schläft wenig, steht früh auf, schickt den Brief durch den Lohndiener des Hotels an Wladimir. Der Vormittag vergeht mit Packen. Nach Tisch, ohne etwas zu erwähnen, fährt sie zu dem Onkel. Nachts ist ihr der Gedanke gekommen. Sie würde die Worte, die Argumente finden, den sonderbaren Mann zu erweichen. Das Wunder würde geschehen und dieser festverschnürte Geldbeutel sich öffnen. Sie denkt nicht an die Realität dieser Dinge, nur an die Mutter, an die Situation, an ihre Liebe. Mit dem Geld oder dem Brief in der Hand würde sie der Mutter zu Füßen fallen und als einzige Belohnung erbitten — was? — ihr übermüdeter, gequälter Kopf versagt beinahe — ja! nur das Selbstverständliche: daß man in Wien bliebe, daß alles bliebe, wie es ist. Sie findet den Onkel zu Hause. Die Details dieser Szene, die recht sonderbar verläuft, sollen hier nicht erzählt werden. Nur dies: sie erweicht ihn tatsächlich — er ist nahe daran, das Entscheidende zu tun, aber eine greisenhafte Grille wirft den Entschluß wieder um: er wird später etwas tun, wann, das bestimmt er nicht, und damit basta. Sie fährt nach Hause, schleicht die Treppe hinauf, und in ihrem Zimmer, zwischen Schachteln und Koffern, auf dem Boden hockend, gibt sie sich ganz der Verzweiflung hin. Da glaubt sie im Salon Wladimirs Stimme zu hören. Auf den Zehen schleicht sie hin und horcht. Es ist wirklich Wladimir — mit Arabella, die mit ziemlich erhobenen Stimmen im sonderbarsten Dialog begriffen sind.

Wladimir hat am Vormittag Arabellas geheimnisvollen Abschiedsbrief empfangen. Nie hat etwas sein Herz so getroffen. Er fühlt, daß zwischen ihm und ihr etwas Dunkles stehe, aber nicht zwischen Herz und Herz. Er fühlt die Liebe und die Kraft in sich, es zu erfahren, zu begreifen, zu verzeihen, sei es, was es sei. Er hat die unvergleichliche Geliebte seiner Nächte zu lieb, um ohne sie zu leben. Seltsamerweise denkt er gar nicht an die wirkliche Arabella, fast kommt es ihm sonderbar vor, daß sie es sein wird, der er gegenüberzutreten hat, um sie zu beschwichtigen, aufzurichten, sie ganz und für immer zu gewinnen. Er kommt hin, findet im Salon die Mutter allein. Sie ist aufgeregt, wirr und phantastisch wie nur je. Er ist anders, als sie ihn je gesehen hat. Er küßt ihr die Hände, er spricht, alles in einer gerührten, befangenen Weise. Er bittet sie, ihm ein Gespräch unter vier Augen mit Arabella zu gestatten. Frau von Murska ist entzückt und ohne Übergang in allen Himmeln. Das Unwahrscheinliche ist ihr Element. Sie eilt, Arabella zu holen, dringt in sie, dem edlen jungen Mann nun, wo alles sich so herrlich gewendet, ihr Ja nicht zu versagen. Arabella ist maßlos erstaunt. „Ich stehe durchaus nicht so mit ihm“, sagt sie kühl. „Man ahnt nie, wie man mit Männern steht“, entgegnet ihr die Mutter und schickt sie in den Salon. Wladimir ist verlegen, ergriffen und glühend. Arabella findet mehr und mehr, daß Herr von Imfanger recht habe, Wladimir einen sonderbaren Herrn zu finden. Wladimir, durch ihre Kühle aus der Fassung, bittet sie, nun endlich die Maske

fallen zu lassen. Arabella weiß durchaus nicht, was sie fallen lassen soll. Wladimir wird zugleich zärtlich und zornig, eine Mischung, die Arabella so wenig goutiert, daß sie schließlich aus dem Zimmer läuft und ihn allein stehen läßt. Wladimir in seiner maßlosen Verblüffung ist um so näher daran, sie für verrückt zu halten, als sie ihm soeben angedeutet hat, sie halte ihn dafür und sei mit einem Dritten über diesen Punkt ganz einer Meinung. Wladimir würde in diesem Augenblick einen sehr ratlosen Monolog halten, wenn nicht die andere Tür aufginge und die sonderbarste Erscheinung auf ihn zustürzte, ihn umschlänge, an ihm herunter zu Boden glitte. Es ist Lucidor, aber wieder nicht Lucidor, sondern Lucile, ein liebliches und in Tränen gebadetes Mädchen, in einem Morgenanzug Arabellas, das bubenhaft kurze Haar unter einem dichten Seidentuch verborgen. Es ist sein Freund und Vertrauter, und zugleich seine geheimnisvolle Freundin, seine Geliebte, seine Frau. Einen Dialog, wie der sich nun entwickelnde, kann das Leben hervorbringen und die Komödie nachzuahmen versuchen, aber niemals die Erzählung.

Ob Lucidor nachher wirklich Wladimirs Frau wurde oder bei Tag in einem anderen Land das blieb, was sie in dunkler Nacht schon gewesen war, seine glückliche Geliebte, sei gleichfalls hier nicht aufgezeichnet.

Es könnte bezweifelt werden, ob Wladimir ein genug wertvoller Mensch war, um so viel Hingabe zu verdienen. Aber jedenfalls hätte sich die ganze Schönheit einer bedingungslos hingebenden Seele, wie Luciles, unter anderen als so seltsamen Umständen nicht enthüllen können.

C. Karlweiß

Eine Dummheit

„So eine Dummheit!“ sagte Frau Pausinger, die über den Gang zur Nachbarin geschlurft war.

„Nein, so eine Dummheit! Er hat nichts, und sie hat g'rad so viel, — aber heiraten müssen s'!“

„Haben s' denn schon geheiratet?“ fragte Frau Kleiner überrascht zurück.

Frau Pausinger kreuzte die Arme.

„Das wohl noch nicht, aber sie wollen's. Die Fräul'n Theres' soll's der Friseurin vom Zehner-Haus selber g'sagt hab'n. Den leichtsinnigen Leuten trau' ich so was schon zu. Die sind imstand' und heiraten in aller Still', ehvor ein Mensch was erfahrt!“

„Ah!“ rief Frau Kleiner überrascht und kreuzte gleichfalls die Arme. „Aber so jung sind s' doch alle zwei nimmer, daß man ihnen so was Unüberlegt's zutrau'n sollt'!“

„Die und jung? Ich bitt' Ihnen, die Fräul'n Theres' kenn' ich jetzt wenigstens fufzehn Jahr', wenn nicht länger, und damals hat sie schon ang'fangen, Stunden zu geben, war also kein Kind mehr. Und er? No, der gute Herr Wagner ist auch einmal ein Jüngling g'wesen, aber Anno dazumal, wie der große Wind 'gangen ist. Der hat sein' Vierziger auf'n Rücken, — da nimm' ich ein Jurament drauf!“

„So was! Aber nein, so was! Und die wollen jetzt heiraten?“

„Ich sag's ja, eine Dummheit ist's, und eine große noch dazu. Er hat wohl eine kleine Anstellung irgendwo bei einer Direktion, aber — ein Beamter, ich bitt' Sie! Mein Gott, man weiß ja, wie's mit solche Anstellungen ausschaut! Zum Leben zu wenig, zum Sterben zu viel, und das nur für ein' Einschichtigen. Alle hohen Feiertäg ein halb's Kilo Fleisch, mehr tragt's nicht. Und sie? Sie gibt Stunden im Klavierspiel'n und in Handarbeiten! Fett ist davon auch noch keine worden, das sieht man am besten an ihr selber. Ja, wenn's nur um die zwei Menschen wär'! Aber, wenn nachher Kinder kommen? Rein giften muß man sich über die Dummheit von solche Leut', wenn's einen auch nichts angeht!"

Der Herr Bureauchef war heute sehr ungnädig gelaunt. Die beiden rangältesten Beamten seiner Abteilung waren nacheinander mit betroffenen Mienen aus seinem Zimmer gekommen und hatten ihre Akten zornmütig auf den Tisch des Kanzlisten geworfen, der seine liebe Mühe hatte, in die durcheinandergeschüttelten Faszikel wieder Ordnung zu bringen. Der Kanzlist war erst kürzlich zu dieser Würde und damit zur „definitiven" Anstellung gelangt. Zwanzig Jahre hatte er als Diurnist auf diese Erhöhung gewartet. Sein Haar war mittlerweile ergraut, um Mund und Augen erzählten tiefe Furchen und zahllose kleine Fältchen die einförmige Geschichte einer durchhungerten Jugend. Aber nun war das ersehnte Ziel ja erreicht. Vierhundert Gulden Jahresgehalt und eine Wohnungszulage von hundertzwanzig Gulden! Herr Wagner hielt von Zeit zu Zeit in seiner emsigen Arbeit inne, atmete tief auf und

sah mit glänzenden Augen um sich. Ja, so weit war er nun. Und mit zärtlichem Blicke strich er einen Bogen feinsten „Ministerpapiers“ glatt, den er in seiner Schublade verborgen hielt, um in den Pausen, die er durch erhöhten Fleiß seiner Arbeit abrang, immer wieder das Gesuch zu überlesen, das er daheim aufgesetzt und mit seiner zierlichsten Schrift sauber abgeschrieben hatte. Ab und zu sah er dabei verstohlen nach der Tür, die in das Zimmer des Bureauchefs führte. Seit drei Tagen beschäftigte ihn der große Entschluß, mit seinem Gesuche vor den Gefürchteten zu treten; heute mußte es doch endlich sein, er hatte es Theresen in die Hand versprochen. Mit einem jähen Ruck erhob er sich, trat mutig an den Kleiderständer, schlüpfte dort in den schwarzen Rock, den er für diesen schweren Gang mitgenommen hatte, und näherte sich mit anfänglich raschen und elastischen, allmählich aber langsamer und schlurfender werdenden Schritten der Tür. Wie sein Herz pochte! Er spürte jeden einzelnen Schlag bis in den Hals …

„… Was ist? Was wollen Sie?"

„Wenn der Herr Bureauchef gestatten wollten, würde ich mir die Freiheit nehmen … ein untertänigstes Gesuch … "

„Ein Gesuch? Ja, was wollen Sie denn schon wieder? Sie sind doch erst vorgerückt? Möchte der Herr am Ende gar auf Urlaub gehen — wie? Wichtige Familienverhältnisse — he? Den Schwindel kennt man!"

„Ich würde niemals wagen …! Es ist eine andere Bitte!"

„Immerzu Bitten? Das hat nichts als seine Privatangelegenheiten im Kopfe!"

„Wenn der Herr Bureauchef die Gnade haben wollten, nur einen Blick in dieses Gesuch zu werfen …"

„Unnötig! Sagen Sie, was Sie schon wieder wünschen. Aber rasch!"

Herr Wagner schluckte einige Male. Das Wort wollte ihm nicht aus der Kehle. Endlich würgte er es heraus: „Heiraten!"

Der Gestrenge sah auf und betrachtete den angstvollen Bittsteller vom Kopf bis zu den Füßen. Dann lachte er grob heraus.

„Heiraten wollen Sie? Mein Bester, Sie haben wohl den Verstand verloren! Heiraten will der Herr! Ihr Glück ist Ihnen zu Kopf gestiegen. Oder — besitzt Ihre Braut Vermögen?"

Der Kanzlist neigte demütig den grauen Kopf.

„Das nicht“, murmelte er zerknirscht, „aber sie gibt Unterricht ... und wir haben fünfzehn Jahre gewartet — fünfzehn Jahre, bis meine Anstellung kam. Nun dachte ich, ganz untertänigst bitten zu dürfen ...“

Er wollte weitersprechen, aber der Bureauchef hob ablehnend die Hand.

„Unsinn!“ sagte er kurz. „Nach Paragraph 20 der Dienstordnung kann Ihnen die Ehebewilligung nur gestattet werden, wenn Sie mindestens achthundert Gulden an Jahresgehalt beziehen oder das Fehlende durch eine Kaution ersetzen. Da Sie die letztere nicht besitzen, so müssen Sie eben warten, bis der erstere Fall eintritt.“

„Das werde ich aber kaum erleben!“ flüsterte der Kanzlist mit erstickter Stimme.

Der Bureauchef hob wieder die Hand.

„Genug. Sie kennen die Vorschrift. Gehen Sie!“

Während Herr Wagner gebrochen der Tür zuwankte, rief ihm der Gestrenge über die Achsel hin noch eine kurze Hinweisung auf den Pharagraph 50 der Dienstordnung nach:

„Vergessen Sie nicht, wer gegen einen Punkt der Vorschrift handelt, wird auf der Stelle entlassen. Also keine Dummheit — verstanden?!“

In der vorderen Stube der kleinen Dachwohnung, welche Fräulein Therese Körbler seit langen Jahren innehat, singt ein Kanarienvogel sein eintöniges Abschiedslied an die Herbstsonne, deren schräg einfallende Strahlen den stillen Raum durchfluten. Hier riecht es nach Lavendel und Sauberkeit; auf dem ärmlichen, sichtlich ererbten Hausrate, von der alten Kommode mit den umgestürzten buntgeblumten Kaffeetassen und der Alabaster-Stockuhr bis zu dem Nähtischchen auf der Fensterstufe, liegt kein Stäubchen. Der niedere Stuhl vor dem Nähtischchen ist heute leer. Fräulein Therese sitzt auf dem steiflehnigen Sofa in der Ecke neben dem eisernen Ofen und blickt unverwandt auf Herrn Wagner, der ihr gegenüber Platz genommen hat und von dem Bescheide erzählt, den ihm der gestrenge Herr Bureauchef erteilt hat. Der alte Junggeselle spricht ohne Aufwallung, immerzu mit gleichmäßig gedämpfter Stimme, die aber zum Schlusse versagen will. Nun schluckt er heftig, holt tief Atem und beendet seinen traurigen Bericht, indes seine Finger nervös zuckend über das glatte Papier des Gesuches hinfahren, das er vergeblich so schön geschrieben hat.

Das alte Mädchen hat die mechanisch vorgenommene Arbeit in den Schoß gleiten lassen und regt sich nicht, während er spricht; dann sitzt das Paar schweigend in der dämmerigen Stube, in der es völlig still geworden ist; auch der Kanarienvogel hat sein eintöniges Du—i! eingestellt, nur von der Straße tönt gedämpftes Wagenrollen wie ferne Brandung herauf.

Der Kanzlist steht langsam auf.

„Ja!" sagt er mit einem schweren Atemzuge, der wie ein Seufzer klingt und eine lange Reihe trüber Gedanken abschließt.

Auch Fräulein Therese will sich erheben. Sie versucht es zweimal, aber immer vergeblich, und gibt es endlich vollends auf.

„Wir müssen halt weiter warten!“ nickt sie.

Ihr Bräutigam ist an die Kommode getreten. Er nimmt eine Tasse in die Hand, betrachtet sie lange mit abwesendem Blick und stellt sie dann wieder zurück.

„Warten!“ wiederholt er müde.

Das alte Mädchen in der Sofaecke zuckt plötzlich zusammen und schluchzt herzbrechend. Auch den Mann ergreift es; er kann nicht weinen, er stöhnt nur auf und preßt die Hände krampfhaft ineinander, indes er immer wieder das eine Wort murmelt: „Warten!“

Mit eins übermannt es ihn. Er stürzt zu der Schluchzenden hin, schlingt seinen Arm um sie und lehnt ihren Kopf an seine Brust. Ihre Kraft ist erschöpft; Jahre der Entsagung, der immer wieder enttäuschten Hoffnung haben diese zähe Kraft des Widerstandes, des Glaubens an ein zukünftiges, wenn auch noch so fernes Glück langsam aufgezehrt. Nun ist ja auch die letzte Glückshoffnung versunken, das Flämmchen erloschen, das doch stets in der Ferne leuchtete, wenn sie verzagen wollte, — nun ist alles zu Ende. Es überläuft sie. Die Vergangenheit zieht an ihr vorüber, von der ersten Begegnung mit dem geliebten Manne — auf dem einzigen Sonntagsausfluge, den sie jemals unternommen — bis zu dem Tage, da die sterbende Mutter seine Hand in die ihre gelegt und dazu so hoffnungsfroh gelächelt hatte; und dann weiter, Tag um Tag, alle die Jahre des stillen, geduldigen

Harrens, — bis heute. Und plötzlich steigt es ihr heiß vom Herzen empor, es tobt durch ihre Pulse und hämmert in den Schläfen ...

„Franz!“

„Therese!“

Ihre Hand fährt tastend über seine Wange hin, über sein trockenes Auge und das ergrauende Haar. Wieder durchzuckt es sie und rieselt wie kalter Schauer über ihren Rücken nieder. Den Kopf zurückgeworfen, die Lippen verlangend göffnet, drängt sie sich an die Brust des geliebten Mannes, inbrünstig Leib an Leib schmiegend ... Einmal, ein einziges Mal leben, vor dem Absterben, vor dem langsamen Verdorren ...!

Der Vogel im Bauer ist aus seinem frühen Schlummer erwacht.

„Du—i!“ singt er.

In der Vogelsprache heißt das wohl: Hier ist eine Dummheit geschehen.

Adolf Pichler

Versäumt

Wir schreiten durch die holperige Höttingergasse bis zu einer kleinen Kapelle, wo bärtige Bischöfe der Himmelskönigin ihre Huldigung bezeigen, und folgen dann dem Weg rechts, von dem sich bald ein kleiner steiler Pfad abzweigt. Er führt uns zum Pestfreithof; öd liegt er, von einer zerbröckelnden Mauer eingefaßt, in einer Senkung, die Andacht nachgeborener Geschlechter setzte Kreuze mit der Aufforderung, für die hier liegenden Väter zu beten. Nur seitab in einem Winkel ragt ein frisches Grab mit Kränzen von Immortellen, scheu trippelt ein Mütterchen daran vorüber, die Kinder klammern sich an ihr Gewand, der Lenz kümmert sich jedoch nicht um das Urteil der Menschen und streut Blumen auf das Grab des unglücklichen Selbstmörders. Ich habe ihn gut gekannt und manche Halbe mit ihm ausgestochen; Kirchler lachte so herzlich und strich so seelenvergnügt den langen blonden Bart über der schwellenden Lippe, daß kein Mensch geahnt hätte, er werde sich mit Pulver und Blei von der Krankheit des Lebens für immer heilen. Wie staunten wir alle, als ein Freund mit traurigem Gesicht an unseren Tisch trat und rief: „Wißt ihr, heut' nachts hat sich der Kirchler erschossen. Ja, ja", fuhr er fort und ließ den Blick über den betroffenen Kreis gleiten, „vielleicht hat mancher den Knall gehört!"

Von der Jugendgeschichte unseres Johann wissen

wir nicht viel zu sagen, was allgemeines Interesse beanspruchen dürfte. Nachdem er Jurist geworden, legte er sich eine große Tabakspfeife bei, ließ die Quartierfrau, eine alte Betschwester, brummen, wenn er nachts später nach Hause kam, und weigerte sich, noch ferner mit ihr abends den Rosenkranz zu beten. Sie nörgelte so lang, bis er endlich seine sieben Zwetschgen zusammenpackte und vier Treppen hoch bei einem Beamten Logis nahm, der, um den Wohnungszins zu erschwingen, einer Afterpartei bedurfte. Ausschließlicher Mietherr wurde er jedoch im Herzen von Fräulein

Luise, seiner Tochter. Das hübsche, dralle Mädchen war so recht zum Studentenlieb geschaffen, lustig und heiter, unbekümmert um die Welt, lebte sie nur dem Augenblicke und genoß ihn aus bis zum

letzten Tropfen. Ihre Mutter war schon längst tot; da sie das Hauswesen des Vaters führte und dieser, an die Kanzleistunden gebunden, nie Zeit hatte, nachzuschauen, was das Pärchen treibe, so läßt sich leicht begreifen, daß es die Kapitel von der christlichen Nächstenliebe bald recht gründlich zu studieren begann und Johann, der in Luisens blauen Augen mehr Weisheit entdeckte als in den Vorträgen, die Kopatsch über das Kirchenrecht hielt, recht fleißig die Kollegien schwänzte. Die Folgen dieser unmäßigen Zärtlichkeit blieben freilich nicht aus – nämlich bei Johann; er bestand am Schlusse des Schuljahres die Prüfung schlecht, vielleicht weil ihn der Professor nicht über den Abschnitt des kanonischen Rechtes de sponsalibus et matrimonio ausfragte, und erhielt eine zweite Klasse. Sein Vater, ein Viehhändler aus dem Brixentale, war, weil er auch noch andere Kinder zu versorgen hatte, sehr erzürnt, vergebens forschte er den Ursachen jenes Mißerfolges nach.

„Also, wo fehlt's denn?" fragte er den Sohn mit einem scharfen Blick, wie er sonst die Öchslein, um die er feilschte, zu mustern pflegte. „Wo fehlt's denn?" fragte er noch einmal, als jener schwieg.

Der Junge begann zu stottern.

„Hm!" brummte der Alte und kratzte nachdenklich hinter den Ohren.

Da ging die Türe auf, Luise erschien mit einer Flasche und blieb betroffen stehen, über das Gesicht des Studenten floß dunkle Röte.

„Ist's das Quartierfräulein?" forschte jener, dem nun plötzlich ein Licht aufging.

„Ich wollte nur Wasser bringen", sagte das Mädchen, „entschuldigen Sie, daß ich gestört."

Sie verließ nicht ohne Anflug von Verlegenheit das Zimmer.

„Gelt Bub', du bist ein Unterländer?" platzte der Alte heraus. „Jetzt hab' ich gesehen, wo's raucht; zum Löschen magst aber schon den heiligen Florian anrufen, so ein Mädel tut es nicht. Lassen wir's sein, das Quartier ist bezahlt und der Stellwagen auch. Wir fahren heut' noch bis nach Schwaz, pack nur zusammen."

Dann verließ er das Zimmer, Johann atmete hoch auf, er huschte hinaus und eilte durch den Hausgang zur Türe der Geliebten. Er griff nach der Klinke, zog jedoch erschrocken die Hand zurück, als er den Vater reden hörte:

„Nichts für ungut, Fräulein! Ich dank' halt für die christliche Lieb', die Sie meinem Buben bezeugt haben; vorläufig will ich Ihnen zu Absam bei der Muttergottes ein Vaterunser beten, daß's bald ein' Mann kriegen, schön sind's g'nug dazu, und wenn es Hochzeit gibt, werd' ich schon eine Butterkugel schicken, eine garaus große, daß es einen ordentlichen Korb Nudeln gibt. Also nichts für ungut und vergelt's Gott!" Er öffnete rasch die Türe, Johann prallte zurück und blieb mit langem Gesicht stehen.

„Du bist da, du Schlingel?" rief der Alte, „mein, mein!", er zog die Mundwinkel in die Höhe und blinzelte mit dem linken Aug', „mein, mein! willst mich gar hüten, glaubst, ich sei ein Unterländer? Hast schon recht", setzte er spöttisch bei, „ich bin ein Unterländer, aber ein alter!“

Bei diesen Worten faßte er den Sohn beim Arm, schob ihn zur Stiege und führte ihn rasch hinab. Dann ging er durch ein Gäßchen, wo sich kein Fenster des Hauses öffnete, so daß der unglückliche Bursche gar nicht einmal mehr einen Blick mit der Geliebten wechseln konnte.

Daheim arbeitete er mit den Knechten des Vaters auf der Bergmahd, er schwang wie sie die Sense, trug die schwere Bürde Heu in den Stadel, saß den Abend vor der Tür und dengelte. Ans Schreiben durfte er nicht denken, kam er doch nur sonntags zur Messe in die Dorfkirche, und Post war ja keine weitum.

Die Schwalben eilten nach Süden, das Heu war eingebracht, er kehrte samstags mit den Knechten heim.

Nach dem Hochamte in der Kirche, das er mehr gewohnheitsmäßig als andächtig mitmachte, führte ihn der Vater in den Pferch.

„Eins, zwei, drei, vier — dreißig!“ begann er zu zählen. „Sie sind alle beisammen, meine lieben Öchslein“, wendete er sich an den Sohn, „und da du auch dabei bist, sag’, wie gefallen sie dir? Schau diesen Nacken, diese Wamme!“

„Es sind prächtige Tiere!“ entgegnete Johann gleichgültig.

„Siehst, ich hab’ mir’s gedacht, daß sie dich freuen werden. Sollst auch dabei sein! Morgen treib’ ich sie nach Wien, du hilfst, ich erspare den Knecht und verschaffe dir Gelegenheit, einmal die große Kaiserstadt zu sehen. Ist was anderes, als

Innsbruck! Wirst dreinschauen! Die Sachen sind schon gepackt, brauchst dich nicht weiter zu kümmern."

Johann schaute sonderbar drein. Nicht, daß er sich durch den Antrag verletzt gefühlt hätte, Vieh zu treiben; die Studentlein, die in den Ferien zu den Eltern ziehen, müssen diesen oft genug in der Wirtschaft helfen, und mehr als einmal sind mir in den Ferien Schüler, die Kraxe voll Butter auf den Achseln oder mit einem Schubkarren Korn zur Mühle schleppend, begegnet, aber Luise ... Luise!

Hi! hi! ging es zum Dorf hinaus und auf der Landstraße fort, einen Tag wie den anderen, hi! hi!, langsam, denn die Ochsen sind schlechte Fußgeher, wenn sie auch im Mittelalter den Wägen von Kaisern und Königen vorgespannt waren. Endlich erreichten sie die Donau, Schritt für Schritt zogen sie mit den Wellen des gewaltigen Stromes vorwärts, die Anstrengung des Weges und die vielen neuen Gegenstände übten zwar ihr Recht und zerstreuten Johann allmählich, doch flog noch mancher Gedanke über Berg und Tal zu Luisen.

Der Kahlenberg erhob sich vor ihnen, sie trieben hi! hi! ihre Ochsen durch Nußdorf: Bei einer Wendung der Straße breitet sich Wien in all seiner Herrlichkeit und Größe aus. Johann blieb einen Augenblick überrascht stehen, der Vater stützte sich auf den Stock und betrachtete ihn. — „Gefällt dir die Stadt", unterbrach er endlich sein Staunen, „du möchtest wohl gar da bleiben?" Johann merkte nichts Arges und trieb wieder die Herde vorwärts.

An der Zollinie löste der Alte den Bauchgurt,

während er daraus den Akzis bezahlte, schickte er einen Burschen zu einem Metzger in der Alservorstadt. Dann führten sie die Herde mitten durch Equipagen und elegante Spaziergänger, die neugierig die Tiroler betrachteten, bis zu einem Torbogen, wo sie bereits der Metzger und seine Knechte erwarteten. Das Vieh war bestellt, Vater und Sohn wurde im Haus ein Zimmer eingeräumt, wo sie übernachten konnten. Jener rechnete, dieser lugte zum Fenster hinaus, bis ihn die Frau des Fleischers einlud, mit ihr ein bißchen die Stadt zu besehen.

Den nächsten Tag besorgte der Vater noch manches Geschäft; Johann benutzte die freien Stunden, um möglichst viel zu sehen, war doch hier eine Abwechslung auf das bäuerliche Leben.

Abends erzählte er dem Vater, dieser blinzelte ihn von der Seite an und sagte: „Ja, siehst du, wenn du brav gewesen wärest, hätte ich dich sogar in Wien studieren lassen."

Johann schlug die Augen nieder und seufzte.

Am dritten Tag waren alle Geschäfte abgewickelt; der Alte stellte sich vor ihn hin und fragte: „Hast alles ordentlich gepackt?" Johann deutete auf das Felleisen und reichte ihm den Schlüssel. Er wies ihn mit der Hand zurück, blickte den Sohn fest an und sagte gemessen: „So packst wieder aus; ich lasse dich das Studium noch einmal probieren, willst du?"

Johann prallte erschrocken zurück.

„Es ist Ernst", fuhr der Alte fort, „aber nicht zu Innsbruck; Fräulein Luise ist ein zu gefährliches Buch; du bleibst da, die alte Metzgerin wird dir keine Paradiesäpfel braten. So! jetzt schau nicht so damisch drein." — Er machte dem Jungen ein Kreuz auf die Stirne, ließ ein paar Taler in seine Hand gleiten und schritt, nachdem er den breiten Hut aufgestülpt, zur Tür.

„Aus einem liederlichen Bürschel kann auch noch was werden!" sagt ein altes Lied; Johann sandte am Schluß des ersten Semesters ein prächtiges Zeugnis nach Hause, statt der Antwort kam eine Rolle Silberzwanziger.

Auch an Luise schickte er Briefe und erhielt Briefe von ihr. Das Zeugnis des zweiten Semesters blieb hinter dem des ersten nicht zurück, als er jedoch nach Hause kam, mußte er wieder die bockledernen Hosen anziehen.

Ende September reiste er wieder nach Wien. Die zehn Monate des Schuljahres flogen vorbei wie die des ersten, doch hatten die Briefe aus Innsbruck allmählich aufgehört.

Die Ferien!

Johann fragte einen Kameraden, der zu Innsbruck studiert hatte, um Luise.

Die hatte einen Lottokollekteur geheiratet.

Johann zuckte, das Herz brach ihm jedoch nicht.

Von jetzt an fehlte er bei keinem Tanz, bei keiner Kirchweihe, und als er nach Wien reiste, vergaß er ganz, daß ihm der Vater aufgetragen, die schwarze Muttergottes in Altötting zu besuchen.

So hatte er die Studien vollendet.

Er trat in die Kanzlei eines Advokaten zu Salzburg ein und erhielt endlich nach vier Jahren, wo er sich bereits zu einem geschickten Konzipienten ausgebildet, einen Antrag aus Innsbruck, der ebenso ehrenvoll als gewinnreich erschien. Ohne sich lange zu besinnen, schlug er ein, er selbst versicherte oft genug, daß ihn nicht der leiseste Gedanke an Luise bewegt. Ihr Bild lag ruhig unter dem Schutt der Trümmer und einigem Schmutz der verflossenen sechs Jahre.

Das Goldene Dachl in Innsbruck

Es mochte Mitte Juni sein, als er zu Innsbruck beim goldenen Stern aus dem Stellwagen stieg und ein Zimmer im zweiten Stocke hintenaus erhielt. Nachdem er die Kleider gewechselt, eilte er über die Brücke zum neuen Prinzipal, lief denn durch etliche Gassen, um die Neubauten zu besichtigen, und es war nur die Gedankenlosigkeit des Zufalls, daß er sich auch in die Gassen, wo einst Luise gewohnt, verirrte. Er hob den Blick zum Fenster, schüttelte lächelnd das Haupt und kehrte wieder um.

Der Abend war mild und schön. Aus dem Wirtsgarten stieg das Summen der Gäste, die sich unter dem breiten Dach der Roßkastanien gelagert, zu ihm empor, er besann sich nicht lange und stieg die Treppe hinab. Die Tische waren ziemlich besetzt, er sah sich daher nach einem Platz um und erblickte einen Freund, der ihm mit der Hand winkte. Den Rücken gegen die Türe saßen am gleichen Tische ein Herr mit kurzgeschorenem, schneeweißem Haar, durch welches die rote Schwarte schimmerte, ein Fettwulst schlang sich wie eine Krawatte um den Nacken, der Rücken mochte ziemlich viel braunes Tuch zur Schabracke gebraucht haben. Neben ihm eine Frau, fast elegant gekleidet, wie er in Braten und Wein vertieft. Durch eine Wendung bekam er ihr Gesicht zu sehen: Es war Luise und ihr Gatte, der Lottokollekteur. Da sie schon längst von seinem Kommen gehört, war sie gar nicht betroffen und grüßte ihn freundlich als alten Bekannten; ihm half nur die Gewandtheit des Weltmenschen, der manchen guten Schluck getan, über die Verlegenheit dieses unerwarteten Zusammentreffens weg.

„Herr Johann Kirchler“, sagte die Frau zu ihrem Mann gewendet, „als Student war er bei meinem Vater im Quartier.“

Johann verneigte sich artig.

„Das kömmt ja recht gelegen“, rief sein Freund, „Sie suchen schon lang einen Zimmerherrn, da könnte Kirchler, ohne weiter die Maueranschläge zu entziffern, sogleich bei Ihnen einziehen.“

„Weiß nit, weiß nit!“ antwortete der Alte, den Fremden sorgfältig musternd. „Das Quartier wär' übrigens recht schön, Zimmer mit Alkoven, Aussicht ins Gebirge, ordentliche Bedienung, weiß nit, ob's dem Herrn taugen tät.“

„Du kannst, ohne dich lang zu besinnen, annehmen“, fuhr der Freund fort, „das Haus ist nur zwei Nummern von der Kanzlei deines Prinzipals entfernt.“

Johann warf einen prüfenden Blick auf Luise, sie schien unbefangen und gleichgültig.

Als er dieses bemerkte, reichte er dem Kollekteur die Hand und sagte: „Einverstanden! So werden denn Sie“, wandte er sich an Luise, „aus meinem ehemaligen Quartierfräulein nun meine Quartierfrau.“

„So werd' ich“, sagte dieser, „morgen Ihre Sachen holen lassen? Wann ist es gefällig?“

„Ich möchte nachts nicht mehr im Gasthofe schlafen“, antwortete Johann.

„Sie sollen nach Wunsch bedient sein!“

Das Ehepaar verneigte sich und ging, begleitet von jenem Freunde.

Johann sah ihnen nach, die Stirn faltete sich leicht, um den Mund spielte ein eigentümlicher Zug, er fuhr mit der Hand über das Gesicht und ergriff dann den Leuchter, um in sein Zimmer zu gehen.

Er legte sich nieder und schlief unruhig.

Die nächste Nacht verschlief er bereits in der neuen Wohnung, welche in jeder Beziehung seinen bescheidenen Wünschen genügte. Morgens sieben brachte die Magd den Kaffee und frisches Wasser, wie er ausbedungen, ein kleines, hübsches Mädchen von etwa fünf Jahren lief plaudernd hinten nach und legte aus der gefalteten Schürze eine Semmel auf den Tisch.

Johann fragte: „Wie heißt du denn?“

„Johanna“, erwiderte das Kind knicksend.

„Und wem gehörst du?“

„Dem Vater und der Mutter.“

„Die Gnädige hat dies Kind beim Herrn Kollekteur aus der Lotterie gezogen!“ fügte die Magd ergänzend bei.

Johann tauchte ein Stückchen Zucker in den Rahm und reichte es dem Kinde, das sich dann mit der Magd entfernte.

Anfangs suchte Johann seine Quartierfrau nicht auf, wich ihr jedoch auch nicht aus. Da fügte es sich, das der Kollekteur der Ziehung, die abends stattfand, beiwohnen mußte und deswegen verhindert war, seine Frau in den Wirtsgarten zu führen. Er bat daher arglos den Zimmerherrn, sie abzuholen und mit ihr einen Tisch zu besetzen, bis er selbst nachfolge.

Johann trat um sieben in ihr Zimmer. Sie warf den Schal über die entblößten Schultern und sagte lächelnd: „Noch ist es ein bißchen zu früh, ich möchte nicht gern stundenlang im Wirtshause auf meinen Mann warten.“ Sie setzte sich auf das Sofa und deutete lächelnd auf einen Stuhl. Johann übersah die Gebärde und nahm neben ihr auf dem Sofa Platz. Sie war heute anmutiger als sonst, die Schwüle des Abends hatte ihre Haut angehaucht, daß sie weichem Samt glich, ihr Auge glänzte feucht. Johann war wieder der Student und Luise sein Quartierfräulein von ehemals.

Luise hatte eine große Vorliebe für den Putz, um diese zu befriedigen, mußte sie früher heimlich vom Wirtschaftsgelde abzwacken, das ersetzte nun die Freigebigkeit Johanns, der ein hübsches Einkommen zog und auch von seinem Vater geerbt hatte. Der Tisch wurde besser, die Zufriedenheit des Kollekteurs stieg von Tag zu Tag, und er konnte sein Weiblein, das so gut zu hausen verstehe, gar nicht genug vor aller Welt loben. Er zerschmolz fast vor Zärtlichkeit; es wurden auf seinen Namen noch zwei Söhne getauft.

So mochten zehn Jahre verfließen. Luise alterte allmählich; Johann hätte das Verhältnis lösen können, Gewohnheit ist aber ein eisernes Hemd, und so lebte er gedankenlos weiter wie bisher. Gedankenlos und gewohnheitsmäßig!

Die kleine Johanna war indes fünfzehn Jahre alt geworden. Der Kollekteur wollte aber höher hinaus, seine Tochter sollte „Bildung" erlangen, er tat daher, was man zu Innsbruck zu tun pflegt, und schickte sie in ein Institut.

So oft sie nach Hause schrieb und einen Gruß an Herrn Kirchler beifügte, entrichtete ihn der Kollekteur allsogleich, er mochte wohl meinen, daß jener für das Mädchen keine üble Partie wäre.

Zu essen für sich und seine Familie hatte er ja, und was die Liebe betrifft, so stand nichts davon in den Rechnungsbüchern des guten Alten.

Nach zwei Jahren starb er mit Hinterlassung eines kleinen Vermögens. Johann nahm sich der Familie an, als wäre es seine — eigene.

Nach und nach erwachte in Luise der Gedanke an eine Ehe. Johann, noch immer ein hübscher Mann, obwohl sich das Haar auf seinem Scheitel zu lichten begann, überhörte zuerst ihre Anspielungen gleichgültig, als sie offen hervortrat, hatte er im Grunde genommen aber nicht viel einzuwenden.

So wurde denn alles verabredet, sogar der Tag der Trauung noch für den Juni festgesetzt, die Sache blieb jedoch als Geheimnis bewahrt. Sie wollten sich an einem Sonntag dreimal von der Kanzel aufbieten lassen, am Montag sollte die Vermählung sein, und dann sollte eine kurze Reise sie der Klatschsucht Innsbrucks so lang entführen, bis diese ein anderes Thema gefunden. Nach Ostern wurde Johanna erwartet. Ihre Lehrzeit war abgelaufen, die Briefe der Oberin ließen das Beste erwarten, sie konnte nicht genug loben und preisen: Sticken, Französisch, alle Wissenschaften und Künste hatte sie sich gründlich angeeignet, ob sie einen Strumpf stricken oder eine Brennsuppe kochen könne, davon stand nichts im Bericht.

Sie kam. Johann erinnerte sich nur des halbreifen Kindes, das er vor etlichen Jahren zum Wagen geleitet und stets geduzt — jetzt stand sie vor ihm, ein reines Bild weiblicher Schönheit, er war betroffen, als er endlich Worte fand, sprach er „Sie“, und es fiel ihm gar nicht auf. Wieder ruhte sein Auge auf ihrer Gestalt, ein Ideal seiner Jünglingsjahre schien vor ihn leibhaft hinzutreten — ja er fühlte sich zurückversetzt in jene Tage, wo er von Luisens Lippen die ersten Küsse gepflückt, so ganz glich ihr Johanna, nur war diese holder, jungfräulicher, fast geistiger.

Sie griff nach einem Reisesack und zog ein Päckchen heraus.

„Da sehen Sie“, sprach sie unbefangen lächelnd und reichte ihm dasselbe, „ich habe im Kloster auch an Sie gedacht und die Stücklein Zucker, welche Sie mir beim Frühstück gespendet, nicht vergessen.“

Das Papier enthielt eine feine, sorgsam gestickte Zigarrentasche. Auf der einen Seite war ein Mann dargestellt, die Pistole in der Hand, Johann glaubte Werther zu erkennen, auf der andern lief ein Wanderer seinem Schatten nach.

„Das ist Peter Schlemihl!“ erläuterte das Mädchen, während sie den jüngeren Brüdern allerlei Spielzeug austeilte. „Das Stickmuster trug die Unterschrift, und der Katechet, der viele Bücher liest, hat uns die komische Geschichte erzählt.“

Johann erschrak innerlich, denn trotz oder gerade wegen seiner Frivolität war er etwas abergläubisch.

Als er abends in sein dunkles Zimmer trat, fühlte er sich beklommen, ein Gefühl von Angst, das er sich nicht zu deuten wußte, ergriff ihn.

Er legte sich schlafen, konnte jedoch keine Erquickung finden.

So vergingen einige Monate.

Oft ruhte Johanns Auge mit Wohlgefallen auf dem Antlitz des schönen Mädchens, er war bemüht, ihr da und dort eine kleine Freude zu machen, und auch sie kam ihm mit herzlicher Zuneigung entgegen, ohne daß weder bei ihr noch bei ihm irgend etwas auf die Spur einer Leidenschaft zu deuten schien.

Anders die Mutter.

Gewohnt im Hause zu schaffen und überall selbst anzugreifen, forderte sie das nämliche von der Tochter und entließ sogar eine Magd, weil sie glaubte, jene könne ihren Platz ausfüllen. Das arme Mädchen mußte aber gewissermaßen mit dem ABC der Hauswirtschaft anfangen und das erst mühsam lernen, was sie schon wissen sollte. Die Ungeduld der Mutter stieg mit jedem Tage, wenn sie auch redlich bemüht war, sich die Fertigkeit im

Waschen, Bügeln und Kochen anzueignen. Wie oft wurde sie gescholten!

Einmal, als sich eine heftige Szene ereignete – Johanna hatte einen Ärmel verkehrt angenäht –, wollte Johann vermitteln, allein die Manier, mit der er es tat, steigerte die Hitze der Mutter, die sich in solchen Dingen nicht gerne einreden ließ, noch mehr. Das Mädchen blickte ihn dankbar an.

„Du Gans“, brach jene los, „schau auf die Nadel, das ist klüger!“

Der Instinkt des Weibes mochte mehr ahnen, als ihr Auge gesehen.

Johann erschrak bei diesen Worten, als hätte der Schimpf ihm gegolten, er mußte sich abwenden, die Neigung für Johanna hatte plötzlich eine Wurzel mehr, und zwar tiefer in sein Herz gesenkt.

Fast dämmerte es in ihm wie Bewußtsein ...

Das reine Mädchen hatte keine Kenntnis von der Vergangenheit, die ihn an die Mutter knüpfte, keine Kenntnis von dem Entschlusse, der ihn an die Stelle ihres Vaters bringen sollte. Sie verlor nach und nach die Schüchternheit, die ihr im Kloster anerzogen war, er erlaubte sich manche kleine Vertraulichkeit, und sie gestattete dieselbe völlig arglos. Beide waren auf den Punkt gelangt, wo die Knospe aufspringen mußte.

Einmal, nach einem Theaterbesuch, erwartete ihn zu Hause Luise. Als er über den Gang eilte, öffnete sie die Türe und leuchtete ihm. Vor dem Antlitz der Medusa hätte er sich nicht mehr entsetzt. Sie faßte ihn freundlich bei der Hand und setzte sich auf das Sofa. Er blieb stehen.

„Johann“, begann sie nach einer Pause, „die Zeit rückt näher und näher, wir müssen doch die Anstalten für unsere Hochzeit verabreden, derlei Dinge bricht man nicht über das Knie ab.“

„Nie, nie“, schrie er mit dem Ausdruck des Grauens, „nein, nie! Jetzt nicht, nie, ewig nie!“

„Bist du krank?“ rief sie und ergriff zärtlich seine Hand. Er riß sich los und stürzte fort.

Luise verbrachte eine Nacht voll Sorge und Schmerz. Hier und da durchzuckte sie ein Gedanke von der Ursache seiner Zerrüttung, sie wies ihn aber sogleich als unstatthaft zurück, denn bisher hatte er nicht den mindesten Anlaß zum Zweifel gegeben, die frühere Gleichmäßigkeit und Ruhe seines Benehmens ließ einzig und allein die Erklärung zu, er sei infolge von Unwohlsein gestört. Sie erinnerte sich, daß er in den letzten Tagen öfters die Farbe gewechselt und die Speisen zurückgewiesen. Dennoch vermochte sie nicht ein banges Gefühl zu beschwichtigen. Sie erhob sich vom Lager und zündete Licht an.

Sie näherte sich dem Bette ihrer Knaben — „nein, nein“, murmelte sie, „Johanna ist ja ihre Schwester.“

Daran klammerte sie sich fest, war es ein Anker oder ein Strohhalm?

Und Johann?

Sehen Sie dort den waldigen Vorsprung neben dem Steinbruch? Ein großes Kreuz ragt über die Föhren und Birken empor; wenn beim Sprengen des Felsens ein Arbeiter verunglückt, tragen ihn seine Kameraden hierher, damit er sterbend vor dem Christusbild eine gute Meinung mache, bis ihm der Priester das Sakrament bringe. Es heißt deshalb das Sprengerkreuz. Nachts brennt eine Lampe davor.

Dem Schimmer folgte Johann wie ein Nachtfalter, als er das Haus verlassen hatte und über die Innbrücke eilte. Der Strom toste hochgeschwollen ... er starrte hinab, die Wogen, unsichtbar im Dunkel, lockten ihn mit Geisterstimmen ... da winkte ihm jenes Licht ...

Der Morgen graute.

Das fahle Bild des Gekreuzigten wurde sichtbar, sein Haupt hing todesmüd auf die Brust. Johann blickte auf, aus diesen Wunden quoll für ihn kein Trost, in der Zerstreuung des Weltlebens war er längst gegen die Religion gleichgültig geworden.

Es schlug acht! Mechanisch stolperte Johann fort, es war die Stunde, welche ihn an den Kanzleitisch rief.

Er saß noch nicht lange auf seinem Stuhl, als die Magd kam; die Quartierfrau lasse fragen, ob er hier sei und wie er sich befinde?

„Ganz gut!" erwiderte er tonlos und fuhr fort, an der Feder zu kauen.

Mittags kam er nach Hause, Johanna errötete leicht, als er sie begrüßte. Er vermied es, mit ihr zu sprechen.

Als er mit Luise allein war, machte ihm diese zärtliche Vorwürfe über sein gestriges Betragen, das sie so in Angst versetzte. „Jetzt ist aber alles gut", fuhr sie fort, als er teilnahmslos lächelte, „ich kann dir erzählen, was ich dir gestern mitteilen wollte. Vorgestern, als du in der Kanzlei warst, besuchte mich der Vetter aus dem Widen, den wir ja bitten wollten, uns zu trauen. Ich benützte die Gelegenheit, die sich von selbst bot, und teilte ihm das zwischen uns Verabredete mit. Er war hocherfreut darüber und übernahm es, allsogleich beim Pfarramt das Nötige einzuleiten, so daß wir jeder weiteren Mühe überhoben sind, was dich besonders erfreuen wird, da du ohnehin mit dem Hochwürdigen nicht gern verkehrst. Ist es dir recht?"

„Recht!" erwiderte Johann, ohne das Auge aufzuschlagen. Abends ließ er sich entschuldigen.

Mitternacht war vorüber. Da öffnete sich leise die Tür von Luisens Schlafzimmer. Johann erschien blaß und verstört, in der einen Hand den Wachsstock, in der andern ein zusammengefaltetes Papier. Er schlich zu dem Tische, wo die Wasserflasche stand. Ein Glas war halb eingeschenkt, er griff danach und hielt zitternd das Papier darüber. Plötzlich fuhr er erschrocken zurück. Langsam schritt er an das Bett, wo die beiden Knaben in ruhiger Unschuld schlummerten. Er betrachtete sie voll Innigkeit, die Muskeln seines Antlitzes zuckten in heftigem Krampfe, sein Auge trübte sich ... endlich wandte er sich wieder der Türe zu. Dort blieb er noch einmal stehen und warf auf Luise und die Kinder einen langen schmerzlichen Blick, als wolle er für immer scheiden.

Er kehrte zurück. Der Weg führte ihn an Johannas Kämmerlein vorbei. Wie gelähmt hemmte er den Schritt ... seiner düstern Seele schwebte ihr Bild entgegen voll Huld und Anmut. Tränen flossen über seine bleichen Wangen, er begann heftig zu schluchzen.

Da krähte der Hahn!

Er raffte sich zusammen, ging in sein Zimmer und schloß die Türe.

Ein Pistolenschuß ...

Man traf ihn vor dem Fenster hingestreckt, die Kugel war bei der Nasenwurzel hinein und durch den Scheitel hinausgefahren, sie hatte noch den Spiegel zerschmettert, dessen Splitter auf dem Boden zerstreut waren.

Auf dem Tische lagen Pulver und Blei, eine Tüte Arsenik daneben, vielleicht das Papier, welches er nicht in das Glas auszuschütten gewagt. Wollte er Luise aus dem Wege räumen und die Sünde durch ein Verbrechen ausgleichen? Hinderte ihn der Gedanke, daß vielleicht die Knaben aus dem Glase trinken könnten?

In der Schublade fand sich sein Testament. Es trug das Datum des vorigen Tages, das ganze mäßige Vermögen war den beiden Knaben vermacht.

Nirgends fand sich eine Zeile über die Ursache seines Todes. Luise ahnte dieselbe. Sie gab sich rückhaltlos ihrem Schmerze hin, ohne jedoch der trauernden Johanna das Geheimnis zu enthüllen. Der Pfarrer nahm eine Prise, legte das Gesicht in Falten und entschied, Kirchler sei als Selbstmörder auf dem ehemaligen Pestfriedhofe zu begraben, und zwar nachts, um ja jedes Aufsehen zu vermeiden.

Das ist die Geschichte jenens Grabes. Das traurige Ende wurde herbeigeführt, weil Johann, durch die Gewohnheit der Sünde verweichlicht, nie das Bewußtsein der Pflicht in sich entwickelt oder gefestigt hatte. Seine Bahn war klar und bestimmt vorgezeichnet: er hätte Luise heiraten und die Kinder treu erziehen sollen. Johanna entsagend, hätte er in mannhafter Buße sein besseres Selbst gefunden, ihre Liebe war noch nicht zu hellem Bewußtsein aufgeknospt und wäre ruhig in das warme Gefühl für einen Vater übergegangen. Doch wir haben leicht reden. Was hätten wir in Johanns Lage, behaftet mit seinen Schwächen, getan?

Josef Rank

Peter der Raugraf

An einem kalten Dezembermorgen, während es schneite, „was nur vom Himmel fallen konnte", ging ein riesiger Arbeiter mit einer Holzsäge über der Schulter und einer Axt in der Hand von der Vorstadt Mariahilf in Wien die Hauptstraße nach dem Glacis herab und von da nach der inneren Stadt, um die gewöhnlichen Geschäfte daselbst zu verrichten.

Damals stand es jedermann noch frei, mit seinem Naturwuchs um Kinn und Backen anzufangen was man wollte, ihn zu mähen oder lustig gedeihen zu lassen, und deshalb fiel es gar nicht auf, daß „Peter der Raugraf", wie der Arbeiter von seinen Kameraden genannt wurde, eine wahre Urwaldwildnis von Bart um Wangen, Nase und Kinn hatte aufkommen lassen.

Ohnehin war Peter weit und breit in der Stadt als Ideal von rauhen Manieren bekannt und verschrien.

„Peter der Raugraf" schritt also an jenem Wintermorgen schweigsam und finster wie immer der inneren Stadt zu, ging durch das Franzenstor nach der Freiung und lehnte sich hier an eine Ecke, um geruhsam abzuwarten, wer etwa kommen und ihn zum Sägen und Spalten von Küchenholz rufen würde.

Er stand nicht lange da, als ein Herrschaftsdiener in dickem Pelzüberrock und Shawl über die Ohren erschien und ihm zurief, er möchte ihm folgen, und zwar schnelle, schnelle, denn die Kälte sei doch gar zu grimmig und es schneie so sehr als habe das Unterbett im Himmel einen meilenlangen Schlitz erhalten.

Peter der Raugraf sendete dem verzärtelten Diener nur einige finstere Seitenblicke unter dem Schirm seines Hutes entgegen, blieb ruhig stehen, sagte nichts, folgte nicht, ließ den „eingepelzten Treppenjunker" noch eine Weile rufen und zappeln, bis er endlich unverrichteter Sache brummend davonlief, um einen gefälligeren Menschen zum Sägen seines herrschaftlichen Holzes zu finden.

Wieder eine Weile — und es erschien ein Mädchen in leichtem Gewand mit einem Tuch um den Kopf und bat fast flehend, ihr zu folgen und für ihre Herrschaft Holz zu spalten; sie zitterte dabei vor Kälte, daß sie die Worte kaum deutlich sprechen konnte.

Peter der Raugraf konnte weder sehen, ob das Mädchen jung oder alt, noch ob es schön oder häßlich sei; es war ihm genug, zu sehen, daß es nicht viel aufzustecken hatte, daß es für die Kälte viel zu leicht gekleidet war, kurz daß es zitterte und fror: Alsogleich griff er nach Axt und Säge, rief: „Ja, ja! nur voran, mein Kind!" und folgte der armen Eilenden mit großen fliegenden Schritten. Sie gingen über den Kopf nach dem Graben und von da in eine Seitenstraße, wo sie vor einem Haus abgeladenes

Holz vorfanden, und daselbst, als dem Ziel ihrer Wanderung, hielten sie stille.

Er hatte bereits die Hälfte der feindlichen Heerschar, ein zweiter Bayard, gemäht und gespalten, als ihn ein seltsames Wimmern und Ächzen, ähnlich dem leisen Weinen eines Kindes, aufmerksam horchen machte. Er ließ die Arbeit eine Weile ruhen, blickte hin und her, suchte rings mit den Augen, woher dieses Wimmern komme und was es bedeute; und siehe da! ein großer Korb stand plötzlich dort an dem Tor, im Korb lag ein Bett und im Bett lag — eine schöne Bescherung, eine wundersame Bescherung — ein kleines, ganz kleines, fast neugebornes Wickelkind, also wie gesagt eine schöne Bescherung!

Peter der Raugraf trat hin und besah sich den selt-

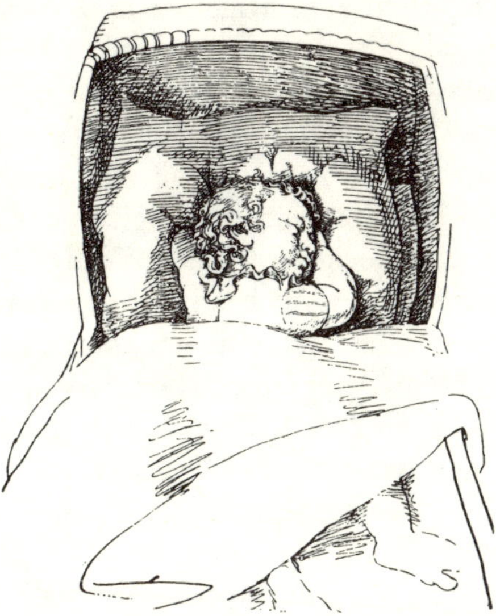

samen Fund eines Näheren, er erschrak, erstaunte, lächelte und sagte sich selber: „Eine schöne Bescherung!“ Aber was tun?

Er trat in das Haus, klopfte an die Tür der Leute, deren Holz er sägte und spaltete, und zeigte an, man könnte da, wenn man wollte, auf die schönste Art zu einem Kind kommen, schön in ein Bett gewickelt und schön in einen Korb gelegt. Aber Eile täte not, denn die Kälte sei keines Erwachsenen, viel weniger eines hilflosen Kindes Freund.

Er sprach nicht zu tauben Ohren. Es war ein gutes bejahrtes Ehepaar, welchem Peter der Raugraf die Nachricht brachte; es wickelte sich schnell in dichte Kleidung und machte sich alsogleich unter lebhaften Rufen der Verwunderung und des Bedauerns auf die Kindesschau vor die Türe.

Herr und Frau Rintler, das gute bürgerliche bejahrte Ehepaar, das ein artiges Vermögen und keine Kinder besaß, wurde von dem Anblick des kleinen verlassenen Wesens einerseits von Mitleid bewegt, anderseits von einem Gedanken lebhaft ergriffen.

Wie? dachten sie, wenn wir uns des Wurms gleichwie eines eigenen bemächtigen, wenn wir den Segen unsers Glückes mit einem Kind teilen wollten, dessen Herz uns noch ein unerwarteter Schatz, dessen Arme uns noch eine willkommene Stütze für unser hohes Alter werden könnten? Wie, wenn es nicht bloß ein Zufall, sondern ein Wink der Vorsehung gewesen wäre, daß gerade vor unsere Schwelle dies kleine, liebe, herzige Ebenbild Gottes gelegt wurde?

So, bald in etwas fromm getragener, bald in einfacher Sprache redend und beratend, war das alte Ehepaar aus der freien Luft in die wärmere Vorhalle und von da in das geheizte Zimmer zurückgekehrt und hatte vor lauter salbungsvollen Plänen und Entschließungen vergessen, anzuordnen, was mit dem Kind draußen geschehen solle, dem inzwischen gerade mit Muße zu erfrieren Zeit gelassen worden war. Als man nun, das Versehen gut zu machen, wieder vor die Türe eilte ...

Da war das Kindlein mit dem Bett und Korb fort und nirgend mehr zu finden.

Peter der Raugraf stand nicht weit vom Haus, vertieft in seine Arbeit und ein lustig Lied pfeifend; er sagte, von dem Kind nichts zu wissen, das er schon in guten Händen dachte.

Es schneite noch immer maßlos, die Kälte aber hatte nachgelassen.

Peter der Raugraf kam vor lauter Schneegestöber sozusagen ungesehen bis zu seiner Wohnung in der Vorstadt, klopfte da einem alten Weib ans Fenster, sagte: „Ein neues Möbel, Frau, für meine Stube ist gekommen, folgt mir, kommt herüber." Und die Alte kam heraus und folgte ihm, und als sie beide in die Stube Peters traten, stellte er den Korb auf seinen Tisch und sagte: „Gewächs vom Donauweibchen, einer seelenguten, braven wunderschönen Mutter, und von einem tannengraden, wahrscheinlich auch sehr braven, lieben, guten, edlen, süßen unsichtbaren Vater — aber was da! das Kind ist jetzt mein. Ihr fragt nicht weiter. Da ist Geld, dort Holz, macht Feuer an, Milch in die Pfanne, sorgt mir für das Würmlein!"

Er lehnte Axt und Säge an die Wand, legte den Hut beiseite, ging einige Male durch die kleine Stube, fuhr sich mit den zehn Fingern beider Hände durch den Bart und durch das wirre Haupthaar, worauf er vor den Tisch hintrat und ernstnachdenklich auf das Kind im Korb blickte.

Als er eben die Axt und Säge wieder ergreifen und gehen wollte, um seine Tagesarbeit fortzusetzen, regte sich das Kind im Korb, das bisher geschlafen hatte, es erwachte leise weinend. Peter blickte nach der Tür, ob die alte Wärterin, die um Milch gelaufen war, nicht bald wieder hereintreten würde, um das Kind zu nehmen und zu warten, allein sie kam noch nicht zurück, und so blieb nichts übrig, als daß er selber hintrat, den Korb mitsamt dem Kind aufhob und in seinen Armen wiegte. Das tat er auch; nicht ohne heiter vor sich hin zu lächeln und zu denken: „Erste Vaterpflicht; so wird sich eines aus dem andern wickeln."

Das Kind schwieg zwar alsbald wieder, allein Peter der Raugraf wagte es doch nicht, es sogleich wieder auf den Tisch zu stellen und davonzugehen, bevor die Wärterin gekommen; er setzte sich daher auf einen Stuhl neben dem kleinen Fenster, den Korb sich auf den Schoß setzend und mit den Füßen schaukelnd. Auch ein verrostet Kinderlied suchte er hervor und brummte es eine Weile mit Lächeln vor sich hin; dann schwieg er.

Die alte Wärterin hatte bereits die Milch gebracht, hatte eingeheizt, war einige Male die Stube ein und aus gegangen, war sogar einmal hinter Petter den Raugrafen getreten und hatte über dessen

Schulter das Kind im Korb betrachtet, ohne daß sich dieser im Spiel mit demselben stören ließ, ja ohne daß er nur hörte, was um ihn vorging; erst als die Wärterin zu reden, zu fragen, zu rufen begann, hob Peter das Haupt wie aus einem Traum erwachend und sagte etwas wirr: „Nun, was da? Was gibt's? Was ist's? Soso. Soso — versorgt mir das Kind, versorgt mir's wohl! Ich will arbeiten, arbeiten — Seht mir auf das Kind, Leutnerin; — und jetzt geh' ich wieder, alarmiert mir keine Neugier in dem Viertel — sorgt nur für das Kind; 's ist mein, ihr sollt mir's nicht umsonst besorgen ..."

Er stand auf, nahm die Axt und Säge wieder, griff nach dem Hut und indem er sich den Schirm desselben tief über die Augen drückte, ging er ohne aufzublicken fort. Draußen fuhr er sich wie schweißtrocknend einmal über's Angesicht und befreite dabei die Wimpern von zwei schweren Tropfen.

Am folgenden Morgen während der ersten Dämmerung stand Peter der Raugraf wieder im tollsten Schneegestöber an einer Straßenecke mit Axt und Säge und erwartete, wer ihn zum Sägen und Spalten von Holz vor seine Schwelle rufen würde.

Und siehe! der erste, welcher kam, war wieder ein Herrschaftsdiener in Pelzkappe und Mantel. Er schien Peter den Raugrafen schon von früheren Begegnungen her zu kennen und machte keine Miene, sich mit einer vergeblichen Bitte an ihn zu wenden. Aber, o Wunder über Wunder! indem der Diener mit gesenkten Blicken und flüchtigen Schritten an ihm vorüberwollte, hörte er sich mit ziemlich anständigem Ton zurufen, und als er aufblickte, sah er Peter den Raugrafen auf sich zukommen mit der fast artigen Frage: Ob er vorüberwolle, um einen Arbeiter zu suchen; ob er nicht gleich ihn mit sich heimnehmen wolle? Der Diener hielt an, bedachte sich und bejahte dann beide Fragen mit einem zweideutigen Blick auf Peter; er ließ sich der „martialischen“ Kälte halber die erneuerte Freundschaft mit dem verwünschten „Zotteleisbären“, wie er Peter in Gedanken taufte, gefallen.

Man mußte ihn dann sehen, sein Stück Geld einstecken und, wenn es Abend werden wollte, mit vollem Beutel heimwärts seiner Wohnung in der Vorstadt zuschreiten!

Ein Sieger kehrt mit keinem jubelvolleren Blick aus der Feldschlacht heim, als Peter nach vollbrachtem Tageswerk zu den „Seinen“, d.h. zu dem holden Kind heimkehrte, das sein ganzes Herz bereits gewonnen hatte, namentlich seitdem er wußte, es sei ein Knabe.

Er mochte noch so müde heimkommen: Er nahm das Kind aus seiner neuen Wiege, hob es auf seinen Arm, trug es die Stube kreuz und quer und wiegte und schwankte es unter Singen oder Pfeifen.

Wäre sein Sohn nur schon groß gewesen! Wie hätte er mit ihm ein neues glückseliges Leben begonnen! Wie hätte er ihn, ihn allein unter all den kalten, jämmerlichen, eigennützigen, herzlosen Menschen zum Vertrauten seiner Klagen, seiner Lehren, seiner Tränen und Bannflüche gemacht! Trau keinem — o Sohn, o Sohn! — trau keinem schönen Auge, keinem schönen Mund, keinem guten Wort, keiner Schmeichelei eines weiblichen Wesens, hätte er gesagt; ich kann dir's raten und rate dir's als Freund, als Vater, als dein weinender bittender Vater! Trau keinem Mann als Freund, und wenn er auch mit dir aufgewachsen ist und dir ans Herz gewachsen ist, trau keinem, sag' ich dir, mein Sohn, das erste Weib macht dir ihn überwendig, du glaubst ihn noch zu haben, und er ist ihr; du glaubst sie noch zu haben, und sie ist sein! O Sohn, o Sohn! Erwarte von der ganzen Welt nicht viel, am besten nichts, o gar nichts; laß dir Haar und Nägel wachsen, kleide dich in Schreckbehäng, auf daß sie von dir weichen wie Sperlinge von wüsten Scheuchen. Denn was soll die Welt, die Erde, die Menschen und das Leben, wenn Freundschaft und die Liebe nicht mehr Wort und Treue halten? Lieber, wie ich hier, eine Schrecknis sein für alle, und trocken Brot in einer Höhle essen, als Braten auf dem Tisch, schön Kleidung auf dem Leibe — und falsche Lieb an der Seite! —

Einst gegen Abend kehrte Peter wieder aus der innern Stadt nach seiner Wohnung in der Vorstadt heim und war in einer Stimmung, von der man nicht gut sagen konnte, war sie heiter oder trüb; eine Art stiller Wehmut war jedenfalls im Spiel.

Als Peter in die Nähe seiner Wohnung kam, sich den Schnee von Hut und Jacke schüttelte, die Säge von der Schulter nahm, die großen schweren Stiefel an die Wand stieß, um sie von Schnee und Eis zu befreien — horch, da hörte er in seiner Zelle einen leisen Schrei des Schreckens, und gleich darauf sah er eine verhüllte Weibergestalt Hals über Kopf aus seiner Tür stürzen und durch den dunklen Gang des Hauses nach der nächsten Straße entfliehen.

Peter hatte kaum Zeit gehabt, einen bedenklichen Argwohn zu fassen, als die flüchtige Unbekannte schon verschwunden und schwerlich einzuholen war.

Um so heißer und gewaltiger schoß ihm jetzt der Gedanke durch die Seele, daß es sich hier um Besitz und Nichtbesitz seines geliebten Kindes handeln, daß die Fliehende weiter niemand als die geheimnisvolle Mutter des Kindes sein könnte, die demselben auf die Spur gekommen, die es zu entführen Anstalt machte — ah! — Peter ließ Axt und Säge fallen, sprang mit ausgebreiteten Armen vor seine Zellentür, als wollte er jede weitere versuchte Flucht aus seiner Stube gewaltsam auffangen, unmöglich machen, und als niemand weiter herauskam, stieß er die Tür auf, rief: „Wer da? Was soll das heißen!" und trat hinein.

Die alte Wärterin stand mitten in der Stube da,

hatte das Kind auf den Armen und war ein Zittern an allen Gliedern und eine Glut der Verlegenheit im Gesicht.

Peter der Raugraf, in diesem Augenblick wirklich eine furchtbare Erscheinung, stand eine Weile mit durchbohrenden Blicken vor der Wärterin und sagte dann mit donnerähnlicher Stimme: „Was gab's da? Wer ist 'naus zum Tempel? Wer visiert mir Haus und Kind? Beim Gott im Himmel! Beim allwissenden Gott im Himmel, Nachbarin, wenn mir in meinem Haus da, wenn mir an dem Kind da ein Übel vorgeht, wenn mir, Nachbarin, Nachbarin, ich reiße Groß und Klein in Trümmer, seid gewarnt, seid mir auf der Hut — was ich tät', ich kann Euch's noch nicht sagen."

Und noch eh' die alte Wärterin die Fassung zu reden fand, hatte ihr Peter das Kind schon entzogen und hielt es auf- und niedergehend, weich und vorsichtig und zärtlich und wiegend an der Brust in seinen Armen.

Die alte Wärterin erklärte nun mit zitternder Stimme: Es sei ja niemand dagewesen als eine gute liebe brave Bekannte aus der nächsten Vorstadt, ihr habe sie das Kind nur gezeigt, nur ein wenig gezeigt, weil es gar so schön und lieb und brav sei, und habe ihr aber nicht vertraut, woher das Kind kommen, sondern nur daß es Peters Kind sei, leibhaftig sein Kind, sein liebes und wackeres Kind von einer rechtschaffenen soliden Frau, die nur jetzt gehindert sei, bei Mann und Kind zu sein. Und während sie das erzählt, wahrhaftig so erzählt hätte, wären auf einmal Peters Schritte und Husten und Räuspern draußen hörbar geworden und sie sei zum Tod erschrocken und habe einen Schrei ausgestoßen und die liebe Freundin der Tür zugestoßen und hätte geschrien: „Fort, mach fort! Scher' dich hinaus! Mach, daß du weiter kommst! Verschwind! Er kommt, er ist da!" Und leider Gottes sei im Augenblick Peter wirklich dagewesen und habe sie, die Freundin, noch erblickt und leider, leider noch laufen sehn!

Peter hatte den Schluß dieser langen Erklärung ganz überhört, indem er das Kind nur immer von einem Arm in den andern nahm, um sich ja recht nachdrücklich zu überzeugen, daß er es habe, daß er es leibhaftig halte, daß er es noch im rechten Augenblick vor einer möglichen Entführung gerettet habe.

Ruhiger, aber noch zitternd vor Argwohn sagte er dann zur alten Wärterin: „Schürt im Ofen, seht nach Speis' und Trank für mein Söhnlein da; ein Gedenkblatt will ich Euch später noch geben, jetzt geht, ich hab' mit meinem Sohn zu reden."

Die Wärterin ging; Peter der Raugraf setzte sich mit seinem Sohn zum Ofen, wiegte ihn auf seinem Schoß, sang und pfiff ihm vor und sagte ihm dann mit gesenktem Kopf wie ins Ohr: „Sohn, ich trau den Leuten da herum nicht mehr, morgen verändern wir die Wohnung, ich laß mir's nicht mehr nehmen, man schmiedet einen Anschlag, du sollst — man will dich wegstibitzen — drum heißt's vorgesehen. Meinst du nicht? Was denkst du? Sprich!"

Der Kleine krabbelte mit beiden Händchen dem Ziehpapa im Bart, blickte ihn erst mit großen, dann mit lächelnden Augen an und schien zu sagen: „Hm. Soso. Ahja. Wie du meinst, lieber Papa — lächerlich, daß ich nicht soll Ruhe und Sicherheit in dem Quartier da finden — gut; so wollen wir die Stellung ändern ...“

Andern Tages wurde das also zwischen Sohn und Vater wohlerwogene Geheimnis ausgeführt; man bezog nun eine Wohnung in einem der verstecktesten und wunderlichsten Winkel einer andern Vorstadt.

Mancher Vater wäre denn so vor der Hand über die Sicherheit seines Kindes beruhigt gewesen; Peter der Raugraf aber, trotzdem er in der neuen Wohnung wirklich als unbestrittener Vater galt und eine treffliche Wärterin gefunden hatte, konnte von behaglichem Frieden nicht mehr sagen wie zuvor,

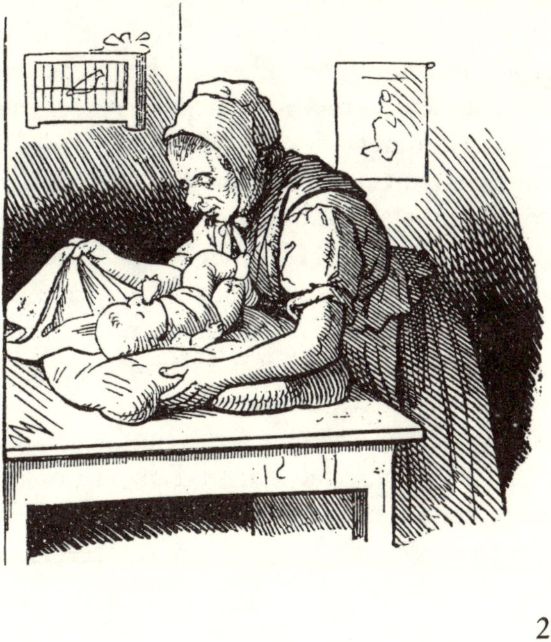

denn der Argwohn regte sich, daß sich über kurz oder lang fremde Menschen zwischen ihn und seinen Sohn drängen könnten, daß ihm sein einziges und letztes Verhältnis zärtlicher Freundschaft mit seinem Kind zudringlich, hinterlistig, mit kalter Grausamkeit gestört werden könnte.

Denn das sah Peter ein und hatte ja hierin seine erschütternden Erfahrungen gemacht: Wenn er mit den Reizen der Welt und mit den Lockungen der Menschen um den ferneren Besitz des Knabens ringen mußte, dann war dies Kleinod, dieses einzige und letzte Kleinod seines Lebens dahin, er konnte es weder mit Gewalt noch durch Güte, noch durch irgendeinen Aufwand von Glanz, Genüssen und Hoffnungen für die Zukunft behaupten. Besaß er nicht einst auch einen Schatz, den er nicht um alles Gold der Welt dahingegeben hätte? Und wo war er nun? Hing dieser Schatz, — o daß es ihn fort und fort gemahnen mußte! daß er sein Hannchen nimmer, trotz aller Treulosigkeit immer noch nicht vergessen konnte! — hing dieser Schatz, dieses sein Hannchen einst nicht auch an ihm wie mit Klammern vom besten Stahl, hatte es nicht den Schein, daß alle Zangen und Hebel der Welt, alle Reichtümer und Reize der Erde sie nicht von seinem Herzen reißen könnten? Und doch — wo war sie nun? Wem gehörte sie nun? Ein Freund, ein falscher Freund, kaum etwas hübscher als Peter, kaum etwas wohlhabender als er, kaum freundlicher in Manieren, kaum imstande, einen Tanz etwas feiner und flinker auszuführen als er. Ah, wie ging ihm der Zorn wieder pantherartig durch die Seele — und

nun, nun, war dieser Freund — Freund! — war er nicht imstande gewesen, mehr als alle Hebel der Welt zu tun? Sprengte er ihm nicht den Schatz von der Brust? Verließ ihn seine Hanne nicht freiwillig um dieses kaum schönern, kaum reichern, kaum flinkern Freundes willen? O, es gibt so viel schönere Menschen, Menschen mit Haufen von Gold und Edelsteinen, Menschen, die uns Vergnügungen in Scharen zutreiben können, es gibt so viele Reize und Gewalten im Leben — wenn nun diese anrücken und winken und an uns reißen wollen!

Peter ging mit solcherlei trüben Gedanken eines Tages durch eine der belebtesten Straßen der innern Stadt und kam zufällig an einem großen Spiegelgewölbe vorbei; ein am Eingang des Gewölbes hängender großer Spiegel zeigte urplötzlich seine ganze Gestalt von Kopf bis zu den Füßen, und Peter erwehrte sich eines Schreckens, einer tiefen Betrübnis nicht. Wie sah er aus in diesem abgenützten elenden Schlapphut, mit diesem Urwald von schlechtgekämmtem Haar und Bart, in dieser Jammerkleidung eines Menschen!

Eine Träne trat in sein Auge, er ging, — er sprang beinahe dem nächsten Haarschneiderladen zu und ließ unter Kamm und Schere Flocke um Flocke seines Bartes und Haares zu Boden wallen.

Leichter an Haupt und im Herzen trat er wieder auf die Straße und vor den großen Spiegel, der sein Angesicht nun wunderlicht und freundlich zeigte.

Lächelnd kam er nun jenes Tages heim und zeigte sich dem Sohn so erheitert und versöhnt.

Zufällig war der Knabe bestens aufgeräumt und

tappte ihm glückselig auf den Wangen hin und wieder.

Nun verklärte sich Peters Angesicht im wahrsten Sinne.

Sieg! Sieg! dachte er: Ich gefalle meinem Sohn! Noch kann alles werden!

Von nun an schnitt er selber fleißig an Bart und Haar; arbeitete noch eifriger als sonst und erschwang sich einen neuen Hut und gewandete sich nach und nach von Kopf zu Füßen.

Einst stand er wieder an einer Straßenecke und wartete auf Arbeit; es war ein milder, sonniger Wintertag, und die Menschen gingen etwas langsamer auf die Straßen. Ein kleines Schulkind, ein Mädchen, ging an Peter vorbei und hatte sein Schreibbüchlein aufgetan und blätterte darin und las bald hier, bald dort.

Peter der Raugraf hatte, seit er selber sozusagen Vater war, ein aufmerksames Auge auf das Tun und Treiben der Kinder und bemerkte denn auch dieses kleine eifrige Schulkind und lächelte ihm zu und sagte in wahrhaft sanftem Ton: „Nun, liebe Kleine? Was hast du da? Du liest schon Geschriebenes? Schreibst wohl selber schon? Ei komm! Komm her! Laß sehen! Das wär' ja gar zum Wundern und zum Loben!“ Das Mädchen war nicht blöde und trat zu ihm und zeigte ihm ihr Schreibbüchlein, und wirklich schrieb und las die Kleine zum Verwundern gut.

Sieh da! eine neue Sorge bewegte seine väterliche Seele. Wie, wenn sein Knäblein einst die ersten Schreib- und Leseproben halten, wenn es dann von Zeit zu Zeit daheim den Vater fragen sollte: Wie nun, wie hab' ich das zu machen? Das und wieder das? Wie sollte er dem Kleinen raten, er, der von Druck und Schrift so viel als nichts mehr wußte? Ah! der erste beste Nachbar, der erste beste Mensch auf der Straße konnte dann seinem Sohn Auskunft geben, und er, der Vater, sozusagen der eigene Vater, stand wie ein Holzblock da vor seinem Kind und wußte nicht ja noch nein, nicht vor und nicht zurück? Nein, nein! Das durfte nicht so kommen! Dem mußte vorgebeugt werden! Von der Achtung des Sohnes durfte ihm nichts an andere verschleppt, verzettelt werden. Peter beschloß, von nun an jeden Sonntag Schreib- und Leseübungen zu halten und es dahinzubringen, daß er seinem Sohn künftig stets wenigstens ein, zwei Schritte voraus sein konnte.

Mit diesem festen Vorsatz ging er heim, um — was zu finden? Seinen Sohn zu finden? Seinen künftigen Schüler und Freund?

Nein. Er sollte ihn nicht mehr finden. Er sollte ihn nicht mehr sehen. Er war gestohlen, geraubt — kurz, er war dahin!

Die Wärterin kam ihm laut jammernd entgegen, schlug die Hände über dem Kopf zusammen, flehte um Gottes Barmherzigkeit willen, nicht ihr die Schuld dieses Unglücks beizumessen; denn sie habe zum Besten des Kindes, ja wahrhaftig und Gott! zum Besten des armen, süßen geraubten Mäusleins nur einen Sprung über die Gasse getan, nur um eine Semmel in die Milch des Würmleins zu holen; da sei's indessen geschehen, sei in zwei Minuten das Kindlein geraubt, gestohlen, entführt gewesen — weg, weg, zu ihrem Jammer und Entsetzen hinweg!

Peter stand da, die Axt fiel ihm aus den Händen; er stand bewegungslos, mit offenen Lippen da, die Säge gleitete ihm von von der Schulter; er stand da am ganzen Leib zitternd, mit stieren blutunterlaufenen Augen auf die schreiende Wärterin starrend; seine Arme hoben, sein Hände ballten sich. Die bei dem Lärm zusammengelaufenen Männer und Weiber wollten ihm in die Arme fallen, um ihn von einer befürchteten Raserei gegen die Wärterin abzuhalten; aber er hatte eine solche Raserei nicht im Sinne. Er bog und beugte sich und sank und fiel dahin, und statt einer Donnerstimme, welche Rechenschaft forderte, wurde ein Schluchzen hörbar, so weh- und peinvoll, daß es alle Umstehenden aufs tiefste und bis zu Tränen rührte.

Man hob ihn auf und führte ihn nach seiner Stube. Allein nicht lange, so schoß ihm wieder alle Empörung und aller wütende Schmerz des Verlustes durch die Glieder, er sprang auf, blickte wild und mit forschenden Augen um sich, ob er etwa unter den Anwesenden ein schuldiges Haupt entdecken könnte; dann mit einem Male, wie von einem mächtigen Gedanken ergriffen, drückte er mit rascher Faust die Zuschauermenge rechts und links auseinander und eilte davon; es wußte niemand, wohin.

Um so besser wußte das Peter der Raugraf.

Auf dem kürzesten Weg, mit bloßem Haupt, des glatten Eisbodens und der Kälte nicht achtend, stürmte er der Vorstadt zu, in welcher er zuvor mit seinem Sohn gewohnt hatte; dort hatte er das erste Mal Verdacht geschöpft, daß ihm das Kind geraubt werden könnte; dort wohnte die erste Wärterin noch, welche er schon einmal im Verdacht gehabt hatte, daß sie ein Komplott zum Behufe des Kindesraubs unterstütze; sie, sie mußte auch jetzt von allem wissen, sie mußte ihm Auskunft geben, oder sie sollte erfahren, daß er imstande war, Dinge zu tun — Dinge ...

In erstaunlich kurzer Zeit hatte er die Vorstadt, die Straße seiner frühern Wohnung erreicht und war auch diesem Haus bis auf zwanzig Schritte nahe gekommen, als er vor der Schwelle derselben seine frühere Aufwärterin stehen und unruhig hin und wieder blicken sah.

Ah! dort ist sie, dachte Peter, hat sie Kohlen im Gewissen? hält sie Ausguck, ob ich komme? Woher ich komme? Ja, ja, hier bin ich, es läßt sich ja wohl denken, daß ich kommen werde!

Diese letzteren Worte hatte er zugleich laut vor sich hin gesprochen, so daß sie bis ans Ohr der Wärterin schlugen, diese blickte um, stieß einen Schrei aus, sprang ins Haus zurück, schlug die Tür hinter sich zu und verriegelte sie von innen.

Mit drei Sätzen war auch Peter schon davor und fiel von außen wütend an das Schloß.

Wahrscheinlich hätte er sich den Eingang bald genug erstürmt, wäre es nicht früher zu Erklärungen zwischen der Wärterin und ihm gekommen.

Die Wärterin rief mit Angst und Beben drinnen: „Peter, Peter, warum kommst du so wüst und feuerlich daher? Was willst du? Was hast du? So bist du ja zum Schrecken und Entsetzen — sag, sag, wie sollt' ich da nicht vor dir fliehen!"

Peter trommelte noch einmal wütend an die Tür und erwiderte dann:

„Was ich will? Zu was ich komme? Fragst du noch, alte Mauerschelle? Auf! Auf, sag ich! Und reden sollst du, sagen sollst du —"

„Was, Peter, was? Was willst du nur wissen? Du sollst ja alles hören, wenn du nur fragen und hören willst —"

„Alsdann", sagte Peter, vom Stürmen lassend: „Sag mir also an, sag an: Wo ist mein Kind hin? Mein Kindlein, es ist geraubt, gestohlen; du mußt wohl davon wissen, du weißt davon; sagst du nicht sogleich —"

„Peter! Peter!"

„Nun da! Heraus mit der Wahrheit! Heraus mit

der Geschichte, sonst will ich an dies Tor da trommeln, daß dir das ewige Gericht –"

„Peter! Peter!"

„Rede! Sag!"

„So sei nur ruhig, sei nur still! So willst du denn nicht ruhig hören?"

„Kurz! Mit eins! Was ist's? Wo ist mein Kind?"

„Peter, das Kind ist bei seiner Mutter. Dort magst du's wieder suchen. Peter, wo du es gefunden und entführt hast, in derselben Straße, in demselben Haus, bei jenen alten Eheleuten."

„Was?"

„Bei jenen alten Eheleuten ist die Mutter in dem Dienst; sie hätten es damals, weißt du? damals an dem Morgen, finden und aufnehmen sollen, und du hast es aber damals gefunden und aufgenommen. Jetzt hat dir die Mutter das Kind wieder entführt. Geh hin, jene alten Leute haben es aufgenommen, geh hin, ob du es wieder nehmen und entführen kannst! Jetzt weißt du alles ..."

Da sie auch kein Geräusch mehr hörte, so machte sie endlich die Tür langsam und schüchtern auf, und siehe da! Peter war fort, war auf und davon. So ist er also hin, der Arme, dachte die Alte, wirklich hin. Was wird der Schelm für Augen machen; nun, die Mutter jenes Kindes, wie wird er diese Mutter sich betrachten, sich beschauen. Nun er hat es haben wollen, so mag er es auch haben.

Und in der Tat: Peter der Raugraf eilte, flog der innern Stadt, der Breunerstraße, dem Numero des Hauses zu, wo jene alten Eheleuten wohnten, wo sein Kindlein zu finden sein sollte.

Schon hatte er das Tor des Hauses vor Augen, sah sich im Geist schon die drei Stufen am Eingang in das Haus emporstürmen, sah sich ohne Meldung in eines der Zimmer der Alten dringen, hörte sich die Herausgabe des Kindes mit donnerndem Ungestüm verlangen — die Alten hätten gleich das erste Mal ihre christliche Liebe sollen mehr in Flammen setzen, sie hätten ein Kind, das in Schneegestöber und Eiseskälte dem Erbarmen der Menschen hingestellt war, nicht erst sollen erfrieren lassen, um es dann zu retten — jetzt, jetzt — so hörte er sich im voraus schon mit Donnerstimme aufbegehren, jetzt wo das Kind schon seinen Vater, seine Pflege, sein Dach und Fach gefunden habe, jetzt sei es ein für alle Male zu spät mit Kinderaufnahm', denn es sei jetzt Kindesraub, nicht Kindes — hörte er sich sagen.

Nun? Wie? Warum stand er plötzlich wie angewurzelt still vor dem Hause und starrte sprachlos, verwirrt, entsetzt und unsäglich erschüttert die drei Stufen empor? Was sah er? Was benahm ihm die Kraft des Schrittes, die wilde Flamme des Blicks, die donnernden Worte der Lippen?

Ein ziemlich junges Frauenzimmer stand vor ihm, blaß und wehmütig, ein Tuch um den Kopf, der sie schmerzte, die Augen von Tränen feucht, die Hände kraftlos hängen lassend, als wollte sie sagen: „Wenn du mich siehst, und du kannst deinem Zorn doch nicht wehren und du willst den Frieden dieses Hauses dennoch stören, mein Kind wieder haben — o du siehst, hier steh' ich wehrlos, kraftlos —, dann komm und drücke mich mit Leichtigkeit hinweg, ich weiß dich nicht zu hemmen und nicht zu halten!“

Ah! freilich, freilich, das hatte er nicht erwartet, von einem solchen Widerstand an dieser Schwelle hatte er nicht geträumt! Sein Hannchen, seine frühere Geliebte, seine später treulos gewordene Geliebte hatte er nicht in diesem Haus geahnt, und daß sie gestehen würde, sie sei die Mutter dieses unglückseligen Kindes, das von einer Hand in die andere gewandert — wie hätte ihm das nur im Entferntesten zu Sinne kommen sollen? War es ihm doch jetzt, wo das alles augenscheinlich vor ihm stand, wo er die Gestalt der Geliebten sah und ihre Stimme hörte, noch immer traumhaft, wie ein Wunder, das ihn unbereitet überfiel und wie einen Fieberphantasierenden bewegte.

Und dennoch, dennoch war es so: Hannchen, einst sein Hannchen, stand leibhaftig vor ihm da und ließ voll Schmerz und Weh ihr weinend Auge auf ihm ruhen und konnte lange nicht sprechen und sagte dann:

„Bist du kommen, Peter, daß du mir mein Kind wieder nimmst, da wo es jetzt von reichen Leuten aufgenommen ist, wo es wohl gepflegt wird von den besten Herrenleuten und versorgt ist all sein' Tag'? Ich kann dir nichts verwehren, du hast es einmal schon gerettet, hast es lieb gehabt und gut gehalten — aber, Peter, was das Kind worden wäre, das bedenk' und laß mich bitten: vergiß, o Peter, und vergib — ich weiß es wohl, weiß wohl, daß ich Schweres auf dem Herzen habe gegen dich — ich hab' nicht wenig drum gelitten und leide noch ...“

Und nun erzählte sie einfach und von Wehmut manchmal unterbrochen, wie sie Peters Bekannten (seinen Freund wagte sie ihn nicht zu nennen) wirklich geheiratet habe, wie sie beide bald darauf nach Wien gezogen wären und sich hier seitdem mit allem Fleiß ernährt hätten. Endlich sei das Kind zur Welt gekommen, Hannchen habe darum den ersten Dienst verloren, habe lange darauf nicht wieder einen finden können, und als sie einen fand, sei ihr Mann zum größten Unglück bald darauf erkrankt. Lange sei es ihnen schlimm gegangen, das Kind in fremden Händen gegen bare Zahlung hätte ihnen Kummer über Kummer gemacht, Verdienst sei schlecht gewesen, und manchmal sei es schwarz geworden vor ihren Augen vor Sorg' um Speis und Trank, um Leib und Leben. Da habe sich's gefügt, daß Hannchen zu den alten guten Eheleuten in den Dienst gekommen sei und liebgewonnen wurde. Oft hörte sie die Alten klagen, daß sie auch nicht ein geliebtes Kind vom Geschick erhalten hätten, und oft hätte Hannchen mit Seufzen gedacht: Wär' das meine euer — das heißt: in Pfleg' und Schutz — wie gern, wie gern säh ich's in euern Händen, von euern Gütern wohlgekleidet und genährt! Solche Gedanken hätten endlich das Hannchen zum Entschluß gebracht, ihr Kind den Alten vor die Tür zu stellen, weil sie sicher dachte, es würde aufgenommen werden. An jenem Morgen nun, an welchem Peter Holz zu spalten kam, sei's unternommen worden — und auf wunderliche Art mißglückt. Peter, den sie in seiner Haar- und Bartverwilderung damals nicht erkannt, Peter habe statt der Alten das Kind an sich genommen — o zu welcher Pein der Mutter, welche lange nicht die Spur des Kindleins finden und es dem unrechtmäßigen Besitzer wieder nehmen konnte. Das sei nun aber endlich doch geschehen, und es frage sich, ob Peter nun das Kind aus den Armen guter reicher Menschen wieder an sich zu reißen und die Mutter in den größten Jammer zu stürzen denke. Die Alten seien der Meinung, fuhr Hannchen fort, Peter selber hätte das an jenem Morgen entführte Kind ihnen wieder zugeschickt und bitten lassen, dasselbe gütigst aufzunehmen. Käme nun Peter und widerriefe das und wollte das Kind wieder haben und sagte alles aus — dann freilich, freilich, sagte Hannchen schluchzend —, dann könnte Peter eine Rache finden über alle Maßen, weil sie ihm nicht treu geblieben; Hannchen würde den Dienst verlieren, die Alten würden am Ende ein so bestrittenes Kind nicht länger halten wollen, Elend über Elend wäre da, und freilich, Peter könnte mit der Rache wohl zufrieden sein. „Dann komm herein", schloß Hannchen ihren traurigen Bericht. „Herein, du bist der Stärkere, du schiebst mich leichtlich nur beiseite, dringst an mir vorbei, nimmst mir und diesen guten Alten das versorgte Kind, springst fort, verschwindest; und man wird mich finden, sagen kann ich dir nicht, wo; und alles, alles ist dir dann nach Wunsch gegangen, du bist gerächt, o Peter, und ich — und ich gehöre meinem Mann nicht mehr, gehöre niemand mehr, bin nicht mehr da, um jemand zu gehören."

Einige Wochen später, an einem kalten Januarmorgen ging aus einer der hochgelegenen Vorstädte Wiens wieder ein Arbeiter mit Axt und Säge nach der innern Stadt und hatte einen alten kläglichabgenützten Schlapphut tief ins Angesicht gezogen, und man sah es seinem Bart und Haar an, daß er sie wachsen ließ ganz nach Belieben und von Sorgfalt der Behandlung wenig daran wendete.

Es war Peter der Raugraf. Er war blässer als sonst geworden, düsterer als sonst.

Von Kälte schien er nichts zu fühlen, denn er ging in schlichten alten Leinenkleidern; desto mehr schien er vom Ernst trauriger Gedanken auszustehn, und jenes stille Schüttern, welches von Zeit zu Zeit ihn sichtbarlich von oben bis unten faßte, kam davon.

Peter hatte seine alte Wohnung in der ersten Vorstadt wieder bezogen, hatte sein Leben wieder auf das mindeste beschränkt, ließ seine alte Unart wieder wirken: nur denen zu arbeiten, welche ihm von Angesicht zu Angesicht gefielen. Kurz, wer von seinem jüngst Erlebten nichts erfahren und ihn während seiner kurzen Verwandlung nicht gesehen hatte, der sah ihn eben wieder als den Alten, schroff und widerwärtig, abschreckend und verwahrlost.

Und doch — doch!

Er war verwandelt. Wer hatte ihn je zuvor still für sich weinen gesehen? Er weinte jetzt. Wer hatte ihn je zuvor an Kinder, die zur Schule oder sonst vorübergingen, kleine Geschenke geben sehen? Das tat er jetzt. Wer? Genug, genug ...

Peters Erlebnis wissen wir, seine Wehmut begreifen wir, seine Liebe zu den heitern Kindern können wir verstehen. Sieh! dort lehnt er wieder mitten in Kälte und Schneegestöber an der Straßenecke, die Vorübergehenden meinen, er sehe weg und wolle nur den Mann dort, jenen geizigen Hausherrn, nicht erblicken, der vorübergeht. Nein! Nein, sein Hannchen ist vorüber, hat ihn flehentlich betrachtet, und er sieht nun weg und weint — und denkt ihrer und kann weinen wie ein Kind.

Peter Rosegger

Maigewitter

Wütend war sie. Man hatte sie noch nie so gesehen, die gutmütige Person. Ihr Bruder, der Pfarrprovisor, meinte bei sich: Wenn der Zorn größer ist als die Liebe, um so besser, so wird sie's leichter überwinden.

„Jetzt geh ich!" rief sie, raffte das kastanienbraune Umhängetuch zusammen und warf es sich unordentlich um die Schultern.

„Wohin willst du noch?" fragte sie der Pfarrer.

„Wohin denn sonst? Zu ihm."

„Zum Lehendorfer? Du? Und jetzt? – Marianna, das täte ich nicht an deiner Stelle. Ihm nachzugehen, dem Lumpen."

„Ihm nachgehen! Na, Bruder, das hab' ich Gott sei Dank nicht vonnöten."

„Das meine ich auch. Mein liebes, feines Schwesterl, bekommst zehn für einen."

„Ich mag keinen. Gar keinen. Lauter schlechte, falsche Canaillen!" Sie zitterte am ganzen Leib, ihre Wänglein waren fahl wie eine Kirchenmauer, ihre sonst so roten Lippen hatten die Farbe der Zähne, die sie zusammenbiß, daß es knackte. Aber das Auge! Zu diesen großen runden Augen loderten die Flammen heraus, wie zu den Fenstern eines Hauses, dessen Inneres in hellem Brande steht.

„Und doch willst du zu ihm?"

„Weil ich ihn züchtigen muß!"

„Gezüchtigt ist er schon."

„Aber nicht von mir! — Wart, Bübel, die anderen haben dir ihre Meinung schon beigebracht. Jetzt sollst du noch die meinige erfahren —" Sie riß etwas vom Wandnagel.

„Was, die Hundspeitsche, Marianna?!"

Sie war schon zur Tür hinaus.

Der Pfarrer ging mit raschen Schritten die Stube auf und ab. — Diese Liebeshändel! Diese verdammten Liebeshändel! So haßerfüllt, so rachgierig! Und das heißt man Liebe. — Wie die Leute erzählen, bin ich ja nicht einen Augenblick sicher, auf den Versehgang zu müssen! Und ich werde in die Lage kommen, dem Manne, der meine arme Schwester hintergangen hat, die Sünden zu vergeben. Daß man solchen Gesellen die Hölle heiß macht, um dann doch wieder zu löschen, dazu fehlt gewöhnlich schon die Zeit. Schade um ihn. Was hilft's, wenn der Geselle sonst ein sogenannter anständiger Kerl ist, wenn ihm das Wichtigste fehlt. Bigamisten, wie die Hunde! Pfui Teufel!

Durch die hellen Fenster sah er draußen den Arzt vorübergehen.

Der Pfarrer riß den Flügel auf: „Guten Morgen, Herr Nachbar! Wie steht's?"

„Guten Morgen, Herr Pfarrer! Wir können läuten lassen."

„Aber nein doch! Das ist ja schrecklich! Der hat's einmal hart gebüßt."

„Gebe uns Gott allen ein so sanftes Ende. Nach so hohem Alter!" sagte der greise Arzt.

„Sie meinen am Ende den alten Zinnstauber!"

„Er hat Feierabend gemacht."

„Ich meinte aber doch den Adjunkten."

„Ah, den Lehendorfer. Na, mit dem steht's allerdings schlimmer."

„Ich höre — ein Raufhandel. Die Leute reden allerhand."

„Der wird lange nicht mehr zum Nachbarsmädel gehen."

„Hat auch wahrlich nichts bei ihm zu tun, der Lotter! Der Spitzbub, der — Sackermenter, jetzt hätt' ich bald geflucht."

„Die Beine haben sie ihm abgeschlagen — alle zwei", berichtete der Arzt. „Ihrer ein Schock Bauernburschen. Vor dem Fenster der Grillbaumerischen. Zuerst — heißt's — haben sie ihn gedroschen, nachher hat er mit dem Messer gestochen, alsdann hat er seine Fetten halt bekommen. Zerbrochen wie eine Kinderpuppe. — Mahlzeit, Herr Pfarrer!"

Na, prost Mahlzeit! Armes Dirndel. Jetzt hast einen Bräutigam, der nicht stehen kann. Richtig, du gehst ihn ja karabatschen. Dünkt mich also doch, daß du ihn noch behalten willst ... So sprach der Pfarrer mit sich selbst, weil der Arzt schon davon war.

Nach längerer Zeit wurde es zwölf Uhr. Auf dem Turm läutete die Glocke. Der Pfarrer stand am Fenster und betete das Ave-Maria. Er konnte es heute nach Belieben wiederholen, ohne daß die Suppe kalt wurde. Denn sie stand noch gar nicht auf dem Tisch. In der Pfarrhofsküche brannte kein Feuer, und die junge Köchin war noch nicht zurückgekommen.

Sie war mit sehr raschen und fast mannbar großen Schritten hinaufgeeilt gegen das Haus des Gerbermeisters. Dort hatte der Mensch sein Zimmer. Auf der Gasse standen die Weibsleute still und schauten ihr boshaft nach. Sie hätte sie mit den Augen totstechen mögen. Den Blick etwa zu Boden schlagen! Just nicht! Mehr wert ist sie, wie die anderen alle. Stolz macht das Unglück. — Die Peitsche ließ sie in der Luft schwirren über schnatternden Gänsen. So heiß war in ihr der Zorn, daß sie kein Herzweh spürte. — Sechs Wochen vorher hatten sie sich verlobt. Der Adjunkt erwartete eine Beförderung, dann wär's zum Heiraten gewesen. Ein so lieber Kerl! Und so falsch! So falsch! — Aber jetzt soll er's sehen! Sie wird ihn wegwerfen. Sie wird ihn mit ihrer Verachtung in den Abgrund werfen! Dann soll ihn nur die Grillbaumerische auflesen —

diese Schlange! Diese Giftschlange! Gott, wenn sie nur heute all die Schmachworte zur Hand hätte, die diesem Biest gebühren! Sie hat ihn verführt, anders ist's nicht! –

Als die Marianna in das Gerberhaus kam, mußte sie erst seinem Zimmer nachfragen. In der hofseitigen Stiege begegnete ihr ein altes, unsauberes Weib. Vor lauter Vergnügen über den Besuch zog dieses den Mund auseinander, daß man alle drei Spitzzähne sah. Sie war die Wärterin, wollte aber die beiden Leutchen jetzt bereitwillig allein lassen.

„Ist nicht notwendig!" rief das Mädel. Die Alte blieb aber doch draußen. Die Tür ist ja ganz dünn.

Aus dem Hof grunzten die Schweine herauf. Aus einer Bretterkammer, die so weit offenstand, daß die Gesellen zu sehen waren, wie sie die Haare fetzenweise von den gebrühten Häuten schabten, kam ein widerlicher Geruch. Das Zimmer war dumpfig, das Fenster geschlossen, auf dem Bette lag ein junger Mann, dessen Beine wulstig in Tücher eingewunden waren, wie ein Riesenfatschkind. Soweit ein hübscher Mensch. Auf der feuchten Stirn klebten ein paar braune Locken. Ein mäßiges Schnurrbärtchen war da, aber ganz ungepflegt, die Haare kamen ihm zum Munde hinein, wenn er sprach.

Sie hatte gedacht, er würde sehr erschrecken, wenn sie nun auf einmal vor ihm stand. Nicht annähernd. Mit einem gutmütigen Blick schaute er sie an und hielt ihr die weißärmelige Hand entgegen.

Sie war ganz an der Tür stehengeblieben, verblüfft. „Ah, das ist gut!" sagte sie. „Wie freundlich er mich grüßt! Mir scheint, daß er gar nicht bös ist auf mich!" Der ganze Hohn, den sie vorläufig aufgebracht. Dann schleuderte sie das braune Tuch von sich, und das Unwetter brach los: „Du Schandfleck! Du Schandfleck! Recht geschieht dir! Alles hätten sie dir zerschlagen sollen! Die Händ' und den Schädel!"

Er antwortete nicht. Merkte jetzt, wo das hinauswollte. Abzuleiten suchte er und verlangte heiser nach der alten Wärterin, daß sie ihm Wasser reiche.

„Ja, ich bitt' dich gar schön!" sagte die Marianna.„Ist denn deine Herzliebste nicht da? Daß sie dich pflegen könnt'. Weil du so viel für sie leiden mußt!" — Daß diese Worte in ihrer eigenen Brust wie Messer wühlten, wer merkte es ihr an?

„Marianna!" sprach endlich der Kranke. „Ich will mich nicht besser machen, als ich bin. Habe groß gefehlt. Aber so weit nicht, wie du meinst. So weit hätt' ich mich nicht vergessen, nie und nimmer ..."

„Lüg nicht!" rief sie grell aus. „Umsonst schlägt man einen aus Eifersucht nicht zum Krüppel! Der du jetzt bist!"

Nach einigem Schweigen sagte er trotzig: „Wer hat's denn zu leiden, als ich selber! Wenn du mir so kommst! Wen geht's denn noch was an?"

„Wen's was angeht, fragst du", sprach sie ganz sänftiglich. „Wem hast du dich denn versprochen, Hans? Am Peter-und-Paul-Tag. Weißt du noch? ‚Wirst mir wohl treu sein?' habe ich dich gefragt. Und du: ‚Was denkst du von mir? Ein Mann, der sein Ehrenwort bricht! Seiner Braut Treu' versprechen', hast du gesagt, ‚ist so gut ein Ehrenwort wie jedes andere. Ein Schurke, wer's bricht!' — Und heute, nach sechs Wochen? Ich brauch' dich nicht zu nennen, wer du bist, du hast es schon selber getan."

Er richtete sich rasch mit dem Ellbogen auf und sagte scharf: „Kannst du mir was Schlechtes vorwerfen? Hast du's gesehen?"

Jetzt fuhr sie los: „Leugnen! Leugnen! Haut-

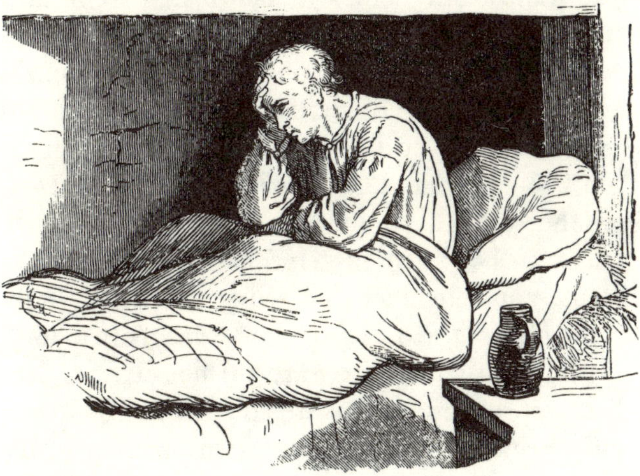

schlechter Lump du! Weil ich es nicht gesehen hab', willst du mir's abstreiten. Das möchte eine saubere Ehe werden, wo du denkst: Wenn sie's nur nicht sieht! Wenn sie's nur nicht sieht! Wo hat denn die Treue zu stehen, vor oder hinter dem Rücken? Wofür heirate ich denn, als daß ich einen treuen Menschen hab'. Ich kann ledig bleiben auch. Bei meinem Bruder fehlt mir nichts. Und tausendmal lieber ein Dienstbot' aller Lebtag', als eine Ratsfrau sein — wenn du's mit deiner Treu' und Gewissenhaftigkeit so weit bringst — und alle Tag' betrogen werden hinter einer jeden Küchenschürze! Schandbub, du!"

„Marianna!"

„Mir graust vor dir! Ich kann's nicht sagen, welchen Abscheu! Zigeunerzodel, schlechter!"

„So laß mich doch reden!"

„Kannst sagen, was du willst, das Vertrauen ist hin. Kannst brav sein, wie du willst — wenn du's zusammenbringst —, mir wird der Tag nimmer aus dem Kopf gehen: Er kann betrügen, er kann's! Schon in der ersten Brautzeit, wo sonst die Lieb' am größten ist, hat er dich betrogen. Ist zwar halbtot geprügelt worden, und das ganze Dorf hat's erfahren. So wird er ein anderes Mal vorsichtiger sein und man hätt' den ausgemachten Spitzbuben im Haus, vor dem man sich selber zusperren muß, wenn man schon die Kisten und Kästen offenläßt!"

„Du, Marianna!" Er wäre am liebsten aus dem Bett gesprungen, da krachten die Beine. Die Zähne biß er ineinander, auf der Stirn standen große Tropfen.

Sie schaute ihn einen Augenblick schweigend an.

Er sagte aus zusammengepreßter Kehle: „Und wenn ich mich vergangen hätte! Was du für ein steinhartes Herz hast! Jetzt, wo ich so verlassen bin — so verlassen ..."

Sie war mit raschen Schritten durch das Stübchen gegangen, hin und her, hin und her. Zum Aufschreien war ihr vor schrecklicher Pein, die ihre eigenen Worte in ihr angerichtet hatten. — Und wie sie unten im Winkel stand, vom Bette fast fern, da wendete sie sich hin und sprach ruhig: „Also, wenn du unschuldig bist, wie ist's denn zugegangen?"

Er ballte mit der Faust das Leintuch zusammen und sagte: „Mein Gott, wie ist es zugegangen! Der Chef feierte seinen Geburtstag. In der Nacht auf dem Heimweg bin ich lustig, und wie das Grillbaumerhaus kommt, fällt's mir ein, da schläft auch ein Mädel drin, das man foppen könnte. Und klopfte ans Fenster."

„Daß du aber das Fenster so genau gewußt hast!"

„Weil ich früher etlichemal mit den Burschen gasseln gegangen bin bei der Nacht. Der Gregelmaier hat sie gehabt, und wie es die jungen Leute schon treiben. Wir sind Wacht gestanden vor dem Haus, und ist's mir halt eingefallen, wie ich in dersel-

bigen Nacht am Fenster vorbeigeh'."

„Und sonst nichts? Aber — diese Unschuld! Zu rührend! Nur necken hast wollen am Fenster? Nur das? — Hans! Wenn ich dich jetzt bei deinem heiligen Ehrenwort frag'! Du hältst ja soviel aufs Ehrenwort! Wenn ich dich frag', ob's wahr ist! — Schau mich an!"

Er schaute ihr ganz offen ins Gesicht, auf einmal aber zuckte er mit den Wimpern, als wäre ein grelles Licht. Dann blickte er wie hilfesuchend umher. Ganz stumm.

„Nun also! Heraus mit dem Ehrenwort!" Starr wie eine Bildsäule stand sie vor ihm. Er schob sich gegen die Wand um, verdeckte sein Gesicht mit der Hand und — weinte.

Sie ging wieder auf und ab. Die Peitsche hatte sie längst nicht mehr in der Hand. Das Fenster öffnete sie, um mit dem Taschentuch die Fliegen hinauszujagen. Der starke Geruch aus der Häutekammer drang herein, sie schloß wieder. Sie tat, als wollte sie aufräumen, warf Kleider und Bücher hin und her, aber alles nur, um ihre Bewegung zu unterdrücken. — Dieser schlechte Mensch, wie furchtbar arm er jetzt ist! Ein Krüppel, und so Schmerzen, und muß dahinliegen, und hat niemanden mehr ...

Jetzt trat sie sachte, ganz sachte wieder an sein Lager, legte ihm die Hand leicht auf die Stirn und strich ein wenig das Haar zurück. Er schluchzte, daß die Achseln heftig auf und nieder stießen. — Vom Ehrenwort sagte sie nichts mehr. — Ganz jäh beugte sie sich auf ihn nieder, riß seinen Kopf an ihre Brust, küßte seine Stirn, seine feuchten Wangen, seinen Mund, so heftig, daß es ihr den Atem fast verschlug. Er ließ es bloß geschehen, dann, als sie müde geworden war, stöhnte er: „Ich bin deiner nicht wert ..."

„In Gottes Namen!" stieß sie hervor. Ihre Stimme war heiser, halb gebrochen. Und nach einer Weile, da sie sich aufgerichtet hatte und ziemlich ruhig geworden war: „So kann's nicht bleiben, da. Du mußt eine ordentliche Wartung haben. Was sagt der Arzt?"

„Einen Verband hat er mir gemacht. Alle zwei sind ab."

„Ich will dir doch einen Beinbrucharzt kommen lassen."

„Unserer hat gute Hoffnung. ‚Aber Geduld' — sagt er."

„Ist dir die alte Wärterin recht? Sonst bestelle ich die Spital-Nandl. Weißt, die kann umgehen und ist lieb mit den Kranken. Ich werde täglich ein paarmal heraufschauen, ob dir was fehlt. Und bring' dir das Essen mit, wenn's dir recht ist. Aber schau, liegen wirst schlecht. Wart, ich schiebe dir die Kissen besser. Du kannst dich nicht bewegen?"

Er nickte nur so ein wenig.

„Tut's dir arg weh?" fragte sie ihn voller Innigkeit.

„Jetzt nicht mehr, Marianna, jetzt nicht mehr."

„Schau, du bist ja mein guter Hans!" Mit beiden Händen streichelte sie sein Gesicht. Feuchte Augen. Und so selig, so selig! — Das Mitleid war schier noch süßer als die Liebe. — Oder — war das erst die rechte Liebe? Seitdem sie ihm etwas zu verzeihen hatte! Jetzt erst hatte sie aus Freiem ihn angenommen, jetzt erst konnte sie sehen und zeigen, wie gut sie ihm ist. Und jetzt erst wußte sie es auch für sich, daß kein Zerstören des Bundes mehr möglich ist, daß ihr aller Schmerz und alles Glück von diesem einen Mann bestimmt sein muß.

„Was hast du denn? Aber was hast du denn, Hans?“ fragte sie, lebhaft bestrebt, mit den Händen sein Haupt so zu rücken, daß er sie anblicken mußte. Er verdeckte immer wieder sein Gesicht. Dann murmelte sie ein einziges Mal: „So viel schämen!“

Sie begann zu plaudern von allerhand heiteren Dingen, berührte aber die Ursache des Vorgefallenen mit keiner Silbe mehr. Da hob der Adjunkt ganz plötzlich die Hand in die Luft und schnalzte mit den Fingern.

„Was heißt denn das?“ fragte sie lachend.

„Weil ich jetzt anders nicht jauchzen kann!“ –

Gegen zwei Uhr nachmittags knisterte in der Pfarrhofküche das Feuer. Der Pfarrprovisor schlich zur Tür, um durch das Guckloch zu erfahren, ob es ihm auch schmecken werde, das Mittagsmahl. Sie schaffte fleißig und hatte ein hochgerötetes, munteres Gesicht.

Treues Bruderherz, freilich wird's dir schmecken!

Ferdinand von Saar

Der „Exzellenzherr"

Gegen Ende der sechziger Jahre hatte ich meine Wohnung in Wien aufgegeben und mich in einem der nächsten Vororte niedergelassen, wo mir die Annehmlichkeiten des Stadt- und Landlebens vereint geboten waren. Durch eine stattliche, belebte Hauptstraße mit der Residenz zusammenhängend, zeigte die ausgedehnte Ortschaft an dieser Stelle schon damals ziemlich großstädtisches Aussehen und Treiben, während in den zahlreichen Neben- und Seitengassen, wo anmutige, von weitläufigen Gärten umblühte Landhäuser mit niederen Hütten und hölzernen Scheunen abwechselten, noch vollständige idyllische Ruhe herrschte. Auch das Haus, in dem ich mich eingemietet hatte, besaß gewissermaßen diesen Doppelcharakter. So wurde mir denn das stille Haus seiner reizvollen Fernsicht, das in der ganzen Gasse gemeinhin das „Kloster" genannt wurde, von Jahr zu Jahr lieber, und so oft ich eine Reise unternommen hatte, kehrte ich immer wieder mit wahrem Behagen in die schlichten, mir so innig vertrauten Räume meiner Wohnung zurück.

Als dies im Spätsommer des Jahres 187* zum letzten Male der Fall war, fand ich nach längerer

Abwesenheit manches im Haus verändert. In das erste Stockwerk war — so teilte mir meine Aufwärterin mit — ein sehr vornehmer Herr eingezogen, ein „Exzellenzherr", wie der Volksmund diejenigen bezeichnet, welche den Ehrentitel „Exzellenz" führen. Die Frau nannte auch mit einiger Anstrengung des Gedächtnisses einen Namen, der mir nicht unbekannt klang. Denn ich entsann mich, daß ein ehemaliger Landespräsident so geheißen habe, den man bei seiner plötzlichen Versetzung in den Ruhestand mit der Würde eines Geheimen Rates ausgezeichnet hatte. Seither war er im öffentlichen Leben verschollen und vergessen. Ich legte also auch kein besonderes Gewicht auf diesen neuen Mietsmann, konnte mich jedoch eines gewissen Eindruckes nicht erwehren, als ich am nächsten Morgen vom Fenster aus eine hohe, würdevolle Gestalt in leicht gebückter Haltung und auf einen Stock gestützt langsam durch den Hof in den bereits herbstlich gelichteten Garten schreiten sah.

So war es mir eigentlich nicht unwillkommen, auf Umwegen zu erfahren, daß der Exzellenzherr, der ganz einsam lebte — er hatte nur einen Kammerdiener bei sich —, mich näher kennenzulernen wünschte. Ich beschloß also, ihm nun selbst meine Aufwartung zu machen. Schon am nächsten Vormittag kleidete ich mich sorgfältiger an und begab mich hinunter. Der Kammerdiener ließ mich ohne jede Anmeldung sogleich mit zuvorkommender Hast in ein großes Zimmer mit drei Fenstern treten, wo sein Herr lesend in einem bequemen

Lehnstuhl saß und sich von diesem bei meinem Eintritt, wie es schien, nicht ohne Anstrengung erhob.

„O das ist sehr freundlich von Ihnen“, sagte er, indem er mit flüchtigem Erröten auf mich zukam. „Aber Sie machen mir da, wie ich sehe, eine offizielle Visite. Solche anspruchsvolle Erwartungen zu hegen, kam mir nicht in den Sinn. Ich habe nur recht sehr gewünscht, daß Sie mir, da wir unter dem Schutz der gleichen Laren leben, manchmal das Vergnügen Ihres Umganges möchten zuteil werden lassen.“

„O Exzellenz“, warf ich ein, während ich seiner Aufforderung nachkam und mich setzte.

„Ich bitte, lassen Sie diese Bezeichnung beiseite“, sagte er ruhig. „Sie paßt durchaus nicht zu meinem

Wesen — zu meiner Umgebung." Dabei machte er mich mit einer bezeichnenden Gebärde auf die Ausstattung des Zimmers aufmerksam, welche in der Tat sehr einfach, ja nach heutigen Begriffen fast ärmlich zu nennen war. Nur ein paar Ölbilder in schweren Goldrahmen — die meisten augenscheinlich Familienprotràts — und ein massiver, schön gearbeiteter Schreibtisch, zeugten von Vornehmheit. „Ich liebe es in der Tat nicht", fuhr er fort, „wenn man mir diesen Titel gibt, der mich — ich sage das vollkommen aufrichtig — bei den geringfügigen Diensten, welche dem Staat zu leisten mir vergönnt gewesen, eigentlich nur beschämen kann. Da wir aber noch nicht so vertraut miteinander sind, um uns schlichtweg beim Namen zu nennen, und es also durchaus getitelt sein muß, so sagen Sie einstweilen Herr Präsident zu mir. Das kann, das darf ich mit einigem Fug und Recht annehmen — obgleich ich jetzt nichts anderem mehr präsidiere als meinen Büchern."

Dies alles aber erhöhte nur meine bescheidene Zuneigung zu dem einsamen Mann, der sich übrigens auch bald menschlicher Teilnahme bedürftig erwies. Denn er war, wie ich gleich beim ersten Anblick erkannt hatte, körperlich leidend; und zwar an einer mit der Zeit langsam vorgeschrittenen Krankheit, welche sich, in ihren Anfängen wohl nicht genug beachtet, bei Beginn des Winters mit einem Mal sehr empfindlich geltend machte.

Als ich in jener trüben und bänglichen Zeit eines Abends bei dem Präsidenten eintrat, fand ich ihn zu meiner Verwunderung im Dunklen sitzen.

Denn er mochte sonst die Dämmerung im Zimmer nicht und konnte es überhaupt nie hell genug um sich haben. Nachdem die beiden großen und bequemen Lampen, deren er sich stets bediente, angezündet waren, nahm er ein Papier vom Schreibtisch und hielt es mir zwischen Daumen und Zeigefinger entgegen. Es war ein etwa handgroßer, vergilbter Zettel, mit wenigen Worten beschrieben.

„Ist es nicht eigentümlich?" sagte er. „Dieses Stück Papier hatte ich vor Jahren verlegt und habe späterhin alle meine Mappen, meine Schriften und Briefe — ja meine ganze Bibliothek durchstöbert, ohne es finden zu können, so daß ich es für verloren hielt. Und heute entdecke ich es zufällig in jenem kleinen alten Sektretär, woselbst es zwischen einem der vielen Schubfächer und der Hinterwand eingeklemmt gesteckt hatte. Er schien einst bestimmt gewesen zu sein, in meinem Leben einen Wendepunkt herbeizuführen — hat es aber nicht vermocht. Ich will Ihnen, wenn Sie nichts dagegen haben, die Geschichte, die sich daran knüpft, heute erzählen."

Der Kammerdiener brachte den Tee; bald darauf lehnte sich der Präsident im Sofa zurück und begann:

„Es war vor sechzehn Jahren, daß ich meine Vaterstadt Wien auf die Dauer wiedersah. Ich hatte erkannt, daß jedem, wer er auch sei, ein paar Jahre ruhiger Sammlung und Einkehr in sich selbst nur zu wünschen seien — und daß gerade mir ein besonderer Vorteil daraus erwachsen könne. Ich war als Knabe und Jüngling kein besonders fleißiger Schüler gewesen. Das Werk meiner Bildung, soweit es überhaupt anging, zu Ende zu führen, war mir nun Muße und Gelegenheit die Fülle geboten; denn auch sonstige äußere Umstände fügten sich günstig. Meine Eltern, deren einziger Sohn ich war, hatten mir einiges Vermögen hinterlassen; dazu kam noch, daß mir, gerade in jener Zeit, von einer Verwandten mütterlicher Seite ein kleines Landhaus vererbt wurde — und zwar ein Landhaus in demselben Ort, in welchem wir beide jetzt leben. Es ist später in den Besitz eines reichen Börsenmannes übergegangen, der es sofort niederreißen und an der Stelle jene prächtige Villa hinbauen ließ, die man heute am äußersten Ende der nächsten Straße aufragen sieht. Ich umgab mich nun mit einem Wall von Büchern, ging äußerst selten nach der Stadt und verbrachte so, vom herrlichsten Wetter begünstigt, in köstlicher Einsamkeit den Frühling und einen Teil des Sommers. Es waren Tage voll hoher, geistiger Freude, vielleicht die glücklichsten meines Lebens — und doch auch nicht ganz glückliche. Das aber hing mit der eigentümlichen Stellung zusammen, die ich der Welt — vor allem jedoch dem anderen Geschlecht gegenüber einnahm. Ich war seit jeher äußerst empfänglich für den Reiz weiblicher Schönheit und entsinne mich, gewissermaßen schon als Knabe in ein hübsches, aufgewecktes kleines Mädchen verliebt gewesen zu sein, das mit seiner Mutter zuweilen in unser Haus kam. Aber der Dämon, der in mir schlummerte, wurde dennoch früh genug geweckt. Und zwar geschah dies durch höchst leidenschaftliche Beziehungen, in welche ich während meines Aufenthaltes in der erwähnten Provinzstadt verwickelt wurde. Ich hatte nämlich auf einem Ball die Tochter eines dortigen Finanzbeamten kennengelernt; ein außerordentlich schönes, aber leichtsinniges und früh verderbtes Mädchen, in welches ich mich jedoch derart verliebte, daß ich nahe daran war,

es zu heiraten. Nur dem Umstand, daß man mir plötzlich einen Abenteuerer vorzog, der die Rolle eines russischen Fürsten spielte und später den Gerichten übergeben wurde, hatte ich es zu danken, daß ich diese Tollheit nicht beging. Was ich aber damals litt, können Sie sich vorstellen. Es war eben eine erste wirkliche Leidenschaft, die ich durchzukämpfen hatte, und wer weiß, ob und wie ich es vermocht hätte, wenn nicht gerade in jener Zeit ein trauriges Ereignis eingetreten wäre, das mir gewissermaßen zu Hilfe kam: Ich wurde nämlich an das Sterbelager meines Vaters nach Wien berufen. Diese Erschütterung wirkte derart, daß alles andere wie ein wüster Traum zerfloß und ich weit früher Herr meiner selbst wurde, als dies wohl sonst der Fall gewesen wäre. Dennoch blieb ein Stachel in mir zurück. Ich hatte im Verkehr mit Theodora — dies war der Name meiner treulosen Schönen — Freuden der Liebe kennengelernt, die ich nicht mehr zu entbehren vermochte, und so geriet ich auf Abwege, die zu seelenlosem Genuß führten, wie ihn große Städte uns Männern nur allzu leicht und willig darbieten.

Daß mir dabei nicht wohl zumute war, werden Sie mir glauben. Ich empfand vielmehr die Vereinsamung meines Herzens immer schmerzlicher und sehnte mich inmitten frivoler Beziehungen, die mich innerlich oft aufs tiefste beschämten, nach reinen und edlen Lebensverhältnissen. Dabei schwebte mir als Ideal ein stilles eheliches Glück an der Seite eines schlichten, treuherzigen Geschöpfes vor, wie es meine frühe Jugendgeliebte gewesen, und dessen Eigenschaften in geradem Gegensatz zu jenen einer Weltdame hätten stehen müssen. Kehren wir also in mein Landhaus zurück, woselbst ich eines Morgens ziemlich abgespannt erwachte. Ich hatte mich während der letzten Wochen müde gearbeitet, war dabei über meinen Garten nicht hinausgekommen und dachte daran, mich wieder einmal in der Welt umzusehen, daher ich denn auch im Laufe des Vormittags das Haus verließ.

Es war Sonntag. Die hellste Junisonne funkelte

vom blauen Himmel nieder, die Gassen waren leer und still, leise Orgelklänge zitterten in der Luft. Unwillkürlich ging ich diesen Klängen nach und stand halb auf dem nahen Kirchenplatz. Dort war keine Seele zu erblicken; aber von drinnen heraus brauste nun die Orgel mächtig und erscholl der vielstimmige Gesang des Hochamtes. Ich hatte diese Kirche noch niemals betreten und fühlte mich angezogen, hineinzugehen. Der Raum war überfüllt, so zwar, daß ich nur mit einiger Anstrengung nach vorne gelangen konnte. Die Andächtigen bestanden zum größten Teil aus der halbbäuerlichen Ortsbevölkerung; die vornehmere Einwohnerschaft war eigentlich bloß durch das weibliche Geschlecht vertreten, das in mehr oder minder stattlichem Putz die vorderen Kirchenbänke einnahm. Plötzlich aber wurde meine Aufmerksamkeit gefesselt. Ganz in der Nähe, am äußersten Ende eines Betstuhles, saß nämlich ein junges Mädchen, das ich nicht sogleich bemerkt hatte. Schlicht, aber höchst anmutig gekleidet, das feine Gesichtchen von glänzenden braunen Haaren umrahmt, war sie das lieblichste Geschöpf, das man sehen konnte. Alles an ihr erschien wie gemeiselt: von der sanft gewölbten Stirn und dem zierlichen Näschen bis zu den zarten Schultern hinab, die weiß unter weißem Tüll hervorschimmerten. Sie mußte jedenfalls meiner bereits ansichtig geworden sein, und aus einer gewissen Unruhe, die sie umgab, konnte ich erkennen, daß sie, ohne mich anzusehen, meinen Blick fühlte. Ihre Wangen, die wie der Untergrund der schön gezeichneten Brauen rosig gefärbt waren, nahmen allmählich eine brennende Korallenröte an, und das kleine Gebetbuch, das sie in den schmalen Händen hielt, begann leise zu beben. Ich wandte mich nun von ihr ab und den kirchlichen Funktionen am Altar zu. Mein innerer Sinn jedoch hielt die holde Erscheinung fest. Ein sanfter Schauer durchrieselte mich, und ich hatte nur den einen Wunsch, daß dieses Hochamt kein Ende nehmen möchte. Aber schon war das „ite, missa est!" erklungen — und alles drängte dem Ausgang zu. Auch die junge Schöne verließ ihren Platz, wobei sich zum ersten Mal unsere Blicke begegneten. In Begleitung zweier anderer Mädchen, welche ihr zur Seite gesessen hatten, überschritt sie den Platz vor der Kirche; dann schlugen die drei schlanken Gestalten, indes ich in einiger Entfernung folgte, lebhaften Gespräches den Weg nach jener Gasse ein, welche heute nebst der Hauptstraße als die vornehmste gilt. Vor einem dieser stattlichen Häuser verabschiedeten sich die zwei anderen Mädchen und traten in das Tor; die Alleingebliebene jedoch überschritt, den Saum ihres Kleides anmutig emporhebend, die hochbestäubte Straße, ging jenseits rasch noch eine Strecke fort und bog dann in eine Art Seitenweg ein, der ins Freie zu führen schien. Ich bewegte mich nun auch schneller und konnte noch gewahren, wie sie einem mäßig großen Landhaus, das ganz einsam im Grünen lag, zueilte, die Torklinge ergriff und, mit Wendung des Kopfes nach mir zurückblickend, verschwand.

Ich war unschlüssig stehengeblieben, schlug aber jetzt, ohne es eigentlich zu wollen, dieselbe Richtung ein. Tiefe, sommerliche Stille empfing mich. Versengend brütete die Mittagshitze über ausgedehnten Gemüsepflanzungen, die mit einigen hohen Ziehbrunnen nach links hin zum Vorschein kamen; auf der anderen Seite erglänzten regungslos Baumwipfel eines großen, wohlgepflegten Gartens, der sich dem Haus entgegenzog. Dieses selbst erschien mit geschlossenen Jalousien wie ausgestorben; nur einen Augenblick war es mir gewesen, als hätte sich oben am äußersten Fenster eine Sprosse bewegt. Als ich jetzt an den weißen Mauern vorüberging, schrak ich plötzlich zusammen. Denn aus einem offenen Fenster des Erdgeschosses sah ich ein weibliches Antlitz, das mich wie das Haupt der Meduse anstarrte. In der Tat ringelten sich die dunklen Haare über die blassen Schläfen hinweg nach rückwärts wie Schlangen zusammen, und in den finsteren Augen lag trotz der eisigen Gleichgültigkeit, mit der sie blickten, etwas so tief Feindseliges, daß ich unwillkürlich meine Schritte beschleunigte.

Auf einem Umweg nach Hause zurückkehrend, traf ich die alte Gärtnerfrau am Tor stehen und fragte sie, indem ich ihr Lage und Aussehen der einsamen Villa beschrieb, ob sie wisse, wem dieselbe gehöre.

‚Ach ja‘, sagte sie nach kurzem Nachsinnen, ‚Sie meinen das Haus des Herrn Ott.‘

‚Und wer ist dieser Herr Ott?‘

‚Vorsteher einer großen Fabriksniederlage in der Stadt. Er lebt jedoch mit seiner Familie Sommer und Winter hier. Denn er ist ein mürrischer und leutescheuer Mann, der nur ein Vergnügen kennt: die Obst- und Blumenzucht, mit der er uns ins Handwerk pfuscht.‘

‚Und besitzt er eine zahlreiche Familie?‘

‚Freilich. Er ist zum zweiten Mal verheiratet. Aus erster Ehe hat er nur eine Tochter. Von der jetzigen aber gibt's Kinder der Reihe nach, wie die Orgelpfeifen. Die Älteste der zweiten Frau, die Hermine — das ist ein wahrer Schatz!‘

‚Hermine heißt sie?‘

‚Ja. Haben Sie das Fräulein vielleicht schon gesehen? Wie Milch und Blut, frisch und heiter — die gute Stunde selbst. Und auch brav und tüchtig ist sie. Ihre Mutter war in der letzten Zeit recht schwer krank; da hatte sie das Hauswesen ganz allein geführt, trotz ihrer siebzehn Jahre. Denn die andere dünkt sich zu gut für derlei. Die sitzt den ganzen Tag in ihrem Zimmer und studiert, gerade wie Sie, gnädiger Herr. Man sagt sogar, daß sie Bücher schreibt.‘

Ich wußte genug und ging, um die Alte nicht merken zu lassen, welche Freude ihre Mitteilungen in mir hervorgerufen. Als ich mich aber allein befand, jubelte ich auf. Da hatte ich ja plötzlich gefunden, wonach ich jahrelang gesucht! Und je reiflicher ich alle Umstände erwog, desto überzeugender empfand ich es. Stand ich doch noch in der Blüte meiner männlichen Jahre. Ich konnte ja — woran ich in letzter Zeit ohnehin mehrmals gedacht hatte — den Staatsdienst ganz und gar aufgeben, konnte ein Landgut erwerben und, sozusagen, meinen Kohl selbst bauen. Dabei auch eine gesunde volkswirtschaftliche Tätigkeit entfalten, mich späterhin in den Reichsrat wählen lassen, um meine Kenntnisse und geistigen Fähigkeiten auf diese Art zum allgemeinen Besten zu verwerten. So spann ich bereits goldene Träume. Daß zuletzt alles von der Zustimmung meiner rasch Erwählten abhing, daran dachte ich gar nicht; so sicher, so frei von jedem Zweifel fühlte ich mich in dieser Hinsicht. Eine andere Frage war freilich, wie und wo ich einen Anknüpfungspunkt finden sollte. Mich nur geradezu als Freiwerber in das Haus des Herrn Ott zu begeben, ging doch nicht an; zudem widersprach ein solches Vorgehen ganz und gar meinem Wesen, in welchem damals noch ein gutes Stück jugendlicher Romantik stak. Es mußte also eine Gelegenheit abgewartet oder herbeigeführt werden, um mich dem Mädchen selbst nähern zu können.

Über solchen Erwägungen verstrichen die nächsten zwei Tage, wobei ich jedoch wiederholte Gänge durch den Ort unternahm, in der Hoffnung auf eine zufällige Begegnung. Da sich aber diese Hoffnung nicht erfüllte, näherte ich mich immer mehr dem weißen Haus und ging endlich vorüber, wobei ich einen ängstlichen Blick nach dem Fenster der Meduse tat, welche ich diesmal zum Glück nicht gewahrte. Aber auch im oberen Stockwerk war niemand zu sehen; als ich jedoch vorsichtig über die Gartenplanke spähte, saß Hermine, von mir abgewendet, an der Seite einer älteren Frau im Schatten einer Platane. Da dicht vor mir üppig wucherndes Hollundergebüsch aufragte, glaubte ich mich gedeckt und blieb stehen; allein zwei muntere Knaben, die sich auf einem Rasenplatz tummelten, bemerkten mich bald, und so setzte ich rasch meinen Weg fort, überzeugt, daß ich hier, ohne sofort jedermann aufzufallen, nicht mehr vorübergehen könne.

Ich vertröstete mich also auf den nächsten Sonntag, an welchem ich mich schon ziemlich früh vor der Kirche einfand; denn ich wollte Hermine herankommen sehen. Schon begann ich zu verzweifeln — als ich sie endlich in der Ferne erblickte. Eiligen Schrittes kam sie mit den zwei Freundinnen näher; diesmal ganz weiß gekleidet; selbst das leichte Strohhütchen hatte nur ein weißes Band zum Schmuck. In der Kirche selbst hatte ich die Genugtuung, wahrzunehmen, wie sie sich zur

Andacht zwang und doch nicht verhindern konnte, daß ihre Augen stets den meinen begegneten. Daß ich ihr später wieder folgte, ist selbstverständlich, und es spielte sich alles so ab, wie am verflossenen Sonntag, nur mit dem Unterschied, daß sie, bevor sie in das Haus trat, ein wenig länger nach mir zurückblickte.

Nun fühlte ich aber, daß es zu handeln galt. In meine Wohnung zurückgekehrt, setzte ich mich sofort an den Schreibtisch. Fest überzeugt, daß man meine Empfindungen bereits erkannt habe und auch bis zu einem gewissen Grad teile, brachte ich rasch einige Zeilen zu Papier, worin ich mit warmen, ungeschminkten Worten um eine Zusammenkunft ohne Zeugen bat, beifügend, daß ich eine bestimmende Antwort durch die Post erwarte. Nachdem ich den Brief geschlossen und die Adresse geschrieben hatte, ließ ich die Gärtnerfrau zu mir bescheiden.

‚Wäre es möglich‘, fragte ich, als die Alte eingetreten war und wie gewöhnlich in demütig wohlwollender Haltung vor mir stand, ‚wäre es möglich, diesen Brief dem Fräulein Hermine Ott zukommen zu lassen, ohne daß es jemand bemerkt?‘

‚Es könnte wohl gehen‘, erwiderte sie zögernd, ‚man müßte Mittel und Wege finden — aber . . .‘

‚Ich weiß, was Sie sagen wollen, meine Liebe. Sie können jedoch ganz ruhig sein. Der Brief enthält durchaus nichts Verfängliches, wenn ich auch Gründe habe, zu wünschen, daß er in solcher Weise bestellt werde.‘

‚Mein Gott!' rief sie und faltete die Hände. ‚Ich habe ja an nichts Böses gedacht; ich weiß ja, daß euer Gnaden — ich meinte nur — und wenn Sie wirklich eine ernste Absicht hätten —'

‚Das ist meine Sache, beste Frau.'

‚Gewiß, gewiß, gnädiger Herr. Und damit Sie nicht glauben, daß ich etwa — so geben Sie mir den Brief. Fräulein Hermine soll ihn von mir selbst bekommen, gleich morgen soll sie ihn haben. Ich weiß schon, wie ich es anstelle. Verlassen Sie sich darauf!'

Kaum hatte sich die Tür hinter ihr geschlossen, als mich auch schon Reue erfaßte. Was hatte ich da getan? Töricht und unbesonnen das Geheimnis meines Herzens fremdem Wissen, fremden Händen anvertraut! Und nicht nur mich selbst hatte ich bloßgestellt, nein, noch weit mehr das holde Geschöpf, das ja vielleicht noch keine Ahnung hatte von dem, was ihm bevorstand! Dennoch nahm ich den Brief nicht zurück. Denn schon sagte ich mir, daß man nicht jederzeit und unter allen Umständen ganz korrekt vorgehen könne. Und was war es denn auch weiter?

Schon am nächsten Vormittag kam die Alte mit strahlendem Gesicht und brachte mir die Nachricht, daß es ihr gelungen sei, den Brief zu übergeben, und zwar bei Gelegenheit einiger Einkäufe, die das Fräulein, wie ihr bekannt war, jeden Morgen in der Hauptstraße zu besorgen pflegte. Man sei anfangs erschrocken gewesen, habe sich geweigert — endlich aber doch den Brief rasch an sich genommen. Geradeso hatt' ich es erwartet, dankte der Botin und sah getrost einer Antwort entgegen.

Diese Antwort aber ließ auf sich warten. Es verging ein Tag, ein zweiter, ein dritter — und der Briefträger brachte nur Gleichgültiges. Als ich am Donnerstag nichts erhielt, sank mir die Zuversicht. Ich begann zu zweifeln und dabei noch mit einer Art Aberglauben zu wünschen, daß der Brief nur nicht morgen, daß heißt an einem Freitag, eintreffen möge. Er blieb in der Tat aus, auch am Samstag — und, worauf ich meine letzte Hoffnung gesetzt hatte: auch am Sonntagmorgen. Nun gab ich alles verloren; aber ich fand mich doch wieder vor der Kirche ein, denn ich wollte Klarheit um jeden Preis. Meine Herzensangst wurde jedoch vernichtende Gewißheit, als ich die Mädchen herankommen sah. Alle drei zeigten heute ein sehr ernstes, zurückhaltendes Wesen, und in der Kirche blieben die Augen Hermines hartnäckig auf das kleine Gebetbuch gerichtet. Ja, es konnte kein Zweifel mehr sein: sie fühlte sich beleidigt, verletzt, der Traum war zerronnen. So würde ich es diesmal auch nicht mehr gewagt haben, ihr zu folgen, wenn nicht ein rascher Blick, den sie plötzlich, wie auffordernd, nach mir zurückwarf, meinen erloschenen Mut hätte aufflackern lassen. Wer aber beschreibt meine Überraschung, mein Entzücken, als sie, nachdem sie sich von ihren Freundinnen getrennt hatte, ein zusammengebogenes Papier fallen ließ, das ich, vorsichtig umherspähend, vom Boden aufnahm und welches in sorgfältiger, noch sehr kindlicher Handschrift die Worte enthielt:

Das Gartenpalais Liechtenstein in der Rossau

‚Morgen um zwei Uhr im Liechtensteinschen Garten.'

Schon damals war es mir nicht entgangen, daß der Garten um die Mittagszeit, wo er am wenigsten besucht war, als Zusammenkunftsort für Personen verschiedenen Geschlechts diente, und mehr als einmal hatte ich lauschige Grottensitze instinktiv geräumt, wenn ich ein einsames Pärchen langsam heranwandeln sah. Wie viele Menschenschicksale mochten sich von Generation zu Generation in diesem Garten schon verknüpft haben, seit er, als eine der ältesten Oasen in dem Häuserqualm und

Straßenstaub der Großstadt, mit jedem Frühling aufs neue grünt und blüht! Und nun sollte auch mir dort die Stunde des Glücks schlagen! So dachte ich, während ich selig in meiner Zimmerflucht auf und nieder schritt. Das unsägliche, reine Entzücken der Liebe, der ganze schwärmerische Seelenjubel eines Jünglings war in mich eingezogen, so daß ich endlich über mich selbst lächeln mußte und, um diesem Taumel Einhalt zu tun, meinen Gedanken eine andere Richtung aufnötigte.

Der nächste Vormittag wurde mir unerträglich lang; ich mache mich daher schon vor zwölf Uhr auf den Weg, um durch Besichtigung der Galerie, die ich schon lange nicht mehr in Augenschein genommen hatte, meine Ungeduld zu übertäuben.

So war ich bald wieder beim Eingang angelangt und ließ mich im Garten auf eine halbwegs vor der Sonne geschützte Bank des Parterres nieder, wo ich jeden Eintretenden sofort gewahr werden mußte.

Endlich schlug es in langsamer Wiederholung zwei Uhr. Ich fühlte, wie mein Herz still stand, um gleich darauf desto heftiger zu pochen. So verharrte ich in atemloser Spannung.

Jetzt zuckte ich zusammen. Ein Sonnenschirm! Sie ist es! Doch halt — noch ein Sonnenschirm! Wie ärgerlich, daß gerade jetzt noch andere Leute erscheinen müssen! So dachte ich, während zwei weibliche Gestalten durch das Gittertor traten, und sank enttäuscht in die Bank zurück, von der ich mich schon halb erhoben hatte.

Aber ist das nicht ihr Gang? Ihr zierlicher Wuchs? Beim Himmel, sie ist es — doch nicht allein!

Und nun fühlte ich mich wie vom Blitz getroffen: ich hatte in der Begleiterin die Meduse erkannt.

Endlich stand ich doch auf; denn ich bemerkte, daß diese sich von ihrer Schwester trennte und einen Seitenpfad einschlug, während Hermine mit raschen Schritten geraden Weges auf mich zukam. Über ihrem Antlitz lag eine emailartige Blässe, von der die großen, dunklen Augen auffallend ernst und finster abstachen.

‚Ich habe Sie, da ich mit meiner Schwester einiges in der Stadt besorgen muß, hieher gebeten', begann sie, ohne eine Anrede von meiner Seite abzuwarten, „um Sie zu fragen, was Sie eigentlich mit Ihrem Brief beabsichtigten?"

Diese Worte, welche trotz eines leichten Zitterns der Stimme in einem scharfen und schneidenden Ton gesprochen wurden, standen in solchem Widerspruch mit meinen Erwartungen und überraschten mich derart, daß ich eine Zeitlang gar nichts entgegnen konnte. „Was ich beabsichtige?" brachte ich endlich mühsam hervor. „Nun, wenn Sie das nicht selbst fühlen —"

„Ich fühle gar nichts, mein Herr, und kann Ihnen nur sagen, daß Sie sich in mir geirrt haben."

Der verächtliche Blick, den sie dabei auf mich warf, brachte mich zur Besinnung. Meine ganze männliche Überlegenheit war plötzlich in mir erwacht, während sich eine kalte Ruhe meines Inneren bemächtigte. ‚Ich glaube jetzt selbst, daß ich mich in Ihnen geirrt habe, mein Fräulein', sagte ich nach einer Pause.

‚Gewiß!' bestätigte sie und warf das Haupt

empor. ‚Ich bin nicht gewohnt, leichtfertige Beziehungen anzuknüpfen.'

Ich war nahe daran, aufzulachen. Diese Äußerung erschien mir in ihrer Banalität weit eher eine Behauptung des Gegenteils; ich hielt sie daher gar keiner Auseinandersetzung wert und sagte bloß ironisch: ‚Es fällt mir durchaus nicht bei, Ihre löblichen Grundsätze erschüttern zu wollen.'

Sie hatte offenbar eine andere Sprache erwartet, denn sie schrak leicht zusammen und preßte ihr Taschentuch an die Lippen. Aber sie fuhr auch sogleich in sehr bestimmten Ton fort: ‚Ich muß sie daher bitten, mich fernerhin in keiner Weise zu belästigen.'

‚Sie können sich dessen versichert halten.'

‚Und vor allem nicht mehr in die Kirche zu kommen, die ich in letzter Zeit nur deswegen ohne meine Mutter besucht habe, weil sie krank war.'

Sie schien bei diesen Worten allmählich ihre Haltung zu verlieren. Ihr Blick, ihr Gang wurden unsicher, während sie merklich nach Atem rang. Aber mein Herz hatte sich bereits derart verhärtet, daß ich das alles mit einer Art grausamer Schadenfreude wahrnahm und in gemessenem Ton erwiderte: ‚Sie werden mich nicht mehr sehen, es wäre denn infolge eines Zufalls, für welchen ich keine Verantwortung übernehme.' Hierbei machte ich, den Hut lüftend, eine übertrieben höfliche Verbeugung, um mich zu verabschieden.

Sie stand unschlüssig da. Es war, als wollte sie noch etwas sagen, und ihr zarter Busen hob und senkte sich rasch. Dann aber zog sie zu einem stolzen, flüchtigen Gruß das Kinn an und eilte fort.

Mit hoffärtiger Genugtuung blickte ich ihr nach, bis sie mit der Meduse, die ihr auf halbem Wege entgegenkam, draußen verschwunden war. Dann schalt ich mich ob meiner Torheit, die mir einen solchen Streich gespielt, und schritt, während sich jetzt der Garten allmählich mit Menschen zu beleben begann, eine Zeitlang auf und nieder, wobei ich in meinem Ärger eine heitere Melodie vor mich hinsummte. Dieses unerquickliche, peinliche Erlebnis", fuhr der Präsident nach einer Pause fort, „verleidete mir meine Studien und war die Veranlassung, daß ich mich, um jede quälende Erinnerung zu übertäuben, kopfüber in Zerstreuungen stürzte, wozu Wien auch noch im Sommer Gelegenheit genug bietet. So vergingen die nächsten Wochen, und schon war ich im Begriff, eine Sommerfrische in Tirol oder im Salzkammergut aufzusuchen, als ich plötzlich wieder zum Dienst einberufen wurde. Man war an leitender Stelle, ich weiß nicht wie, auf mich aufmerksam geworden und versetzte mich in ein Ministerium, wo mir ein nicht unwichtiges Referat anvertraut wurde. Ich begrüßte diese neue Tätigkeit mit großer Freude. Denn obgleich ich, wie schon gesagt, niemals zu den Vielgeschäftigen gehört habe, so war mir doch eigentlicher Müßiggang seit jeher gründlich verhaßt. Aber diese Rückkehr zu meinem alten Beruf zog manche Veränderung nach sich. Vor allem konnte ich nicht länger hier außen wohnen bleiben und mietete mich daher in der Stadt ein. Bald darauf drang ein reicher Mann, dem die Lage meines Landhauses gefiel, sehr hartnäckig in mich, es ihm zu verkaufen. Da es mir nun einmal samt seiner Umgebung doch schon verleidet war, so widerstand ich schließlich dem äußerst glänzenden Angebot um so weniger, als sich mir gerade in jener Zeit ein ziemlich dringendes Bedürfnis nach erhöhten Einnahmen sowohl im Allgemeinen wie auch im Besonderen fühlbar gemacht hatte. Ich war nämlich, wie denn der Zufall solche unbewachten Augenblicke stets wahrzunehmen pflegt, inzwischen in die Netze eines außerordentlich schönen Weibes geraten, das mir sehr viele Auslagen verursachte und welchem ich später, um ganz und gar unmöglich gewordene Beziehungen endgültig zu lösen, fast mein ganzes Vermögen zum Opfer bringen mußte. Aber nicht des Geldverlustes wegen — nebenbei bemerkt, ist der Rest des Kaufschillings, der aus Papieren bestand, in den Abgrund des späteren großen Börsensturzes gesunken — bereue ich es jetzt, mein kleines Besitztum dahingegeben zu haben, sondern nur, weil es mir in der Erinnerung wieder lieb und teuer geworden und ich gern meine Tage in diesen nun für immer verschwundenen Räumen beschlossen hätte.

Zu jener Zeit, wo mein Verkehr mit dem erwähnten schönen Weibe noch in seiner ersten reizvollen Blüte stand, hatten wir, ich und sie, an einem wundervollen Herbsttag — ich glaube, es war schon Oktober — einen kleinen Ausflug unternommen. Wir waren nach Dornbach gefahren, dort ausgestiegen und gingen dann der sogenannten Sophienalpe zu, um später ein kleines Diner einzunehmen, das wir im Gasthaus zur Rohrhütte bestellt hatten. Unser Gang durch die gelb und rot gefärbten Buchenwälder war herrlich. Eine sanfte, tiefe Ruhe war rings umher ausgegossen, und keine Menschenseele begegnete uns. Ebenso lautlos war es bei unserer Rückkehr im Gasthaus, wo wir uns einen der im Freien

angebrachten Tische decken ließen. Aber wir saßen noch nicht lange, als sich von einem nahen Waldweg her lauter Gesang, Männer- und Frauenstimmen gemischt, vernehmen ließ, und auch bald darauf ein bunter Schwarm fröhlicher Menschen in Sicht kam. Es war eine echte Landpartiegesellschaft. Die Männer, ihre Hüte im Nacken und mit Reisern geschmückt, trugen Überröcke und Plaids über die Schultern geworfen, die Frauen und Mädchen, Taschen und Körbchen am Arm, schritten in hochgeschürzten Kleidern fröhlich einher, während erhitzte und bestäubte Kinder lärmend voraus auf das Gasthaus zusprangen.

Obgleich uns die zahlreichen Ankömmlinge nicht eben erwünscht waren, so blickten wir doch mit einem gewissen Vergnügen nach den Leuten, die nun, indem sie rasch einige Tische aneinanderrücken ließen, mit lauten Rufen und verworrenen Befehlen Trank und Speise verlangten. Ich hatte aber kaum etwas näher hingesehen, als ich auch schon unter den weiblichen Gästen Hermine erkannte, welche mir, eben im Begriff, sich an der Seite eines jungen Mannes niederzulassen, in demselben Moment gleichfalls den Blick zuwandte. Ich konnte deutlich bemerken, wie sie, gleichsam erstarrt, in ihrer Bewegung innehielt und sich, ganz blaß, an den Rand des Tisches lehnte, so zwar, daß die ihr zunächst Befindlichen sie überrascht und besorgt ansahen. Sie schien einige beruhigende Worte zu sagen und setzte sich dann, leicht mit der Hand über Stirn und Wange streichend, worauf sie sich sogleich mit sichtlich erzwungener Lebhaftigkeit in die Unterhaltung mischte.

Meine Begleiterin gewahrte von dem allen nichts, oder wenn auch, so legte sie doch kein Gewicht darauf. Selbst der Umstand, daß Hermine sie später, zu uns herüberblickend, gleichsam mit den Augen verschlang, befremdete sie nicht; denn sie war es gewohnt, sich von jedermann und nicht zum mindesten von ihrem eigenen Geschlecht bestaunt zu sehen. Ich aber befand mich sehr begreiflicherweise in einem eigentümlichen Gemütszustand. Beim Anblick Hermines hatte es mich durchzuckt; nun tauchten die niedergehaltenen Erinnerungen in mir auf. Einerseits empfand ich eine Art von Beschämung, daß ich meine Gedanken mit diesem Mädchen, welches ich jetzt inmitten der lauten, sich in platter Behäbigkeit und in nicht allzufeinen Scherzen gefallenden Gesellschaft sitzen sah, jemals ernsthaft hatten beschäftigen können — und doch durchzitterte mich leise Wehmut, und doch war es ein vorwurfsvoller Schmerz, was sich in meiner Brust zu regen begann. Ich wurde immer ernster und stiller, so daß es endlich meiner Dame auffiel, die mich fragte, warum ich so schweigsam sei. Ich wies, gleichsam ungehalten, auf die Tafelrunde vor uns, die sich bei frisch gefüllten Gläsern immer ungezwungener benahm, und schlug vor, nach Hause zu fahren, da es ohnehin schon anfange, kühl zu werden.

Die erste Zeit der Fahrt blieb ich in mich gekehrt; als wir uns aber der Stadt näherten und endlich die Räder auf dem Pflaster der abendlich durchwogten

Straßen dahinrollten, hatt' ich es überwunden. Ich fühlte die weiße Hand, die in der meinen ruhte — und das Bild Hermines verschwand wieder. Jahre gingen dahin. Schwere Schicksale waren inzwischen über unser Vaterland hereingebrochen — und man rang, wie schon so oft, nach einem Halt. Ich war dabei in meiner amtlichen Stellung sehr rasch befördert worden, und als jetzt die Zeit rastloser Versuche begann, stellte mich ein Ministerium, das man über Nacht gebildet hatte, an die Spitze einer Provinz, die infolge nationaler Sonderbestrebungen in sich gespalten war. Ich spreche nicht gern von meinem dortigen, nicht allzu langen Wirken. Es hat in der öffentlichen Meinung eine harte Beurteilung erfahren; ich selbst kann nur sagen, daß ich meine Pflicht getan. Ich beschloß eine Reise durch das eben gewordene Deutsche Reich anzutreten, um mich später nach England zu wenden, welche Absicht ich jedoch in weiterem Verlauf aufgab, indem ich es vorzog, einen stillen Winter inmitten der Kunstschätze Italiens zuzubringen.

In den Tagen, wo ich die Vorbereitungen zu dieser längeren Reise traf, hatte ich in Wien noch allerlei Geschäfte zu besorgen und zahlreiche Abschiedsbesuche zu machen; Gott weiß, wie viele Treppen ich damals hinangestiegen bin.

So hatte ich mich denn auch — es war an einem linden Februartag, die Dächer funkelten in der Sonne, und an allen Straßenecken standen Veilchenverkäuferinnen — zu kurzem Besuch in eines jener Häuser begeben, die mit einem Durchgang von der Kärntnerstraße in die Seilergasse münden, und in welchen viele kaufmännische Etablissements untergebracht sind. Als ich vom dritten Stockwerk wieder hinabstieg, kam mir von unten eine schlanke Frauengestalt entgegen, die trotz des milden Wetters noch sehr winterlich umhüllt war. Auf dem nächsten Treppenabsatz trafen wir zusammen und wollten rasch aneinander vorüber — als wir auch schon beide, wie plötzlich festgewurzelt, stehenblieben. Es war Hermine, die jetzt nach Fassung rang und sich dabei mit der Hand an das Geländer hielt.

So befanden wir uns eine Zeitlang sprachlos gegenüber.

Endlich nahm ich unwillkürlich das Wort: ‚Sie kennen mich also noch?‘ fragte ich.

‚Wie sollte ich nicht?‘ erwiderte sie mit gepreßter Stimme. ‚Es ist freilich schon lange her, daß wir — — Aber Sie haben sich nicht verändert — fast gar nicht‘, fuhr sie fort, indem sie mich mit scheuer Aufmerksamkeit betrachtete. ‚Ich jedoch —‘ sie hielt inne und wandte das Haupt ab.

Sie sah in der Tat verändert, sehr verändert aus. Sie war größer, aber auch hagerer geworden, und ein herber, scharfer Zug war in ihr Antlitz gekommen. Die Stirn trat kantig hervor, und auf den leicht eingesunkenen Wangen brannte eine hektische Röte. Und doch war aus diesen verfallenen Zügen der frühere Zauber nicht ganz verschwunden, so daß ich keine Unwahrheit sprach, als ich jetzt bewegt und leise sagte: ‚O, Sie sind noch immer schön.‘

Ein bitteres Lächeln zuckte um ihren Mund. ‚Nein, nein‘, sagte sie abwehrend, ‚ich weiß es. Ich bin sehr krank gewesen und kann mich nicht wieder erholen.‘

‚Und leben Sie jetzt in der Stadt?‘ fragte ich beklommen.

‚Ja; aber nicht in diesem Haus. Ich suche hier nur meinen Bruder auf, der oben in einem Comptoir beschäftigt ist. Es ist manches über uns gekommen — und nach des Vaters Tode wurde das Haus draußen verkauft. Jetzt lebt die Mutter mit den jüngeren Geschwistern bei mir.‘

‚Bei Ihnen? Sie sind also —‘ ich sprach das Wort nicht aus.

‚Ja, ich bin verheiratet‘, sagte sie, aber so schmerzlich tonlos, daß ich unwillkürlich fortfuhr: ‘Und Sie sind nicht glücklich?‘

Sie erwiderte nichts, brach jedoch, trotz aller Anstrengung, sich zu beherrschen, in ein heftiges Weinen aus.

Im Haus war es ganz still; nur die Tritte der Menschen, die unten den Durchgang durchschritten, klangen herauf.

Ich faßte ihre Hand: ‚O warum hat alles so kommen müssen, Hermine!‘

‚Warum?‘ entgegnete sie mit Heftigkeit, während sie hastig Augen und Wangen trocknete. ‚Weil ich unwahr gewesen bin — unwahr zum ersten Mal im Leben. Sehen Sie‘, fuhr sie mit leiserer Stimme fort, „schon als Kind habe ich mich niemals verstellen können, und heute — obgleich ich es leider jetzt selbst tun muß — vermag ich es eigentlich nicht zu fassen, daß es Menschen geben kann, die anders reden, als sie denken, und anders handeln, als sie empfinden. Ihr Brief hatte mich in Verwirrung gebracht. Ich wußte nicht, was ich beginnen sollte, und wagte nicht, mich irgend jemand anzuvertrauen. Nach langem Kampf mit mir selbst entschloß ich mich endlich, Sie in den Garten zu bescheiden. Sie sollten erfahren, daß auch ich — — Aber bis zur Stunde des Zusammentreffens lag noch ein Tag dazwischen. Meine Unruhe steigerte sich, und nach einer schlaflosen Nacht konnte ich nicht umhin, mich meiner Stiefschwester zu eröffnen, die jetzt Lehrerin an einer Mädchenschule geworden ist. Sie erschrak aufs heftigste über meine Mitteilung und beschwor mich, von einem Schritt abzusehen, der das Unglück meines Lebens zur Folge haben könne. War sie doch selbst, wie ich recht wohl wußte, von dem Mann, den sie in ihrer Jugend geliebt, getäuscht und verlassen worden. Und da ich dennoch meinen Entschluß ausführen wollte, so bestand sie darauf, mich wenigstens zu begleiten. Denn wenn ich allein erschiene, so würden Sie eine noch üblere Meinung von mir fassen, als Sie vielleicht ohnehin schon von mir hätten. Daher band sie mir auf die Seele, mich so zurückhaltend, so abwehrend wie möglich zu benehmen, wenn ich die Aufrichtigkeit Ihrer Gesinnungen und Gefühle erproben wolle. Das tat ich denn auch ungeschickt genug — und alles war vorüber.‘

Ich blickte schweigend zu Boden. Diese Auseinandersetzung traf mich wie eine Anklage, die mein Gewissen aufs tiefste empfand. Dennoch fragte ich: ‚Hätte ich das ahnen können —'

‚Sie haben es geahnt', erwiderte sie ernst. ‚Aber Sie waren zu stolz, um es sich einzugestehen. Und Sie hatten ja nur recht. Weiß ich doch, wer Sie waren — wer Sie sind. Wie hätten Sie und ich jemals — — Und so ist es gut, daß alles kam, wie es gekommen — und daß mich mein eigener Stolz abhielt, Ihnen — wozu es mich drängte — eine schriftliche Erklärung zugehen zu lassen. Ich hoffte auf die Zeit — auf den Zufall, der uns wieder zusammenführen würde, hoffte so lange, bis ich Sie mit', sie unterbrach sich — ‚bis ich Sie in Dornbach sah. Damals, noch an demselben Abend, habe ich meinem Gatten das Jawort gegeben.'

Ich schwieg.

‚Es war mir bestimmt', fuhr sie düster fort. ‚Aber ich werde mein Los nicht mehr lange zu tragen haben.'

‚Sprechen Sie nicht so —'

‚Ich weiß es — ich fühl' es und bin froh, Sie noch einmal gesehen und Ihnen alles gesagt zu haben. Leben Sie wohl!' Sie reichte mir die Hand.

‚Was soll ich Ihnen erwidern, Hermine? Nur dies eine: Auch ich bin nicht glücklich.' Dabei zog ich sie sanft an mich und küßte ihre blasse Stirn. Sie schauderte zusammen und umschlang mich dann plötzlich in leidenschaftlicher Selbstvergessenheit.

In demselben Augenblicke hörten wir, wie jemand die Treppe emporstieg. Sie riß sich los. ‚Leben Sie wohl!' hauchte sie und eilte nach oben.

„Und Sie haben sie nicht wieder gesehen?“ fragte ich, da der Präsident schwieg.

„Nein; ich habe sie nicht wieder gesehen. Nachdem ich aber aus Italien zurückgekehrt war, habe ich Nachforschungen angestellt und erfahren, daß sie in der Tat nicht mehr lange gelebt hat. Sie starb an einem Brustübel. Ihr Gatte, ein lebensfroher junger Mann, hat sie sehr bald vergessen.“

Eine nachdenkliche Stille trat ein.

„Es ist im Grunde eine ganz müßige Frage“, fuhr der Präsident nach einer Weile fort, „wie sich unser beider Leben würde gestaltet haben, wenn sich meine Absichten von damals erfüllt hätten. Wenn ich aber — und ich kann mich dessen nicht erwehren — zuweilen darüber nachsinne, so ist es mir, als hätte ich mich wirklich einer Schuld anzuklagen, und oft habe ich die Empfindung, daß zwischen der Toten und mir noch ein gewisser Zusammenhang bestehe. In dieser Hinsicht erschien es mir fast wie ein memento mori, als ich heute so plötzlich und unerwartet den Zettel fand.“

Dies mochte dahingestellt bleiben. Gewiß aber ist, daß auch der Präsident nicht lange mehr lebte. Er starb in einer stürmischen Märznacht, nachdem die Krankheit plötzlich zu ihren heftigsten Erscheinungen sich gesteigert und ihm das Bewußtsein geraubt hatte.

Das Leichenbegräbnis des „Exzellenzherrn“ war ein sehr einfaches; er selbst hatte sich letztwillig jeden Pomp verbeten. Die Wagenreihe, welche dem Sarg folgte, war kurz und die Kirche fast leer; nur in den vorderen Bänken sah man ein paar

Reihen dunkel gekleideter Gestalten, die mit gleichmütigem Ernst vor sich hinblickten. Da es ein sehr unfreundlicher Tag war und von Zeit zu Zeit heftige Regengüsse niedergingen, so fuhren die meisten Anwesenden gleich von der Kirche weg nach der Stadt zurück. Nur einige wenige gaben das Geleit bis zum Friedhof und umstanden das offene Grab. Von diesen wenigen war ich einer der letzten, die weihende Schollen in die Tiefe warfen.

Arthur Schnitzler

DER SEKUNDANT

Ich war damals dreiundzwanzig Jahre alt, und es war mein siebentes Duell, — nicht mein eigenes, aber das siebente, an dem ich als Sekundant teilnahm. Lächeln Sie meinetwegen. Ich weiß, es ist in unserer Zeit üblich geworden, sich über derartige Veranstaltungen lustig zu machen. Man tut nicht recht daran, meine ich, und ich versichere Sie, das Leben war schöner, bot jedesfalls einen edleren Anblick damals — unter anderem gewiß auch darum, weil man es manchmal aufs Spiel setzen mußte für irgend etwas, das in einem höheren oder wenigstens anderen Sinn möglicherweise gar nicht vorhanden oder das wenigstens den Einsatz, nach heutigem Maß gemessen, eigentlich nicht wert war, für die Ehre zum Beispiel oder für die Tugend einer geliebten Frau oder den guten Ruf einer Schwester, und was dergleichen Nichtigkeiten mehr sind. Immerhin bleibt es zu bedenken, daß man im Laufe der letzten Jahrzehnte auch für viel Geringeres völlig nutzlos und auf Befehl oder Wunsch anderer Leute sein Leben zu opfern genötigt war. [...]

Aber ich schweife ab, noch ehe ich angefangen habe. Ich wollte Ihnen ja die Geschichte meines siebenten Duells erzählen und Sie lächeln wie vorher, weil ich wieder von meinem Duell spreche, obwohl ich doch, wie es nun einmal meine Bestimmung war, auch in diesem Fall nur Zeuge, aber nicht Duellant gewesen bin. [...]

Dieses siebente Duell aber, von dem ich Ihnen heute erzählen will, unterschied sich von allen meinen andern, früheren und späteren dadurch, daß ich von der Peripherie gleichsam in den Mittelpunkt rückte, daß ich aus der Episodenfigur eine Hauptperson wurde, und daß bis zum heutigen Tage kein Mensch von dieser sonderbaren Geschichte etwas erfahren hat. Auch Ihnen mit Ihrem ewigen Lächeln hätte ich nichts davon erzählt, — aber da Sie ja in Wirklichkeit gar nicht existieren, so werde ich Ihnen auch weiterhin die Ehre erweisen, zu Ihnen zu reden, junger Mann, der immerhin so viel Takt besitzt, zu schweigen.

So ist es auch ziemlich gleichgültig, wie und wo ich anfange. Ich erzähle die Geschichte, wie sie mir in den Sinn kommt, und beginne bei dem Augenblick, der mir zuerst in den Sinn kommt, also in dem, da ich in Gesellschaft des Doktor Mülling in den Zug stieg. Nämlich, um keinerlei Mißtrauen zu erregen, vor allem bei der jungen Gattin Eduards, verließen wir schon Montag vormittag den Villenort am See, ja, wir trieben die Vorsicht so weit, am Schalter Billetts bis Wien zu nehmen, stiegen aber natürlich in dem Bahnhof des Städtchens aus, wo am nächsten Morgen das Duell stattfinden sollte.

Doktor Mülling war ein langjähriger, fast gleichaltriger Freund Loibergers, fünfunddreißig

etwa. Was mich anbelangt, verdankte ich die Ehre, zum anderen Zeugen auserwählt zu sein, außer meiner schon erwähnten allgemeinen Eignung dazu, dem Umstand, daß ich meine Ferien in der gleichen Sommerfrische verbrachte wie Loiberger und in seiner Villa ziemlich oft zu Gast war. Als Ursache des Duells war mir ein Wortwechsel angegeben worden zwischen Eduard Loiberger und dem Gegner, dem Ulanenrittmeister Urpadinsky. Den kannte ich kaum. Sonntags war er am See gewesen, besuchsweise aus seiner Garnison, offenbar nur zum Zwecke jenes Wortwechsels, der als Vorwand für das Duell dienen sollte, aber im Jahr vorher hatte er den ganzen Sommer mit seiner Frau hier verbracht.

Die Erledigung der Angelegenheit war den beiden Herren offenbar sehr eilig. Die Besprechung zwischen den Sekundanten hatte schon am Sonntag abend, wenige Stunden nach jenem Wortwechsel, und zwar in Ischl stattgefunden. Mülling und ich waren von Loiberger angewiesen, die Bedingungen der gegnerischen Sekundanten ohne Widerrede zu akzeptieren; sie waren schwer.

Also am Montag kamen Mülling und ich in der kleinen Stadt an.

Wir besichtigten vor allem das Terrain, das zu dem Rendezvous-Platz für morgen bestimmt worden war. [...]

Am Abend kam Eduard Loiberger an. Er hatte seinen Sommeraufenthalt unter dem Vorwand geplanter Klettertouren in den Dolomiten unterbrochen, wozu eben jetzt ein wundervolles Augustwetter glaubwürdigen Anlaß bot. Wir begrüßten ihn harmlos und brachten ihn in den altberühmten Gasthof auf dem Marktplatz, wo wir ihm das beste Zimmr hatten reservieren lassen. Wir nahmen zusammen im Gastzimmer das Abendessen, plauderten angeregt, tranken, rauchten und fielen in keiner Weise auf, auch nicht den Offizieren, die an einem Tisch in der gegenüberliegenden Ecke saßen. Vollkommen sachlich berichtete Doktor Mülling von dem Terrain, auf dem das Duell morgen stattfinden sollte. Es war die übliche Waldlichtung, wie vom Schicksal zu solchen Dingen ausersehen — und ein kleines Wirtshaus lag ganz nahe, darin, wie Mülling heiter bemerkte, schon manches Versöhnungsfrühstück stattgefunden hatte. Dies aber war die einzige Anspielung auf den Zweck unserer Anwesenheit. [...]

Deutlich entsinne ich mich aber der Wagenfahrt am nächsten Morgen, ja, noch tönt mir gleichsam das Hufgeklapper der Rosse nach, die uns über die staubige Straße zur Waldlichtung brachten. Loiberger sprach mit übertriebener Wichtigkeit von einer gewissen, in Mitteleuropa neu eingeführten japanischen Strauchart, die er auch in seinem eigenen Garten anzupflanzen beabsichtigte und aus dem Wagen sprang er mit jener Elastizität, die man damals in Zeitungsnotizen immer wieder als besonderes Attribut regierender Fürsten erwähnt las. Das fiel mir ein und ich lächelte unwillkürlich. Loiberger sah mich in diesem Augenblick an und ich schämte mich ein wenig.

Das Duell selbst ist mir beinahe wie ein Marionettenspiel im Gedächtnis geblieben; als Marionette lag Eduard Loiberger da, als die Kugel seines Gegners ihn auf den Boden hingestreckt hatte, und eine Marionette war auch der Regimentsarzt, der den Tod feststellte, ein hagerer, ältlicher Mann mit polnischem Schnurrbart. Der Himmel über uns war wolkenlos, aber von einem merkwürdigen matten Blau. Ich sah auf die Uhr — es fehlten zehn Minuten auf acht. Das Protokoll und die sonst üblichen Formalitäten waren rasch erledigt. Eigentlich war ich froh, daß wir noch die Möglichkeit hatten, den Neun-Uhr-Schnellzug zu erreichen, es wäre unerträglich gewesen, auch nur eine Stunde länger in dieser unglückseligen Stadt bleiben zu müssen.

Auf dem Perron gingen wir schweigend und ziemlich unbemerkt auf und ab — zwei elegante Touristen auf einer Sommerreise; dann, während ich einen Kaffee trank, berichtete Mülling aus einer Zeitung, daß in den nächsten Tagen der König von

England und sein Premierminister zum Besuche unseres Kaisers in Ischl erwartet würden. Wir gerieten in ein politisches Gespräch — es war eher ein Vortrag von Doktor Mülling, den ich nur überflüssigerweise durch ziemlich verständnislose Einwürfe unterbrach. Als der Wiener Zug einlief, atmete ich erleichtert auf, ungefähr so, als könne nun alles Geschehene ungeschehen und Loiberger wieder lebendig werden. In unserem Abteil blieben wir allein; erst nach langem Schweigen bemerkte Doktor Mülling wie zur Entschuldigung, daß er nicht schon früher gesprochen: „Man faßt es nicht gleich, so sehr man auch vorbereitet gewesen sein mag.“ [...] Wir behandelten das heutige, so traurig beendete zuerst keineswegs sentimental, sondern eher vom ästhetisch-sportlichen Standpunkt. Loiberger, wie nicht anders zu erwarten war, hatte sich famos gehalten, der Rittmeister war minder ruhig und viel blässer gewesen, ja, man hatte deutlich gemerkt, daß vor dem ersten Kugelwechsel seine Hand zitterte. Beide schossen zugleich, keine Kugel traf; beim zweiten Gang war die Kugel des Rittmeisters hart an Loibergers Schläfe vorbeigegangen und Loiberger hatte unwillkürlich nach der Stelle hingefaßt und nachher gelächelt. Beim dritten Gang aber, gleich nach dem Kommando, war er niedergesunken, noch ehe er selbst gefeuert hatte.

Und nun erst, als wäre er von einem gegebenen Worte entbunden, bemerkte Doktor Mülling: „Die Wahrheit zu sagen, ich habe es kommen gesehen; allerdings hatte ich es schon im vorigen

Jahr erwartet. Beide, sowohl unser Freund Loiberger als Frau von Urpadinsky — Sie haben ja die Frau des Rittmeisters nie gesehen, schade — benahmen sich so unvorsichtig als nur möglich. Der ganze Ort wußte von der Sache, nur der Rittmeister selbst, obwohl er gar nicht selten aus seiner Garnison zu Besuch nach St. Gilgen kam, hatte keine Ahnung. Erst im Winter soll er anonyme Briefe erhalten haben, dann ging er der Sache nach und endlich, offenbar unter der ewigen Marter seiner Fragen, scheint seine Frau doch gestanden zu haben. Dann machte sich das übrige von selbst."

„Unbegreiflich", sagte ich.

„Inwiefern unbegreiflich?" fragte Mülling.

„Wenn man eine solche Frau hat wie Loiberger — ich hielt es für die glücklichste Ehe." Ich sah Frau Agathe vor mir, die aussah wie ein junges Mädchen, wie eine Braut, wahrhaftig, wenn man sie beide zusammen sah, Eduard und Agathe, hätte man sie eher für ein Liebespaar halten können — nach einer vier- oder fünfjährigen Ehe — als für ein Ehepaar.

[...] „Und glauben Sie", sagte ich zu Mülling, „daß Frau Agathe irgend etwas geahnt hat?"

Mülling zuckte die Achseln. „Ich glaube nicht. Jedenfalls hat sie von dem bevorstehenden Duell nichts geahnt und weiß bis zu dieser Stunde nicht, daß ihr Mann tot ist."

„Jetzt erst mit einer Art von Schrecken verspürte ich, daß uns der fahrende Zug der unglücklichen Frau immer näher brachte. „Wer soll es ihr sagen?" fragte ich.

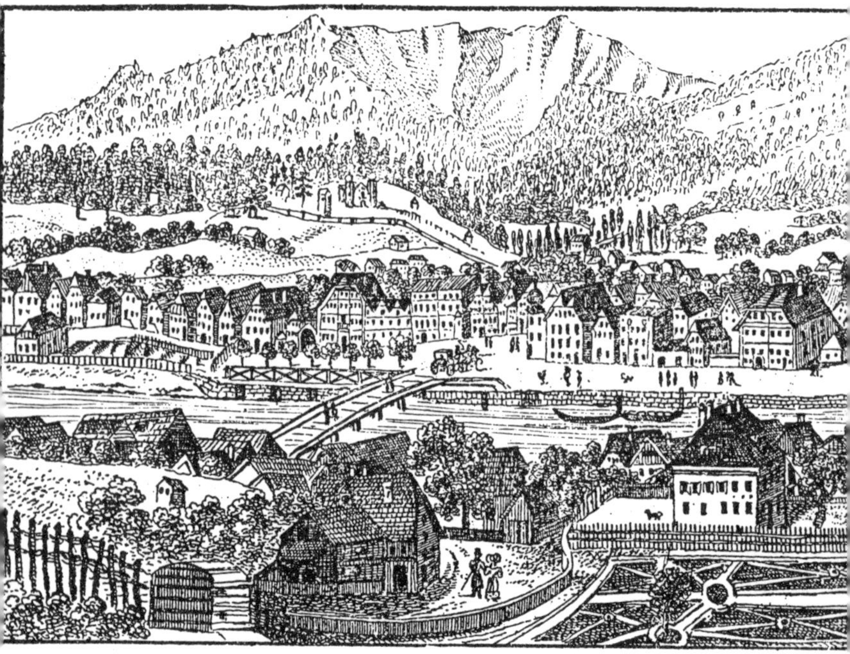

Bad Ischl

„Es wird wohl nichts übrig bleiben, als daß wir beide —“

„Wir können unmöglich zu zweit antreten wie Komiteemitglieder“, dachte ich, „die eine Balleinladung überbringen.“

„Wir hätten doch gleich von dort aus telegrafieren sollen“, sagte ich laut.

„Die Depesche“, sagte Mülling, „hätte ja doch nur eine Art von Vorankündigung sein können. Über die mündliche Berichterstattung kommen

wir doch nicht weg."

„Ich will es übernehmen", sagte ich.

Darüber gab es dann noch eine längere Diskussion. Sie war noch nicht zu Ende, als unser Zug im Bahnhof Ischl einfuhr. [...]

Noch ehe wir von der letzten Straßenbiegung aus die ersten Bauernhäuser des Dorfes erblickten, hatte sich Doktor Mülling damit einverstanden erklärt, daß ich als der Fernerstehende Frau Agathe Loiberger die Trauernachricht bringen sollte. [...]

Seitab hinter dem Gasthof führte ein abkürzender Pfad mit gelegentlichen Ausblicken auf den See an etlichen kleineren Landhäusern vorbei zu der weißen, für meinen Geschmack etwas zu großartigen Villa, die Loiberger, natürlich nach eigenen Angaben, für sich hatte erbauen lassen. Ich ging übertrieben langsam, damit nicht gleich ein zu rascher Atem mich verriete, doch fühlte ich mich im ganzen ziemlich ruhig oder wenigstens gefaßt. Ich sagte mir, daß ich einfach eine Pflicht zu erfüllen hatte – das wollte ich in möglichst guter Haltung tun; von meiner innerlichen Beteiligung durfte ich nicht mehr merken lassen, als gute gesellschaftliche Form forderte und erlaubte. [...]

Die Speisestunde war nah, vielleicht saß man schon beim Mittagmahl, vielmehr Agathe allein, denn Eduard befand sich ja auf einer Dolomitentour. Ja, dies war mein erster Gedanke, noch ehe es mir schreckhaft zu Bewußtsein kam, daß er zu dieser Stunde in der Leichenkammer einer kleinen Garnisonsstadt aufgebahrt lag. Und plötzlich empfand ich, was mir für die nächsten Minuten bevorstand, als so grotesk, so unerträglich, so undurchführbar, daß ich mich ernstlich versucht fühlte, umzukehren, noch ehe mich jemand erblickt, ja einfach davonzulaufen, Doktor Mülling zu holen und ihm zu erklären, daß ich unmöglich allein Frau Agathe die grauenvolle Nachricht zu überbringen imstande war.

Da trat aus dem Dunkel des Innenraums der Diener auf die Veranda und grüßte. Offenbar hatte er meine Schritte von innen gehört. Es war ein junger, blonder Mensch in einer blauweißgestreiften Leinenjacke, ging ein paar Stufen hinab mir entgegen und er sagte:

„Die Herrschaften sind nicht zu Hause. Der gnädige Herr ist schon gestern fortgefahren und die gnädige Frau ist noch am See unten." — Da ich nicht Miene machte, mich zu entfernen, fügte er hinzu: „Aber wenn Herr von Eißler sich vielleicht gedulden wollen — die gnädige Frau muß jeden Moment da sein."

„Ich werde warten."

Der Diener schien einigermaßen verwundert, vielleicht fiel ihm die Starrheit, der unverständliche Ernst meiner Züge auf, und mit rasch erkünstelter Leichtigkeit sah ich auf die Uhr und bemerkte: „Ich hab' der gnädigen Frau nur etwas zu bestellen", und wiederholte: „Ich werde warten."

Der Diener nickte, ging voraus, rückte einen Sessel zur Seite, der die Mitteltüre zum Salon verstellte, ließ mich vorbei, wies mit einer unbestimmten Geste auf die verschiedenen Sitzgelegenheiten ringsum, verschwand im Nebenzimmer, wo der Tisch zu sehen war, blitzblank mit zwei Gedecken, schloß die Tür hinter sich und ließ mich allein.

Wie ein in Haft Gesetzter vor schwerer Einvernahme stand ich in dem sommerlichen, aber kühl durchschatteten Raum. In ebenholzener Schwärze den Raum beherrschend stand das Piano da und weckte die Erinnerung an den letzten, noch nahen Musik-Abend, den ich hier verbracht hatte. [...]

Plötzlich hörte ich Frauenstimmen, Schritte

über den Kies, alles immer näher, dann ein Frauenlachen, dann Schritte die Stufen hinauf – und das Herz stand mir stille.

„Wer ist dann das?“ rief Agathe fast ein wenig erschrocken. Aber da sie mich erkannte, fügte sie gleich heiter hinzu: „Das Kind“, und reichte mir die Hand. Ich verbeugte mich tiefer, als es sonst meine Art war, und küßte ihre Hand. Sie wandte sich gleich zu Aline, die ein wenig hinter ihr stand, und meinte: „Nun bleibt ihr gleich beide zum Essen da.“ Und wieder zu mir: „Ich bin nämlich allein. Eduard ist seit gestern auf einer Bergtour.“ Und mit einem nicht ganz heiteren Lachen: „Wer's glaubt!“

Indes hatte ich auch Alinen die Hand geküßt, und als ich meinen Blick wieder erhob, sah ich den ihren mit einer Art mir unerwünschten Einverständnisses lustig in mein Auge sprühen. Da standen sie nun beide, die dunkle Aline ganz in leuchtendes Gelb, die blonde Agathe in sanftes Hellblau sommerlich gekleidet, und in all ihrer Gegensätzlichkeit fast schwesterlich anzusehen. Beide trugen die breitkrempigen Florentinerhüte, wie sie damals modern waren, Agathe nahm den ihren ab und legte ihn auf das Klavier.

„Nein Liebste“, sagte Aline, „ich kann leider nicht bleiben. Ich werde daheim zum Essen erwartet.“

Agathe redete ihr wohl noch ein wenig zu, aber es klang nicht sehr überzeugend. Und während sie zu der Freundin sprach, streifte mich ein fragender, ein verheißungsvoller, ja ein so lockender Blick, daß mich beinahe schwindelte. Und ich wußte

plötzlich, daß es keineswegs der erste Blick dieser Art war, den sie mir sandte. Aline verabschiedete sich. „Auf Wiedersehen, gnädige Frau“, sagte ich und war mir bewußt, daß es das erste Wort war, das ich sprach, und so hörte ich es übertrieben hell, gleichsam schmetternd durch den Raum klingen. Agathe begleitete die Freundin über die Veranda und die Stufen in den Garten hinaus.

Warum habe ich nicht gesprochen, solange Aline

da war, dachte ich. Wäre es nicht tausendmal leichter gewesen? Schon im nächsten Augenblick stand Agathe wieder vor mir. „Gnädige Frau", begann ich, „ich habe Ihnen eine traurige Botschaft zu bringen." — Nein, ich sprach die Worte nicht aus. Nun, da sie mit mir allein war, ich fühlte es deutlich, sollte alles, was auf Oberflächlichkeit, auf Koketterie, ja, auf etwas rein Gesellschaftliches hindeutete, ausgeschaltet sein.

„Ich freue mich ja so, daß sie da sind", sagte sie.

Ich erwiderte nichts, denn kein Wort wäre das rechte gewesen. Allerlei blasse Erlebnisse der letzten Tage leuchteten in meiner Seele plötzlich auf. Es fiel mir ein, wie sie sich auf jenem Ausflug neulich in meinen Arm gehängt hatte und mit mir den Waldpfad hinuntergelaufen war, dann erinnerte ich mich wieder, wie sie mir nachts im Garten mit ihren schmalen Fingern durch die Haare gefahren war, und jenes Grußwort klang mir zärtlich durch den Sinn: „Kind." Ich hatte all das nicht verstanden, zu verstehen gewagt. [...] Wie hätte ich das erwarten dürfen? Und wenn sie nun ihrer Freude über mein Kommen so unverhohlen Ausdruck gab, so bedeutete das nichts anderes, als daß sie mich für ungeduldig und für verliebt genug hielt, um mit voller Überlegung die Abwesenheit ihres Gatten zu diesem unvermuteten und verwegenen Besuch zu benützen.

„Es ist serviert, gnädige Frau."

Eine leichte Bewegung Agathes. Ich wandte mich um. Wir traten ins Nebenzimmer. Es war Agathens Boudoir, das Fenster stand offen, weiße Gardinen schlossen uns gegen draußen ab, Garten und Luft schimmerten mit unbestimmten Farben durch. Wir saßen einander gegenüber, Agathe und ich. Der Diener, jetzt in dunkelblauem Lüstersakko mit Goldknöpfen, ging aus und ein und servierte. Es war mit erlesenem Geschmack gedeckt. Ein einfaches Mahl, und als Getränk nichts als Champagner. Unser Tischgespräch war völlig harmlos und mußte es sein, dabei aber gänzlich ungezwungen, nicht nur von ihrer, sondern auch von meiner Seite. Doch während wir von Alltäglichkeiten und kleinen Begebenheiten des Landlebens sprachen, von abgetanen und geplanten Ausflügen, von der bevorstehenden sonntäglichen Regatta, der voraussichtlichen Teilnahme und den Chancen Loibergers — obwohl ich keinen Augenblick vergaß, daß Eduard tot war, und daß ich nur hergekommen war, um es seiner Gattin zu berichten — empfand ich mein Hiersein, dieses Aug in Aug-Sitzen und Sprechen mit Agathe, das leise Flattern der Fenstervorhänge, das schweigsame Erscheinen und Verschwinden des Dieners keineswegs als traumhaft, sondern eher als eine andere, geringere Art von Wirklichkeit. [...]

Das Mahl war zu Ende. Der Diener kam nicht wieder, wir waren allein.

Agathe stand vom Tische auf, sie trat auf mich zu, nahm meinen Kopf in beide Hände und küßte mich auf die Lippen. Es war kein glühender Kuß, es war eher milde, mehr Güte als Leidenschaft war in ihm, er war geschwisterlich und doch berauschend, er war Feierlichkeit und Wollust zugleich.

Und später, von ihrem Arm umschlungen, glitt ich in tausend Träume.

Wir lagen auf einen Wiesenhang hingestreckt; es war der gleiche, auf dem sie neulich erst an Eduards Seite gelegen war. Ich wundere mich, daß sie so ruhig ist, ohne jede Angst, irgend etwas Furchtbares ist ja geschehen — ich weiß nicht was, denke auch nicht darüber nach, aber ich weiß, daß wir fort müssen, so weit als möglich. Dann sitzen wir in einem Eisenbahncoupé; das Fenster ist offen, die Vorhänge, nicht befestigt, fliegen hin und her, zerrissene Bilder wechselnder Landschaften rasen vorbei, Wälder, Wiesen, Zäune, Felsen, Kirchen, vereinzelte Bäume, unbegreiflich schnell und ohne jeden Zusammenhang. Rasch genug, niemand kann uns nach, nicht einmal die Leute, die im gleichen Zug fahren; es ist unfaßbar, aber doch ist es so. Plötzlich höre ich ihren Namen draußen rufen, ich weiß, es ist ein Telegraphenbote, der sie sucht. In mir ist nur die Angst, daß sie es hören könnte. Aber der Name klingt immer leiser, endlich verklingt er ganz, und der Zug rast weiter. Wir reisen, ja, wir reisen — wir reisen immerfort. [...] Durch das offene Fenster blickt irgendwer herein — wie ist das nur möglich? Er klammert sich offenbar draußen an die Fensterbrüstung. Er hält ein Stück Papier in der Hand: das Telegramm, gewiß. Ich stürze den Mann hinunter, er kollert hinab, ich weiß nicht wohin — ich seh' ihn ja auch gar nicht. Welches Glück, daß Agathe nichts bemerkt hat. Natürlich nicht. Sie hat ja ein großes englisches Journal in der Hand . . . und blättert darin, sieht sich die Bilder an. Wie komisch, da ist ein Bild, das den Spielsaal von früher darstellt und sie und mich unter den Spielern. Wie rasch die Nachrichten gehen. Wenn ihr Mann dieses Bild zu Gesicht bekommt — was wird mit uns geschehen? Wird er auch mich umbringen, so wie er den Rittmeister umgebracht hat?

Und mit einem Mal bin ich wieder in der Villa, in dem Zimmer, auf dem Diwan, wo ich wirklich bin. Es ist wirklich und zugleich doch ein Traum. Ich träume, daß ich wach bin, ich träume, daß meine Augen offen sind und riesengroß zu den flatternden Gardinen starren. Und ich höre Schritte, langsame Schritte von sechs Männern oder zwölf. Ich weiß, daß man jetzt die Bahre mit dem Leichnam bringt, und ich fliehe. Ich bin auf der Terrasse draußen. Ich muß hinab über die Stufen. Wo sind die Männer, wo ist die Bahre? Ich sehe sie nicht. Ich weiß nur, daß sie mir entgegenkommt und daß es mir unmöglich ist, ihr auszuweichen. Plötzlich stehe ich im Garten ganz allein, aber es ist kein wirklicher Garten, es ist einer wie aus einer Spielzeugschachtel; es ist genau der Garten, den ich vor vielen Jahren einmal zum Geburtstag geschenkt bekommen hatte. Ich habe bisher gar nicht gewußt, daß man darin auch spazieren gehen kann. Auch kleine Vögel sitzen auf den Bäumen. Die hab' ich damals nicht bemerkt. Und jetzt fliegen sie alle weg, zur Strafe, weil ich sie bemerkt habe. Und beim Garagentor steht der Diener und verbeugt sich tief. Denn eben tritt Herr Loiberger persönlich herein. Er hat keine Ahnung davon, daß er tot ist und dabei hat er doch einen weißen Regenmantel an. Ich muß ihn ins Haus hineinbegleiten, damit ihm kein anderer sagt, daß er tot ist; er würde es nicht überleben, denke ich — und lache zugleich. Und schon sitzen wir auch beide beim Mittagessen, und der Diener serviert; ich wundere mich, daß Eduard sich etwas zum Essen auf den Teller nimmt — er braucht es doch nicht mehr. Ihm gegenüber sitzt Agathe, ich bin überhaupt nicht mehr vorhanden. Aber ich sitze auf dem Fensterbrett, und die Gardinen schlagen jeden Augenblick über meiner Stirn zusammen. Ich möchte so gerne sehen, mit welchen Blicken sie einander betrachten. Plötzlich höre ich seine Stimme — ach Gott, wenn ich nur sehen könnte —, und ich höre ihn ganz deutlich sagen: „Also du frühstückst mit dem Herrn, der mich erschossen hat." Es wundert mich gar nicht, daß er das sagt, denn ich habe es ja wirklich getan. Sonderbar finde ich nur, daß er eine so dumme Bemerkung macht. Er müßte doch wissen, daß es ganz üblich ist, nach einem Duell miteinander zu frühstücken.

Wieder Schritte im Garten — die Bahre — wie seltsam, der Tote zuerst und nachher die Bahre — was für ein Snob er ist — und Trauermusik. Eine Militärkapelle? Freilich, weil er einen Rittmeister erschossen hat. Und Applaus? Natürlich — er hat die Regatta gewonnen. Ich springe aus dem Fenster, laufe, so geschwind ich kann, hinunter zum See. Warum sind denn so wenig Leute da — und gar keine Boote? Nur ein ganz kleiner Kahn und in dem Kahn Agathe und ich. Agathe rudert. Nun kann sie es plötzlich. Sie hat ja neulich gesagt, daß sie gar nicht rudern kann. Und nun hat sie gar die Regatta gewonnen. Jetzt plötzlich fühle ich eine Hand am Halse, Eduards Hand. Die Ruder entgleiten Agathen. Unser Kahn treibt nur so hin. Sie verschränkt die Arme. Sie ist sehr neugierig, ob es Eduard gelingen wird, mich ins Wasser zu werfen. Wir versuchen uns gegenseitig unterzutauchen.

Agathe ist gar nicht mehr neugierig. Sie treibt auf dem Kahn davon. Es ist ja doch ein Motorboot, denke ich. Ich tauche immer tiefer. Warum, warum, frage ich mich, und ich will zu Loiberger sagen: Es ist ja gar nicht der Mühe wert, daß wir einander wegen einer solchen Frau umbringen. Aber ich sage es nicht, am Ende würde er glauben, daß ich mich fürchte. Und ich tauche wieder empor. Der Himmel ist so unendlich groß, wie ich ihn noch niemals gesehen. Und wieder sinke ich hinab und noch tiefer als vorher. Ich müßte ja gar nicht, ich bin ja allein, der ganze See gehört mir. Und der Himmel dazu. Und wieder tauche ich empor aus Flut und Tod und Traum. Ja, so tief ich gewesen, so unerbittlich komm' ich wieder empor, und plötzlich bin ich wach — vollkommen wach, wacher als je. Agathe aber schlief, jedenfalls lag sie mit geschlossenen Augen da. Die Gardinen bewegten sich stärker in dem Sommerwind, der um diese nachmittägige Stunde immer vom See heranzuwehen pflegte. Es konnte ja noch nicht spät sein. Nach dem Stand der Sonne kaum mehr als vier, die Stunde also, in der Mülling mich im Hotel aufsuchen wollte. War dies auch noch Traum? Alles vielleicht? Auch das Duell? Und Loibergers Tod? War es vielleicht Morgen und ich schief — ich in meinem Zimmer im Hotel? Dies aber war gleichsam mein letzter Fluchtversuch. Ich konnte nicht zweifeln, ich war wach, und hier lag Agathe und schlief, und sie wußte nichts. Nun hatte ich nur mehr die Wahl auf und davon zu fliehen, in dieser Sekunde noch — oder reden, ohne noch eine Sekunde zu zögern, Agathe aufwecken und reden. Jeden Augenblick konnte die Nachricht da sein. Hörte ich nicht schon Schritte im Garten? War es nicht fast ein Wunder, daß wir bisher nicht gestört worden waren? Und in jedem Fall, wenn in diesem Haus, wenn hier im Ort noch keiner etwas wußte, blieb es nicht ein unfaßbarer Leichtsinn in diesem doch von überallher zugänglichen Gemach, nun, da die Zeit der allgemeinen Nachmittagsruhe vorbei war, noch weiter zu verweilen? Ich selbst hatte mich rasch erhoben – nun, als ich eben Agathe an der Schulter berühren wollte, als hätte mein Blick sie erweckt, blinzelte sie, strich sich mit der Hand über die Stirn und über die Haare, sah einem kleinen Mädchen ähnlich, das sich den Schlaf aus den Augen reibt, und sie sah mich gewiß nicht anders als wie ein entschwindendes Traumbild. Dann aber hörte sie meine Stimme, denn unwillkürlich hatte ich ihren Namen geflüstert, jetzt beschattete sich ihr Antlitz, sie sprang auf, strich sich das Kleid zurecht, strich auch die Kissen glatt und legte sie in flüchtiger Ordnung hin. Dann wandte sie sich rasch zu mir und sagte nichts anderes als: „Geh!" Ich aber blieb wie angewurzelt stehen, völlig unfähig, ihr zu sagen, was ich sagen mußte, ja unfähig überhaupt ein Wort zu reden. Welch ein Feigling war ich! – Mich umbringen, nichts anderes blieb mir übrig. Aber ich konnte ja nicht einmal einen Schritt tun. Und nur ihren Namen brachte ich jetzt wieder hervor, lauter, flehender als vorher. Sie faßte zart meine Hand und sprach weiter: „Ich liebe dich sehr. Ich habe es nicht gewußt, wie sehr ich dich liebe. Du mußt es ja nicht glauben. Aber warum sollte ich es dir sagen, wenn es nicht so wäre. Du sollst es nur wissen, ehe du gehst."

„Wann seh' ich dich wieder?" fragte ich. Ich sagte nicht: Eduard ist tot. Ich sagte nicht: Verzeih' mir. Ich sagte nicht: Ich war zu feig, um es dir gleich zu sagen. Nein, ich fragte: „Wann seh' ich dich wieder?", als gäbe es keine andere Frage, die jetzt zu beantworten wäre, als gäbe es kein anderes Wort zu sagen.

„Du wirst mich nie wieder sehen“, sagte sie. „Wenn du mich lieb hast, wirst du dieser Stunde dankbar sein wie ich. Wenn du nicht willst, daß diese Stunde aus einem wunderbaren, unvergeßlichen Traum eine trübe Wirklichkeit, eine Lüge, hundert Lügen, eine Kette von Betrug und Häßlichkeit werde, dann geh, geh gleich, reise ab und versuche niemals mich wiederzusehen.“

In mir raunte es: Eduard ist tot — dein Mann ist tot, alles, was du sprichst, ist Unsinn, und du ahnst es nicht. Es gibt keine Lüge, keinen Betrug, keine Häßlichkeit mehr, du bist frei. — Aber all das sagte ich nicht, alles wurde plötzlich so klar in mir, wie ich es noch vor einer Minute nicht für möglich gehalten hätte. Und ich sagte: „Es ist kein Betrug, es ist keine Lüge. Betrug und Lüge wäre es nur, wenn du nach dieser Stunde noch länger in diesem Hause bliebst und wieder einem andern gehörtest.“ Es war mir, als bekäme jener Reisetraum von früher Gewalt über mich, oder als bekäme ich Macht über ihn.

Agathe erblaßte. Sie sah mich an, und ich fühlte, daß mein Antlitz ganz starr geworden war. Sie berührte meinen Arm, als wollte sie mich beruhigen. „Wir wollen doch vernünftig sein“, sagte sie. „Oder wir wollen es wenigstens wieder werden. Ich liebe dich, ja, aber ich gehöre nicht dir, so wenig wie du mir. Wir wissen es ja beide. Es war nur ein Traum, ein Wunder, ein Glück, unvergeßlich, ja, aber vorbei.“

Ich schüttelte heftig den Kopf. „Alles, was *vor* dieser Stunde war, ist vorbei, diese Stunde aber hat alles geändert. Du kannst dem anderen nie wieder gehören, du gehörst mir allein."

Noch immer hielt sie meinen Arm berührt, ja nun ergriff sie ihn, hielt ihn fest. Ja, sie bewegte ihn leise hin und her, als hoffte sie mich damit aus einer unbegreiflichen Verstörung, aus einem Wahn zu erwecken. Meine Augen aber blieben starr, ich wußte, daß kaum Liebe in ihnen war, nur Wille, Drohung beinahe. Und ich merkte, daß ihre Angst wuchs, und so vesuchte sie's nun mit einem scherzhaften Ton: „Kind", sagte sie, „hab ich nicht recht gehabt? Ich habe schon immer gewußt, warum ich dich Kind nenne. Soll ich nun vernünftig sein für uns beide? Leicht ist es ja nicht. Nicht einmal für mich allein. Aber wir müssen, wir müssen verständig sein."

„Warum müssen wir?" fragte ich hartnäckig und haßte mich zugleich.

„Wir müssen", sagte sie, und in immer steigender Angst war sie gleich mit den stärksten, den unwidersprechlichsten Argumenten zur Stelle: „Wir müssen vernünftig sein und dürfen uns nicht verraten, weil du verloren wärst, wenn er ahnte..."

Ich lächelte. Ich konnte nicht anders. Aber ihre Entgegnung, ihre Warnung, der Versuch, mir Angst vor dem Toten einzuflößen, wirkte auf mich nicht nur grauenhaft, sondern wie mit einer unergründlichen Komik. Es lag mir in diesem Augenblick gar nicht fern, irgend etwas Teuflisches zu erwidern, der ganzen Unerträglichkeit, der

Furchtbarkeit dieses Gesprächs durch ein vernichtendes und zugleich erlösendes Wort ein Ende zu machen. Aber ich tat es nicht. Ich fühlte meine Ohnmacht grade in diesem Augenblick, ich fühlte, daß der Tote stärker war als ich, und wie in verzweifelter Gegenwehr vermochte ich keine andere Erwiderung zu formen, als das törichte Wort: „Und wenn das Schicksal am Ende für mich entschiede?“

Sie faßte mich an der Schulter. Angst war in ihren Augen. „Was sagst du da? Wo verirrst du dich hin? Wo verirren wir uns hin?“

Und in diesem Augenblick fühlte ich, daß sie für ihn bangte, für ihn und nicht im geringsten für mich — daß er alles, und daß ich nichts für sie war . . . Und in diesem Augenblick hörten wir Schritte über den Gartenkies. Nur wenige Sekunden noch blieben mir. Es war nicht möglich, ihr in diesen wenigen Sekunden zu berichten, was geschehen war und überdies noch mich zu rechtfertigen, daß ich bisher geschwiegen. Vor einigen Minuten noch hätte sie verstanden, hätte sie vielleicht verziehen. Ja, vielleicht hätte ich einen wahrhaften, einen unvergänglichen Sieg über den Toten davongetragen. Jetzt aber war ich der Gefallene, der Erschlagene, ja, in dieser Sekunde empfand ich mich selbst gleichsam wie ein Gespenst, und die Schritte draußen im Garten — so sehr ich wußte, daß jeder andere im nächsten Augenblick hier hereintreten könne, als grade er — kündigten für mich in unbegreiflicher Weise das Nahen Loibergers an; wie er es in meinem Traume getan, schritt er durch den Garten und über die Stufen zur Terrasse herauf. Aber wer immer es sein mochte, unmöglich war es, in den wenigen Sekunden, die mir blieben, Agathen zu sagen, was geschehen war, und überdies mich zu rechtfertigen, daß ich bisher geschwiegen. Unmöglicher noch, was auf dem Wege war, herankommen zu lassen, ohne sie im allergeringsten vorzubereiten. Doch nur das eine Wort drängte sich auf meine Lippen. „Erschrick nicht." Und während ich das Wort aussprach, war mir wahrhaftig nicht anders zumute, als müßte im nächsten Augenblick ihr toter Gatte eintreten. Zuerst sah sie mich mit einem unsicheren Lächeln an, als wollte sie mir zu verstehen geben, daß ich mich nicht zu sorgen brauche, und daß ihr niemand auch nur im geringsten anmerken werde, was in der letzten Stunde vorgefallen war. Aber gleich las sie offenbar in dem verzweifelten Ernst meines Blicks, daß meine Mahnung doch etwas anderes bedeutet haben müßte als die kleinliche Besorgnis, sie könne sich etwa verraten. Sie hatte eben noch Zeit zu fragen: „Was ist geschehen?" Ich aber nicht mehr die Möglichkeit, zu antworten.

Die Schritte hallten schon im benachbarten Raum. Agathe, ohne sich nur nach mir umzuwenden, trat in den Salon, und ich folgte ihr. Aline stand da in der Türe zwischen Salon und Terrasse, streifte mich nur mit einem ratlos-verwunderten Blick, faßte die Hände der erblassenden Freundin und, in Tränen ausbrechend, schloß sie sie in die Arme. Agathens Augen aber starrten vorbei an

Aline mit so unerbittlicher Frage in die meinen, als wollte sie die Antwort aus meiner Stirn saugen; ich legte den Finger an meinen Mund und spürte selbst, daß diese armselige Gebärde die Bitte an Agathe bedeutete, eher mich als sich zu verraten. In ihrem Blick aber war mehr, als ich je in einem Menschenblick gesehen: Ahnung, Wissen sogar, auch Empörung, Verstehen, Verzeihen, ja, vielleicht etwas wie Dank.

Nun stand auch Mülling in der Türe zwischen Salon und Terrasse, zwischen Schatten und Licht. Sein Auge streifte mich wie fragend. Meine Anwesenheit erklärte sich für ihn gewiß ohne weiteres so, daß ich es nicht über mich gebracht, die unglückliche Frau, nachdem ich ihr die traurige Kunde gebracht, allein zu lassen. Er trat auf sie zu und drückte ihr wortlos die Hand. Wieder suchte sie, vorbei an Mülling, meinen Blick. Niemand sprach, nicht sie, Aline nicht und nicht Mülling, ich aber, so schien mir, schwieg tiefer noch in mich hinein als die andern. Die sommerliche Stille des Gartens klang herein. Endlich sagte Agathe — und mir stand das Herz still, als sie die Lippen öffnete —: „Nun will ich", sagte sie, „die ganze Wahrheit hören" — und da sie in den Mienen der andern Befremden, in den meinen vielleicht einen Ausdruck des Erschreckens gewahrte, fügte sie, zu mir gewandt, in bewundernswürdiger Ruhe hinzu: „Sie wollten mir gewiß nichts verschweigen, aber Sie haben unwillkürlich vielleicht versucht, mich zu schonen. Ich danke Ihnen. Aber glauben Sie mir, ich bin nun gefaßt genug, um alles zu hören.

Berichten Sie, Doktor Mülling, von Anfang bis Ende. Ich will keine Frage stellen, ich werde Sie nicht unterbrechen", und mit erlöschender Stimme fügte sie hinzu: „Erzählen Sie!"

Sie lehnte am Klavier, und ihre Finger spielten mit den Fransen des Schals, und mit keinem Zucken ihrer Lippen verriet sie sich oder mich, während Mülling erzählte. Aline hatte sich auf den Stuhl am Klavier sinken lassen und stützte den Kopf in die Hände. In all seiner inneren Bewegung kam Mülling die berufsmäßige Gewohnheit zustatten, wohlgesetzt vor der Öffentlichkeit zu reden. Er berichtete den Verlauf der Angelegenheit, von dem Moment an, da wir beide, Doktor Mülling und ich, Eduard am Bahnhof der kleinen Stadt erwartet hatten, bis zu dem Augenblick, da Eduard am Waldesrand tot hingesunken war. [...] Agathen aber gelang es tatsächlich, ihn nicht mit einer Silbe zu unterbrechen. Und erst als Mülling geendet, wandte sie sich mit der Frage an ihn, ob schon irgendwelche Verfügungen an Ort und Stelle getroffen worden seien. Und als Mülling erwiderte, daß der Leichnam spätestens morgen früh von der Behörde freigegeben werden dürfte, sagte sie: „Ich werde noch heute abend zu ihm fahren." Mülling riet ab, der heutige Abendzug käme in der kleinen Garnisonsstadt erst nach Mitternacht an, sie aber sagte nur: „Ich will ihn noch heute nacht sehen", und es war uns allen klar, daß sie sich noch heute nacht Eingang in die Totenkammer verschaffen wollte. Nun trug sich Mülling an, sie zu begleiten, es seien allerlei Dinge zu besorgen und anzuordnen, die unmöglich Agathe allein durchführen könne. Sie wehrte mit einer Entschiedenheit ab, die jede Widerrede ausschloß. „All das gehört mir zu“, sagte sie. „Erst wenn alles vorüber ist, Herr Doktor Mülling, sprechen wir uns wieder.“ Ich war von Bewunderung und von Grauen zugleich erfüllt. Sie richtete kein Wort an mich. Sie wünschte nun allein zu sein, nur Aline sollte später wiederkommen, um ihr bei den Reisevorbereitungen behilflich zu sein und Weisungen für die Dauer ihrer Abwesenheit entgegenzunehmen.

Sie drückte uns allen die Hand. Mir nicht anders als Aline und Mülling. Sie wich nicht einmal meinem Blick aus, als wir schieden. [...]

Viele Jahre später begegneten wir einander wieder in Gesellschaft. Sie hatte indes wieder geheiratet. Niemand, der uns miteinander sprechen sah, hätte ahnen können, daß ein seltsames, tiefes, gemeinsames Erlebnis uns verband. Verband es uns wirklich? Ich selbst aber hätte jene sommerstille, unheimliche, und doch so glückliche Stunde für einen Traum halten können, den ich allein geträumt hatte; so klar, so erinnerungslos, so unschuldsvoll tauchte ihr Blick in den meinen.

August Silberstein

Die Ochsenhochzeit

Daß der Rodlbauer auf der Lahn — das ist die Berg- und Hügellehne — ein hübsches Anwesen sein eigen nennt, ist nichts Seltsames. Daß er eine hübsche Tochter hat, ist schon etwas seltsamer. Und daß er dem Sohn eines ehren- und geldwerten Freundes diese Tochter bestimmt zugesagt, bevor sie noch aus den Kinderschuhen heraus war, ist das Allerseltsamste!

Das Anwesen wäre besser in der Ebene und noch vielmehr im Anschlusse an andere Dorfwirtschaften, statt so in der Einsamkeit, gewesen. Die Tochter hätte sich wohler ohne jenes „Versprechen" und mit dem Sohne des nahen Anrainers, Hüttlers oder Kaischlers befunden. Und der, dem sie zugesagt war, hätte sich samt dem Rodlbauer kummerschwere Stunden erspart, weil vom Heiraten noch immer keine Rede war, und das Burgerl — so hieß das Mädl — in mindestens gleichgültiger, wenn nicht geradezu abwehrender Art noch gar nicht daran denken wollte.

Der Maxl vom Besenbinderhüttl in der Nachbarschaft war beim Militär gewesen und drehte ein Schnurrbärtchen der allerfeinsten und rundesten Art. Augen hatte er wie Pechkirschen, die in die

Milchsuppe gefallen. Und gerade aufrecht ging er, als hätte er sein Lebtag nur an die eschenen Besenstöcke seines Vaters gedacht. Aber an diese dachte er gerade am allerwenigsten, und er hätte oft gut getan, mit dem Besen, wie man sagt, vor der Türe . . . seiner Luftschlösser oder Luftbauten . . . zu kehren. Und küssen konnte er . . .

Halt, halt! Das soll man nicht gleich verraten. Die Burgei wußte mehr davon; aber der Rodlbauer wäre fuchsteufelspringgiftiwild gewesen, wenn er sie einmal da ertappt oder wenn er derlei nur mit Sicherheit angenommen hätte.

Das Mädl klopfte wohl manchmal so mit Reden an die Wand der Vaterstube, um den Alten herauszuhören. Dieser verwies aber immer strenge auf die Armut der Hungerleider und auf die Nahrhaftigkeit und Hochansehnlichkeit der Familie, in welche hineinzuheiraten Burgerl die Ehre haben sollte.

Aus und ein ging der Maxl doch beim Rodlbauer. Erstens war er der Nachbar auf der Lahn. Zweitens war er ein braver Arbeiter, den man gerade als so nahen zeitweise bedurfte. Und drittens wußte er so vielerlei Geschichten aus der Militärzeit und konnte erzählen von Himmel und Erde und Menschen und Geistern und Heiligen und Pfarrhöfen, daß der Rodlbauer zuhörte, im Winter beim Federnschleißen und im Sommer beim Rauchen und Sitzen auf der „Sunnbänk", die so gerichtet war, daß man das Aufsteigen und Niedergehen der Sonne prächtig mitansehen konnte und immer an einem schönen Tag ein

bisserl Wärme mehr zu erhaschen vermochte, wenn man sie bedurfte.

Jetzt freilich lag auf der Sonnbank gehäufter Schnee, und er lag oft, wenn man morgens vor die Haustür stapfte. Dafür saß man auf der Ofenbank wärmer. Die „Schnitz“ oder „Kletzen“ (Dürrobst) badeten weich und warm im Topf in der Röhre, und zuweilen zischten frische gebratene Äpfel oder summten und sangen leise ein seltsames Liedlein mit ihrem eigenen Schmelze.

Dabei hörte sich der Rodlbauer gerne eines! Und der Maxl wußte immer was.

Sie kamen auf die geheimnisvolle Thomasnacht und eben auf die Weihnachtszeit zu sprechen. Und da sagte der Maxl: „Im Spanischen tanzen sie am Weihnachtsabend beim Mondschein im Freien und haben vor den Mauken (Mücken) keine Ruhe.“

„In Spaningen!“ rief der Rodlbauer; und er meinte weiters, das können keine ordentlichen Weihnachten sein; denn dazu muß es schneien, schon weiß aufgeschneit haben. Und so duselig und „hoamlih“ kann's auch nit sein; denn dort möcht' er nit auf der Lahn sein Anwesen haben!

Und der Maxl gab ihm recht.

Die Burgerl stimmte freilich zu.

Und so fuhren sie fort, von Weihnachten zu reden. Was das nur für eine schöne Einrichtung mit „dem Kletzenbrot“ sei und mit dem „Lößln“ (Zukunftslos erraten) und der „Rauchnacht“ (Räuchern mit geweihtem Rauchwerk). Das kann in der hitzigen Zeit gar nit schön sein! Und das in die Mettengehen, warm eingemummelt, mit einer Latern oder Kienfackel dahin . . . da gibt's nix Zweit's!

„Freilich!“ sagte Maxl. „Das ist eine gar inwendig ‚simmerige‘ (sommernde) Zeit. Und da gibt's nix Zweit's. Alles wird gemütlich. Ja, das liebe Vieh spürt's auch!“

„Was Du sagst!“

„Du gibst ihnen wohl an dem Tag auch mehr als sonst und das beste. Und recht ist's. Sie sollen auch ihre Freud' haben. Siehst, um Mitternacht wachen die Vögerl auf, die sonst um diese Zeit keine Singstimm' haben, und sie singen und jubilieren! So hat meine Großmutter immer gesagt und geschworen.“

„Das hab' ich in meiner Kindheit auch schon

einmal gehört", sagte der Bauer, „aber vergessen gehabt."

„Ja, und in dieser Nacht und in dieser einzigen Nacht können die Vieher reden!"

Der Rodlbauer öffnete den Mund, als der Maxl weitersprach und versicherte, die gescheitesten Soldaten, die mit ihm gedient, haben das oft und zu heiligen Zeiten, wenn sie um die Kerzen saßen, erzählt. Jawohl, für alle Plag' und Mühseligkeit und geduldige Stummheit im ganzen Jahr ist's dem lieben Vieh vom Herrgott gegeben, daß sie sich in dieser Nacht ausreden könnten. Sie erzählen sich während des Läutens zur Metten oder um Mitternacht, was sie ertragen und erduldet, wem sie was danken, und sie sagen sich das Zukünftige vom Haus und seinen Bewohnern voraus.

„Was? Die Enten und die Gäns'? Und da reden die Pferd' und meine Ochsen auch?"

„Freilich! So gut wie anderwo die anderen. Aber hören kann man's nur, wenn man zuvor gefastet hat, ein geweihtes ‚Palmkatzl' (Weidenknospe) unter der Zunge und in jedem Ohr eines tragt; ja, und die Hauptsach', wenn man keine Sünd' hat; ich glaub' schon, ich kann's nie hören, denn sündi' bin ich wohl!"

„Ja ... was Du sagst!" rief der Rodlbauer aus. Das ergriff ihn. Abergläubisch war er mehr, als fast ein jeder Mensch doch ist. Er wußte, daß er an die Bienenstöcke in derselben Nacht klopft und sie segnet; daß sein Dirnl, wie ehemals sein Weib, die Brosamen vom Tischtuch in solcher Nacht unter die Bäume schüttet; ja daß er ein Kupfergeldstückl auf den Zaun legt; daß zudem die alte Küchenmagd sich's nicht nehmen lasse und sogar ein Stückl Schmalznudel in den Herdbrand wirft.

„Ei, das Reden hören, das möcht' ich einmal!" rief der Bauer. „Uijee! Wenn mein Scheckl und mein Blaßl, die braven Ochsen, einmal ins Dischkurieren kämen . . . haha!"

„Das könnt' schon gerad' sein!" rief Maxl. „Im Paradies hat ja alles Getier gered't und nachher beim Vater Noah auch!" Und er ließ sich über die Sache, teils im Besserwissenwollen und seines eigenen Aberglaubens auch nicht ganz sicher, recht eindringlich aus.

Burgerl hörte beim Stricken recht brav zu und bewunderte die Wissenschaft ihres heimlich auserlesenen Burschen.

Doch die Geschichte von den mitternachtsingenden Vögeln und den redenden Ochsen ging dem Rodlbauer in dem einsamen Gehöft nicht aus dem Kopf. Selten, fast niemals hatte ihn noch etwas so ergriffen wie dies. Wiederholt kam er darauf zurück und redete mit Maxl davon, der merken mußte, daß der Bauer nicht nur besonderes Gewicht darauf lege, sondern sogar Absichten habe.

So vorsichtig war Maxl, daß er dem Mädl, der Burgerl, von seinen eigenen Gedanken und Spintisierereien gar nichts sagte und merken ließ; denn die Gutherzige, Unschuldsvolle hätte bei irgendeinem Unrecht noch immer eher zum Vater gehalten. Doch als Maxl einmal glaubte, daß er den heimlichen Gedankengang des Alten los habe, fing er in der eigenen Herzensnot auch an, auf diese Grundlage seine Pläne zu bauen. Und jetzt spornte er sogar den Bauern, freilich mit der scheinbar größten Unabsichtlichkeit, aber doch mit besonderem Fürwitz an, die Ochsen zu belauschen in der rechtesten Zeit.

So viel es Maxl anfangs Überwindungs-, Zweifelspein und eigene Herzenszaghaftigkeit kostete, er wollte doch sich schließlich, zum eigenen und seiner Burgel Heil, mutig in der Weihnacht in den finstern Stall schleichen, unter die Krippe legen und abwarten, wenn der Bauer zum Horchen käm'. Dann wollte er, der arme, geplagte Liebhaber, mit verstellter Stimm' reden, und die Ochsen sollten sich mitteilen, daß es nur ein Heil fürs Haus und das lange Leben des Alten gäb', nämlich wenn der Maxl, der brave, liebe, saubere Bub, die Burgerl zum Weib bekäme!

Von der Geliebten verlangte er nichts, als daß sie am Weihnachtsabend, beim ersten Läuten vom Dorf her, nur noch zögere und etwa den Alten verhalte, aber von Maxl in all' und jedem Fall nichts höre, sehe und wisse. Sie war über solche Rede

anfangs erschrocken und fragte und verwahrte sich; aber schließlich wollte sie sich doch auf den Rechten verlassen und alles tun, nur um ihren lieben Maxl zum Mann zu kriegen.

Und wahrhaftig dachte der Bauer: „Sünden hab' ich keine, soviel ich weiß. Bin gereinigt. Palmkatzl hab' ich . . . der Herrgott wird's verzeihen, wenn ich in reiner Angst und Fürsorge fürs Haus was wissen will, und so schleich' ich mich rechtzeitig in den Stall!"

Zum gemeinsamen Ausgang in der Nacht pflegten sich die Bewohner der „Leiten" in oder nächst den Häusern zu treffen. Der Maxl konnte sich zum Laterntragen anbieten und rechtzeitig kommen.

Als die Glocke zuerst erklang, war der Bauer auch schon im Stalle drin; aber dennoch später als Maxl, welcher schon im Verstecke lag. Dieser merkte das Kommen recht wohl. Und als die Glocken aus der nächtlichen Stille leise hörbar waren, fing Maxl trotz allem Herzenshämmern an, zu brummen. Dann sagte er recht dumpf mit verstellter Stimme: „Gespann, Kamerad, jetzt is' unsere Zeit! Is' das eine Plag' in dem Haus!"

Der Rodlbauer zitterte und wollte sich ans Palmkatzl im Ohr greifen, um besser zu hören, aber noch rechtzeitig erinnerte er sich.

„Der Rodlbauer is' kein schlechter Kerl", fuhr Maxl als Ochs brummend fort. „Sein' Tochter is' auch brav. Schad' um die Leut', wenn der Eichgruber-Simmerl ins Haus kommt . . . keine

Lieb' und keine Ehr' . . . geht alles schief . . . der Maxl, das is' der Mann . . . das wär' ein Glück und Segen fürs ganze Haus . . . da lebet der Bauer lang und freudig!"

„Hm, hm!" brüllte der andere Ochs. „Jammer und Schad'!"

Der Glockenschall verstummte. Der Maxl schwieg. Dem Rodlbauer aber pochte gewaltig das Herz im Leibe. Er erhob sich aus seinem Winkel; bebend und scheu in der Stille, im Finstern sich hinaustappend, verließ er den Stall, verschloß sogar die Türe und ging an den Zaun, um so zu tun, als käme er etwa anderswoher.

Dort am Zaun stand er; im Wanken hielt er sich an den Zweiglein, griff dann mit unsicherer Hand in die Tasche und holte die Kupfermünze zum Hinlegen auf ein Ästchen hervor.

Als er so stand und der Maxl ihn schon in die Stube zurückgegangen glaubte, sah der Bauer plötzlich ein Springen und Huschen nächst der Stallmauer. Er lugte mißtrauisch, sah, daß einer aus einem Fensterchen gekommen war; und als die Gestalt, auf die Küchentüre losgehend, diese öffnete, um einzutreten, erkannte er im Scheine des herausfallenden Lichtes deutlich den Maxl!

Wohl, der Verabredung gemäß, traf er ein. Aber dem Bauer ging ein Licht auf! Mit einem Male war das Zucken und Zagen zu Ende. Es schüttelte ihn förmlich nüchtern, wie aus einem Traume. „Ah so!" rief er innerlich. „Jetzt kenn' ich mich aus!" – Und einer inneren Beschämung folgte sein Zorn, sein Schwingen der Faust in die schuldlose, leere Luft. Dann, als wäre ihm nicht nur ein Licht, sondern ein ganz heller Schein plötzlich in die Seele gefallen, sagte er sich: „Warte nur! ... warte! ... jetzt komm' ich! ... sollst mich kennenlernen!"

Er fuhr sich mit der Hand über den Kopf, über die Augen, und plötzlich stürzte er hastig vorwärts, durch die Küche und durch die weit aufgerissene Türe in die Stube hinein. Die beiden, welche gerade heimlich geküßt hatten, stoben mit einem leisen Schrei auseinander.

„Aus ist's! Aus ist's", rief der Bauer, ohne auf etwas rings zu achten.

„Was ist's?!" schrien die beiden doppelt erschreckt.

„Wie ich auf den Weg hinausschau', um zu achten, wer etwan kommt . . . beim Zaun . . . auf einmal hör' ich aus der Still' rufen: ‚Rodlbauer! Rodlbauer!!' Aber so . . . so was hab' ich mein Lebtag nit g'hört . . . mit einer Stimm', so tief, so voll, so mächtiglich!"

„Ah!" riefen beide.

„Wo, wann?" fragte Burgerl neugierig.

„Ich dreh' mich um. Ich seh' niemand. ‚Rodlbauer!' Zum dritten Mal schreit's ganz dumpf, und mich durchschauert's völlig. Vom Stall her ist's 'kommen. Ich geh' zu der Tür, da leucht's durch die Lucken. Ich reiß' erschreckt die Tür auf . . . da steh'n meine zwei Ochsen hart vor der Tür, und völlig g'leucht haben s' in einer merkwürdigen Lichten. Die Latern hat nit gebrannt."

„Die Ochsen?" rief Maxl mißtrauisch.

„Glaubt's nur!" sagte der Bauer. „Die Ochsen

waren doch an'bunden gewesen an der Krippen, mit den alten guten Halsketten. Aber da stehen sie ohne Ketten, nit mit dem Rücken, sondern mit Kopf und Hörner zu mir und schauen mich großmächti' an."

„Ah! Uh!" stießen die anderen mit geteilten Empfindungen hervor.

‚Wer ruft?' schrei ich im Schrecken.

‚Ich bin's, der Blaßl!' brummt der eine Ochs.

‚Du?'

‚Freilich er!' brüllt der Scheckl.

Ich bin völlig außer mir g'wesen, denn so was hab' ich mein Lebtag nit g'hört!"

„Nit g'hört? . . . Hast Du die Ochsen nit früher reden g'hört?" fragte Maxl schüchtern und etwas verwirrt.

„Früher? Nein!"

„Haben s' gar nix g'red't, nix nit g'sagt?"

„Kein Sterbenswörtl!" sagte der Bauer unerschüttert.

„So? Wie Du nit dagewesen bist", fand der Maxl jetzt zu sagen nötig, „ist mir eing'fallen, ob Du nit etwa losest. Hast Du nit gelost in der Stund'?"

„Gelost hab' ich, ja freilich, aber es war umsonst; sie haben nit früher reden wollen oder nit können."

Maxl sah verwirrt drein; er wußte nicht, wie ihm geschah. Er hatte doch redlich gesprochen und das Seine getan. „Bist denn Du mannigsmal auf'm Gehör geschlagen?" rief er aus.

„Fallt mir nit ein!" entgegnet der schlaue Bauer, dem mit einem Male seine ganze Weltnüchternheit wiedergekommen. „Aber damals hab' ich noch nit die rechte Gnad' gehabt. Jetzt ... daß ich euch die Geschichte wieder erzähl' ... ‚Ein Unglück ist bei Dir g'scheh'n!' brummt der Blaßl wieder ... ‚eine große Frevelhaftigkeit!'

‚Was?' sag' ich geschwind."

Ei, denkt der Maxl, jetzt kommt alles auf; und dem Bauer muß es doch das Gehör verschlagen haben, oder meine Worte sind in nichts verhallt, weil ich so frevelhaft in dieser Nacht war!

„‚Ja, eine Schelmengeschicht!' sagt der Scheck.

‚Und bei Dir wird im nächsten Jahr allerlei vorkommen!' red't wieder der Blaßl. ‚Paß auf', sagt er, ‚Hochzeit wird bei Dir!'

‚Und wer heirat' ... epper die Burgei?' frag' ich."

„Ja, wen?" rief Maxl ängstlich auf.

„‚Maxl!' schreien beide Ochsen zugleich."

„Jegerl, jegerl!" kreischt das Mädchen erfreut und erschreckt. Und der Maxl wollte juchzen und schreien oder patschen und springen. Da fahrt der Bauer zu erzählen fort:

„‚Aber das is' das Unglück!' sagt der Blasl wieder. ‚Wie sie heiraten, so dauert's nit lang und a Feuer kommt aus ... und die Burgerl wird einauget!'

‚Burgerl! Feuer! Einauget!' schrei ich. Mir wär' schier das Herz samt der Lunge herausgefallen!

‚Bucklete Kinder . . . bucklete Zwilling kriegen's!' "

„Heiland! Mein Gott!" schreien die beiden jungen Leut' auf.

„‚O du meine blutige Seel'!' ruf' ich und will fragen: ‚Warum? Warum?' Aber eh' ich's noch ausg'sprochen hab', haben sie meine Gedanken verstanden, und: ‚Frevelhaftigkeit!' hat der Blaßl 'brüllt; ‚Unheil!' hat der Scheckl 'brummt.

‚Red'ts deutlich!' hab' ich g'rufen, ‚Barmherzigkeit!'

Da bin ich plötzlich im steinstockstarrpechkohlrabenschwarzen Stall gestanden, keinen Finger breit hab' ich vor mir g'sehn, und wie ich auch vorwärts gegriffen hab', erst in die Luft, dann so weiter gegangen bin, hab' ich dem Blaßl und dem Scheckl dann auf den Schwanz gegriffen; an den Krippen sind sie gestanden, angehängt wie ehvor, und nix, kein Wort war herauszukriegen, alles war vorbei!"

Der Bauer ließ sich auf die Bank fallen, wie schwer erschöpft. Die anderen standen bleich und verstört.

In Maxl durchkreuzten sich die Gedanken fliegend. Ein anderer kann doch keinen Spaß gemacht haben! Und daß ihn der Bauer nicht gehört, war seltsam. Es käme anders! — Und abergläubisch war der Bursch aus dem einsamen Häuschen doch auch, trotz alledem. — War der Frevel so gestraft? — Alles das durchzuckte ihn.

„Einauget!" kreischte Burgei auf.

„Feuer, o mein Gott!" ächzte der Rodlbauer.

„Bucklete Zwilling!" entfuhr's dem Maxl unwillkürlich mit einem schweren Seufzer.

„Was ist da zu tun?" fragte sich der Rodlbauer laut. Und die anderen hatten noch keine Antwort.

„Ja, muß den g'heirat't sein!" schrie endlich der Alte auf, wie von einem plötzlichen guten Einfall beseelt. „Wenn g'heirat't wird, dann kommt alles

Unglück mit den buckleten Zwillingen dazu. Wenn aber nit . . . gar nit . . . oder ein anderer . . . der Simmerl! Dann . . .!"

„O Gott, o Gott!" schrie Burgei auf.

„Dann müßt ihr auseinandergehn!"

„Mein Maxl!"

„Mein Burgerl!"

„Könnt ja jedes ein anderes haben. Nur ihr zwei nit, in dem paßt ihr nit zusammen."

„Aber eh' ich mein' Maxl laß, heirat' ich gar nit!"

„Und wenn ich mein' Burgei nit haben kann, so heirat' ich auch nit!"

„Das kommt ja immer schöner heraus! So ist's ja recht! So geht nur auseinand'. Ich hab' nix dagegen einzuwenden. Du kannst fort in die weite Welt, und ich und meine Tochter bleiben da auf dem Hof! Nix is' g'schehgen und nix nit g'schiehcht!"

„Wenn mich der Maxl verlaßt, so sterb' ich!"

„Und wenn ich von der Burgei muß, so geh' ich zugrund'!"

„Aber die buckligen . . .", rief der Bauer auf.

„Es muß ja nit g'heirat't sein; wir leben so schön wie Bruder und Schwester!" sagte Burgerl.

„Da könnt's mich haben!" rief wieder der Bauer. „Freilich, das wär' 'was! Daß ich nit einmal eine Kopulation vor dem Altar und eine geweihte Hochzeit in mein' Lebtag mehr sehen tät'! Nix da! Ich verkauf' mein Anwesen, und Du, Dirn, gehst ins Kloster!"

„O mein, o mein!" jammerte das Mädl.

„Besser als einauget!" rief der Bauer auf. „Und eh' Du abbrennst", sagte er zu Maxl, „und Vater von solche Kinder wirst, kannst Einsiedel oder Kapuziner werden. Und aus is' die G'schicht!"

„Einsiedl ...!" seufzte Maxl dumpf.

„Aber, da weiß ich noch nit alles", fuhr der Vater fort. „Was mag's mit der Frevelhaftigkeit sein! Und warum werd' denn ich so gestraft? Ich hab' nix Böses nit getan und bin der Unschuldig! Wer ...? Wer ...?"

„Vater! Bauer!" schrie jetzt Maxl bewegt auf. „Ich bin's! Ich bin's! Verzeih' . . . weißt, was ich getan hab' . . . ich bin vorhin bei der Krippen gelegen, wie Du im Stall gewesen . . . ich hab' die Stimm' von die Ochsen in der heiligen Zeit nachgemacht!"

„Ich hab' ja aber davon nix nit gehört!"

„Nix? Das haben die guten Engel so gemacht. Aber ich bin der Frevler!"

„Du? Du!" Und der Bauer griff nach dem Stocke, welcher im Winkel lehnte, und hieb damit einige feste Streiche über den Rücken des Bekenners.

Die Dirn schrie mit ihm zugleich auf.

„Ja, ich will büßen!" kreischte Maxl. „Der Herrgott wird ein Einsehen haben und mir verzeihen!" rief er, indem er sich juckte. „Ich will eine Bußwallfahrt machen!"

„Ja, ich will auch mitgehen!" sagte Burgerl weinerlich. „Und es muß besser werden!"

„Keine buckleten Zwilling'!"

„Und wenn wir leben müßten wie die zwei Steinfiguren; aber beisammen bleiben und nit verlassen in mein' ganzen Leben!" So Burgerl.

„Wenn aber ich fortgeh' und all' mein' Sachen verkauf' und euch nix lass' ...?"

„So verkauf' und tu', was Du willst ... und wenn wir arm bleiben wie die Kirchenmäus' ...!" schrie Maxl auf.

„Dann ... dann geht's mitsammen und heiratet!"

„Heiraten! Ja!" Sie umschlangen sich.

„Traurig wird's sein, traurig! ... Traurig; aber doch!" so waren der beiden Ausrufe.

„Ja! Ja! O ihr Rinderpaar! Völlig hätt' ich g'sagt: Ihr seid selbst a Paar Ochsen. Aber nein! Die Ochsen haben ja g'rad so zu mir gered't wie zu Dir, Maxl. Aber ich, der Rodlbauer, hab' gered't, g'scheit g'red't und hab' euch aufsitzen lassen! Ha, mein lieber Maxl", rief der Bauer jetzt hell auf, „hast Du geglaubt, Du schmierst den Alten an?"

„Vater!"

„Und nur weil ich erkennt hab', daß ihr euch gar so gern mögt, daß ihr selbst die Armut und mit Opferfreudigkeit ..."

„Vaterl! Vaterl!"

„Aber Schlecht's ist gescheh'n und Buß muß sein! — Und so fahrt ihr auch mit dem Ochsenwagen zur ersten Verkündigung in die Pfarr ... ja, auch zur Hochzeit ... dem Rodlbauer seine Ochsen können sich sehen lassen ... auf den Hof kommt mir kein Pferd, so lang ich leb' ... und von eurem Ehrentag im Fasching werd' ich und sollen meinetwegen die Leut' nie anders reden, als von der Ochsenhochzeit!"

Worterklärungen

Marie von Ebner-Eschenbach, Der Erstgeborene
Grofka = Gräfin
Komitat = ungarischer Verwaltungsbezirk
Magnat = Großgrundbesitzer, Adliger
Schragen = Balken, Karren

Karl Emil Franzos, Melpomene
Altneuschul = Altneusynagoge
Melpomene = Muse der Tragödie
Alma mater Carolina = Karlsuniversität in Prag
Provisor = approbierter Angestellter in der Apotheke

Friedrich Halm, Das Haus an der Veronabrücke
Messer = (ital.) Herr
Hautelisse = (frz.) Wandteppich
Barege = Maske
Cicisbeo = Hausfreund

Hugo von Hofmannsthal, Lucidor
sequestriert = beschlagnahmt
Guéridon = kleiner Tisch für Nippes und Leuchter
Attachen = Beziehungen
Distinktion = Auszeichnung, hoher Rang
vaguement = vage, unbestimmt
peripherisch = am Rande befindlich
Apprehension = Besorgnis
travesti = verkleidet, in einer Hosenrolle
Groom = Reitknecht
liiert = verbunden
de mauvais grâce = ungnädig
prekär = mißlich, schwierig
providentiell = von der Vorsehung bestimmt
Gentilhomme = Edelmann
pointiert = betont, zugespitzt
desavouieren = bloßstellen; in Abrede stellen
Postillon d'amour = Liebesbote
introspektiv = selbstbeobachtend

Nonvaleur = Investition, die keinen Ertrag bringt
Exzeß = Ausschreitung, Ausschweifung
goutieren = Geschmack an etwas finden

C. Karlweis, Eine Dummheit
Jurament = Schwur, Eid
Einschichtiger = Lediger
Bureauchef = Bürovorstand
Faszikel = Aktenbündel
Diurnist = nur zeitweise beim Staat Angestellter

Adolf Pichler, Versäumt
Afterpartei = Untermieter
kanonisches Recht de sponsalibus et matrimonio = kirchliches Recht zur Verlobung und Eheschließung
dengelte = hämmerte
Akzis = Steuer, Zoll
Konzipient = Angestellter in einer Kanzlei
Prinzipal = Vorgesetzter
Alkoven = Bettnische
Kollekteur = Lotterieeinnehmer
Peter Schlemihl = Peter Schlemihls wundersame Geschichte, Novelle von Adalbert von Chamisso, in der Peter Schlemihl seinen Schatten verkauft und deshalb von den Menschen gemieden wird
Medusa = weibliches Ungeheuer der griechischen Sage

Josef Rank, „Peter der Raugraf"
Raugraf = alter Grafentitel
Shawl = Schal
Bayard = Hüne

Peter Rosegger, Maigewitter
gasseln = fensterln
Adjunkt = Amtsgehilfe, unterer Beamter
Pfarrprovisor = Vertreter des Pfarrers

Ferdinand von Saar, Der „Exzellenzherr"
Visite = Besuch
Laren = römische Hausgötter, Schutzgeister
Haupt der Meduse = Medusa, weibliches Ungeheuer der grie-

chischen Sage, deren Haupt mit Schlangen statt mit Haaren bedeckt war
Plaids = Umhangtuch
Etablissements = Läden, Geschäfte
Comptoir = Büro
memento mori = Erinnerung an die Toten

Arthur Schnitzler, Der Sekundant
Episodist = Nebendarsteller
Peripherie = Rand
Rendezvous-Platz = Ort des Duells

August Silberstein, Die Ochsenhochzeit
Federnschleißen = bei den Federn die Fahne vom Kiel trennen
Dischkurieren = diskutieren
gelost = gelauscht
bucklet = bucklig
Kopulation = Eheschließung

Zu den Autoren

Ebner-Eschenbach, Marie von
* 1830 Zdislawitz/Mähren † 1916 Wien
Geborene Gräfin Dubsky, mit dem Physiker und Feldmarschall-Leutnant Moritz von Ebner-Eschenbach verheiratet. Lebte größtenteils in Wien. Eine der bedeutendsten deutschsprachigen Erzählerinnen des 19. Jahrhunderts.
Werke (Auswahl): Ein Spätgeborener (1875), Bozena (1876), Aphorismen (1880), Dorf- und Schloßgeschichten (1883), Das Gemeindekind (1887), Lotti, die Uhrmacherin (1889), Parabeln, Märchen und Gedichte (1892), Unsühnbar (1893), Meine Kinderjahre (1906).

Franzos, Karl Emil
* 1848 Czortków/Galizien † 1904 Berlin
Der Sohn eines jüdischen Bezirksarztes studierte zunächst in Wien und Graz Jura. Er wurde jedoch als deutschnationaler Burschenschafter vom Staatsdienst ausgeschlossen und wandte sich einer Laufbahn als Journalist und Schriftsteller zu. Als „freier Schriftsteller" ist er seit 1874 in Wien tätig und unternimmt dann ausgedehnte Reisen durch ganz Europa einschließlich Rußlands, nach Ägypten und in den Orient. Von 1884 bis 1886 ist er Redakteur der „Neuen Illustrierten Zeitung" in Wien, anschließend in Berlin Redakteur der von ihm ins Leben gerufenen Zeitschrift „Deutsche Dichtung". — Der stilsichere Erzähler des Spätrealismus fesselt durch überzeugende Charakter- und Milieuschilderungen.
Werke (Auswahl): Aus Halb-Asien (1876), Die Juden von Barnow (1877), Vom Don zur Donau (1878), Ein Kampf ums Recht (1881), Tragische Novellen (1886), Der Wahrheitssucher (1893), Der Pojaz (1905).

Halm, Friedrich (= Eligius Franz Josef Reichsfreiherr von Münch-Bellinghausen)
* 1806 Krakau † 1871 Wien

Der Sohn eines Appellationsgerichtsrats studierte zunächst ebenfalls Jura, trat in den Staatsdienst und wurde 1840 Regierungsrat, 1844 als Kustos der Hofbibliothek Hofrat, 1867 schließlich Präfekt der Hofbibliothek und zugleich Generalintendant beider Hoftheater.
Im Gegensatz zu seinen seinerzeit erfolgreichen Dramen (Griseldis, 1837; Der Adept, 1838, Camöens, 1838; Der Sohn der Wildnis, 1843; Der Fechter von Ravenna, 1856; Sampiero, 1857; Iphigenie in Delphi, 1864; Wildfeuer, 1864) und Lustspielen (König und Bauer, 1842; Verbot und Befehl, 1857) sind seine spannenden, erst nach seinem Tode erschienenen Erzählungen auch heute noch gut lesbar.

Hofmannsthal, Hugo von
* 1874 Wien † 1927 Rodaun
Der Sohn eines Bankdirektors böhmisch-jüdischer Herkunft schrieb schon als Sechzehnjähriger ausgereifte Gedichte. Trotz juristischer und romanistischer Studien und erfolgreicher Staatsprüfung und Promotion lebte er schon ab 1901 als freier Schriftsteller. Nach ausgedehnten Reisen und Kriegsteilnahme war er für einige Zeit Mitherausgeber der Zeitschrift „Der Morgen" und wurde nicht zuletzt auch durch seine Libretti zu Opern von Richard Strauss bekannt (Elektra, 1909; Der Rosenkavalier, 1911; Ariadne auf Naxos, 1912; Arabella, 1933).
Weitere Werke in Auswahl: Der Kaiser und die Hexe (1900), Der Tor und der Tod (1900), Ausgewählte Gedichte (1903), Das kleine Welttheater (1903), Der weiße Fächer (1907), Jedermann (1911), Die Frau ohne Schatten (1919), Reitergeschichte (1920), Der Schwierige (1921), Das Salzburger große Welttheater (1922), Der Unbestechliche (1923).

Karlweis, C. (= Karl Weiß)
* 1850 Wien † 1901 Wien
Der Eisenbahnbeamte (nach Oberrealschulbesuch, seit 1868), der 1891 Inspektor wurde, machte sich seit 1876 einen Namen durch die Schwänke und Lustspiele, die er für das

Wiener Volkstheater schrieb. Als Erzähler ist er ein meisterhafter Schilderer des Wiener Lokalkolorits.
Werke (Auswahl): Cousine Melanie (1879), Einer vom alten Schlag (1886), Wiener Kinder (1887), Geschichten aus Stadt und Dorf (1889), Ein Sohn seiner Zeit (1892), Aus der Vorstadt (1893), Martins Ehe (1901).

Pichler, Adolf (seit 1877 Ritter von Rautenkar)
* 1819 Erl bei Kufstein † 1900 Insbruck
Nach juristischen, philosophischen, naturwissenschaftlichen und medizinischen Studien wurde er 1849 Gymnasiallehrer in Innsbruck, zeichnete sich aber auch militärisch 1848 in den Kämpfen gegen die Italiener und dann in Schlesien aus. Den Adel brachten ihm die militärischen und nicht die literarischen Erfolge. Von 1867 bis 1889 wirkte Pichler als Professor für Mineralogie und Geologie in Innsbruck.
Werke (Auswahl): Frühlieder aus Tirol (1846), Lieder der Liebe (1852), Aus den Tirolerbergen (1861), Allerlei Geschichten aus Tirol (1867), Marksteine (1874), Vorwinter (1885), Zu meiner Zeit (1892), Jochrauten (1897), Das Sturmjahr (1903).

Rank, Josef
* 1816 Friedrichsthal/Böhmerwald † 1896 Wien
Der Bauernsohn studierte in Wien Jura und Philosophie und wurde dann dort Hofmeister. Wegen Verstößen gegen die Zensurvorschriften mußte er nach Straßburg und dann Leipzig flüchten, wurde aber 1848 ins Frankfurter Parlament gewählt. 1850 ging er nach Stuttgart, 1851 als Schriftleiter des „Volksfreunds“ nach Frankfurt/Main, 1854 wurde er Herausgeber des „Sonntagsblatts“ in Weimar. Nach einem Aufenthalt in Nürnberg kehrte er dann 1861 nach Wien zurück, wo er bis 1879 Sekretär der Hofoper und des Stadttheaters und von 1882 bis 1885 neben Anzengruber Schriftleiter der „Heimat“ war.
Werke (Auswahl): Aus dem Böhmerwalde (1842), Das Hofer-Käthchen (1854), Achtspännig (1854), Aus Dorf und Stadt (1859), Im Klosterhof (1875), Erinnerungen aus meinem Leben (1896).

Rosegger, Peter
* 1843 Alpl/Steiermark † 1918 Krieglach/Steiermark
Sohn eines armen Bergbauern, als Volksschriftsteller in der Tradition von Auerbach und Anzengruber völliger Autodidakt. 1870 bis 1872 verschiedene Reisen nach Deutschland, den Niederlanden, der Schweiz und nach Italien. Gründete 1876 die Monatsschrift „Heimgarten" in Graz; später Mitglied des österreichischen Herrenhauses.
Werke (Auswahl): Zither und Hackbrett (1870), Wanderleben (1871), Gestalten aus dem Volke (1872), Geschichten aus den Alpen (1873), Die Schriften des Waldschulmeisters (1875), Waldheimat (1877), Das Geschichtenbuch des Wanderers (1885), Waldjugend (1898), Das Sündenglöckel (1904), Alpensommer (1909), Mein Weltleben (1914), Das lichte Land (1917).

Saar, Ferdinand von
* 1833 Wien † 1906 Döbling bei Wien
Da er früh den Vater verlor, wuchs er beim Großvater auf, wurde Kadett und 1854 Offizier. Nach der Teilnahme am italienischen Feldzug trat er jedoch 1859 aus der Armee aus, um als freier Schriftsteller in Wien und seiner Umgebung, in Ehrenhausen/Steiermark und immer wieder auch auf den böhmischen, einer befreundeten Adelsfamilie gehörenden Schlössern Blansko und Raitz zu leben; seit 1903 war er Mitglied des Herrenhauses.
Werke (Auswahl): Innocens (1866), Die Steinklopfer (1874), Novellen aus Österreich (1877), Schicksale (1889), Frauenbilder (1892), Requiem der Liebe (1895), Herbstreigen (1897), Tragik des Lebens (1906).

Schnitzler, Arthur
* 1862 Wien † 1931 Wien
Arzt und Schriftsteller. Feinfühliger, ebenso ironischer wie melancholischer Schilderer des Wiener Lebens und der Wiener Gesellschaft des Fin de siècle. Von Freuds Psychoanalyse beinflußt.

Werke (Auswahl): Anatol (1893), Liebelei (1896), Der Reigen (1900), Leutnant Gustl (1901), Frau Beate und ihr Sohn (1913), Fräulein Else (1924), Komödie der Verführung (1925), Theresa (1928), Flucht in die Finsternis (1931).

Silberstein, August Karl
* 1827 Ofen (heute Budapest) † 1900 Wien
Er wurde gelobt als „österreichischer Auerbach" und war wie dieser Jude. Nach einer Kaufmannslehre hörte er an der Wiener Universität Vorlesungen, wurde bei Ausbruch der Revolution von 1848 Schriftführer des Komitees der akademischen Legion und mußte daher aus Österreich flüchten. 1854 kehrte er zurück, wurde aber verhaftet und zu fünf Jahren Kerker verurteilt, von denen er zwei verbüßte (auf der Festung Spielberg über Brünn). Seit 1856 lebte er als Schriftsteller (an dem ältere Literaturgeschichten „Wärme der Empfindung und Streben nach Wahrheit" rühmen) in Wien; seine Gedichte wurden von namhaften Komponisten, u.a. Bruckner, vertont; am bekanntesten wurde er durch seine Dorfgeschichten, vor allem die „Dorfschwalben aus Österreich".
Werke (Auswahl): Trutznachtigall, Lieder aus dem deutschen Wald (1859), Dorfschwalben aus Österreich (2 Bde., 1862/63), Deutsche Hochlandsgeschichte (2 Bde., 2. Aufl. 1877), Dorfschwalben. Frischer Flug (2 Bde., 1881), Landläufige Geschichten aus Dorf, Stadt und Alm (2 Bde., 2. Aufl. 1886), Neue Hochlandsgeschichten (1888), Dorfmusik. Heitere Geschichten (1892), Die vom Dorf. Ernste und heitere Geschichten (1895).

Für die freundliche Erteilung von Abdrucksgenehmigungen bedanken wir uns herzlich beim S. Fischer Verlag, Frankfurt/Main (für H. v. Hofmannsthal, Lucidor, aus „Gesammelte Werke", und A. Schnitzler, Der Sekundant, aus „Gesammelte Werke") und beim Staackmann Verlag, Dietramszell (für Rosegger, Maigewitter, einen Auszug aus „Sonnenschein" in den „Gesammelten Werken").